W0184899

De slaap die geen uren kent

Sebastiaan Chabot

De slaap die geen uren kent

Roman

Uitgeverij Atlas Contact
Amsterdam/Antwerpen

Eerste druk maart 2020
Tweede druk maart 2020

© 2020 Sebastiaan Chabot
Coverbeeld, typografie en art direction Anton Corbijn
Uitvoering omslag DPS
Foto van de auteur Anton Corbijn
Ontwerp typografie binnenwerk Wim ten Brinke
Drukkerij Wilco, Amersfoort

ISBN 978 90 254 5804 1
D/2020/0108/528
NUR 301

www.atlascontact.nl

FSC
www.fsc.org
MIX
Papier van verantwoorde herkomst
FSC® C004472

voor Joosje, dwars-door-de-eeuwen-heen schitterend

Simpelweg

de uitkomst van de Jablochkoff-Kaars Conferentie

vrijdag 17 november 1950, 19 uur

Kurt Victor Karl Kuschfeld, eenenvijftig jaar oud en wandelstokgelukkig, wilde simpelweg de envelop van zijn leven dichtlikken.

Strikt genomen was zijn leven niet 'op'. Hij woonde in Reichsburg an der Mosel, een gehucht aan de Moezel dat een hooggelegen, onbewoonde burcht omzoomde. Hij had genoegen genomen met een teruggetrokken bestaan in zijn hoedanigheid van straatlichtbewaarder en hij was goed in het naleven van een vast patroon. Hij tikte nog altijd tegen de rand van zijn hoed naar voorbijgangers die hij nog kende van toen. Meneer Kuschfeld had overigens nooit een hoed gedragen en droeg er ook nu geen.

's Nachts, wanneer hij vanaf zijn zilverkleurige ladder naar de steile burcht opkeek, verwonderde het meneer Kuschfeld wat mensenhanden konden maken en duizelde hij van het idee waar te beginnen. Wanneer hij zijn ronde maakte door de avondstraten en heuvelopwaarts naar de burcht toewerkte, glimlachte hij naar de familielevens rondom een eettafel waarboven een olielamp heen en weer wiegde. Soms passeerde hij het huis van de oude man die alleen was nu en een boek las bij het spaarzame licht van een enkele kaars. De eenzame man deed hem denken aan zijn vader, en sinds kort aan zichzelf als zijn vader, alhoewel meneer Kuschfeld zonder zoon was gebleven.

Als zijn dienst erop zat, het werk gedaan was en het daglicht daagde, beklom hij, voordat hij huiswaarts keerde, de traptreden van de burchtpoort om van achter de rafelige burchtkantelen het opgelichte patroon van zijn werk te bekijken. Als hij zijn ogen samenkneep kon hij het treinstation van Reichsburg zien liggen, waar elke avond zijn dienst begon. Meneer Kuschfeld woonde op de tweede verdieping van de stationstoren en als hij zijn best deed kon hij zijn kamerraam onderscheiden. Toch deed hij dit liever niet, bang iets achter het raam te zien wat er niet hoorde te zijn.

Liever overzag hij de stille huizen van de mensen in de vallei die toevalligerwijs in dezelfde tijd en hetzelfde gehucht leefden. Van achter de kantelen kon hij aan de hand van slaapkamerdonkerte, van licht dat van een plafond bungelde of van kaarsen die stilletjes aangingen en in het raam van een bovenkamer werden geplaatst, afleiden wie diep in slaap was, wie de hele nacht doorwerkte en wie het daglicht niet zou halen.

Het was op zulke momenten dat hij graag had gerookt. Niet dat hij buitengewoon plezier beleefde aan de droge en turbulente smaak in zijn mondkoepel, maar roken zou hem de benodigde houding hebben gegeven om te blijven hangen en te kijken. Om van bovenaf ongehinderd te registreren wat zich daarbeneden afspeelde. Ten minste voor de duur van één sigaret. Wellicht zou hij zelfs wel een nieuwe opsteken door de stomp van de oude sigaret meermalen tegen de nieuwe sigaret aan te drukken. Maar hij rookte niet en dus moest hij andere redenen vinden om boven op de toren te staan en te kijken. En meneer Kuschfeld had geen nieuwe redenen. Van achter de rafelrand van een kanteel speelde hij met het wisselgeld in zijn jaszak totdat het geklingel van de munten hem begon te irriteren. Dan sjokte hij terug naar het treinstation, beklom de traptreden van de stationstoren, ging naar bed en werd wakker met oude botten, 'mijn vaders botten', zoals hij verzuchtte, terwijl hij van onder de lakens zijn vaders benen onthulde.

Het was niet zo dat meneer Kuschfeld de lokroep van de eeuwige stilte niet langer kon weerstaan, maar hij was kalm en moe en zonder vervolgvragen. 'Ik ben simpelweg moe van al het theater,' verzuchtte hij geregeld, 'bekaf van de bühne', en hij slaagde er niet in zich zijn leven anders te herinneren dan opzichzelfstaande bedrijven die er maar niet in slaagden tot een redelijke apotheose te komen. Hij verlangde niet naar een groots en meeslepend einde, gewoon een einde dat hij kon zien aankomen. Een einde waarvan hij kon zeggen: daar is het en het is al onderweg. Soms fluisterde hij het hardop terwijl hij een trede van zijn ladder achter de donkergroene klauw van een straatlantaarn haakte, 'Bekaf van de bühne, maar meer ook niet.' En dus had hij een week geleden zijn dokter Von Kleinenleedt in het oor gefluisterd, in de veronderstelling dat er over zaken als de zachte dood gefluisterd diende te worden, 'Ik wil niet langer en ik heb er geen zin meer in, en wat is een leven zonder dat een wil of een zin het in beweging brengt? Rotsvast zit het, mijn leven. Alleen de omtrekken zijn nog zichtbaar, het idee van een leven. Een steentje in een rots in een berg.'

Hij had zich geregeld afgevraagd waarom hij er niet gewoon een punt achter zette. Het touw uit de knoop halen om er een ruime, zorgvuldige lusknoop in te leggen. Of zijn oude scheermes ter hand nemen dat scherper leek te worden na elke zondagse scheerbeurt. Maar dan dacht hij aan het geweld dat hij zichzelf zou aandoen en de onvermijdelijkheid van wat erna zou komen. Meneer Kuschfeld geloofde niet in een hiernamaals, in welke hoedanigheid dan ook, maar het idee een boot te missen beangstigde hem wel degelijk.

Misschien moest je wel wanhopig en grootmoedig zijn om jezelf iets aan te doen, om echt de hand aan jezelf te slaan. En meneer Kuschfeld was geen wanhopig man. Hij was eerder het type man dat zijn dagen toestond te vertragen door regen, of door de voorspelling van regen. En als er nu iets was gebleken in al die voorbije jaren dan was het wel dat grootmoedigheid ruimte bood aan precies de verkeerde roepingen. Meneer Kuschfeld had een kleine maar doorslaggevende rol gespeeld in de lokale Duitse oorlogvoering; elke mier voorziet zijn eigen bescheiden belang, maar tilt desondanks tienmaal zijn eigen gewicht richting het hogere doel.

Wellicht hechtte hij waarde aan het idee dat zijn dokter erbij zou zijn. Von Kleinenleedt, met zijn harige, barmhartige en oneerbiedige handen. Een man gekleed door zijn lange benen en geweldige longinhoud. Een man die hij zou moeten overtuigen zijn zachtaardige en vitale injecties aan te wenden.

En soms legde hij het hele gebeuren naast zich neer. Dan leek de onderneming zichzelf ineens zo serieus te nemen. Alsof het een eigen leven leidde. Feit was dat hij er nog altijd geen punt achter had gezet en dus moest er iets aan de hand zijn. En diep vanbinnen wist hij heus wel wat dat was. Het idee dat hij haar wellicht toch nog eens zou zien. Eén laatste keer. Livna Eleonore Winter.

Mevrouw Winter eerst. Toen, Livna. Eleonore zelfs: Eleo, of Nore. Maar uiteindelijk mevrouw Winter en mevrouw Winter in al die jaren daarna.

Met haar bottige, sleutelende schouders die konden dragen, begrijpen en verdragen. Met haar lange handen waarmee ze bediende en naar de piano verlangde, en de schittering van haar schenen wanneer ze in de zomer haar benen losjes liet rondom aanwaaiende situaties. Met dat lange haar dat niet bruin was maar ook niet onverdeeld zwart, dat niet met krachtige golfslag naar buiten trad en evenmin beschouwd kon worden als aftredende golfjes in de eb van haar dracht. Ze kon uit Iran afkomstig zijn en tegelijkertijd uit Marokko. Ze kon zomaar tussen de heuvels van Ierland zijn gebleven of toch als overtuigd puritein haar heil ergens anders hebben gezocht. En als je nog eens goed keek was het niet onwaarschijnlijk dat ze aan een Parijse kade woonde of van de straat leefde in een buitenwijk van Marseille. En met haar weidse schoonheid kwam ook haar historische onafhankelijkheid. Ze zou met een wandelgangetje door beide Oudheden zijn gegaan. Ze zou zomaar kunnen opduiken op een marktdag in Lesbos, onderhandelend over de prijs van een rol papyrus. Als Perzische prinses woonde ze met groot gevolg de nationale paardenrace bij en als *streetwise* demoiselle d'Avignon stond ze in de bloei van haar leven, terwijl ze op de hoek van de straat ijs in een hoorntje kocht.

Meneer Kuschfeld koesterde de gedachte dat Livna Eleonore Winter uit een Klimt-portret was gestapt om voor even onder ons te zijn.

Soms, op een onbewaakt ogenblik, probeerde hij haar aan

te raken in dat vluchtige moment dat de ruimte tussen het fornuis, de tafel en het bed zich ontvouwde en het verschijnen van een verafgelegen herinnering toestond. Hij voelde aan haar vage heupen, legde een hand op haar wijkende schouder of probeerde de belijning van haar onderrug te volgen. Maar hij wist dat er iets niet klopte aan de manier waarop hij zich haar herinnerde. Niet dat hij een compleet verkeerd beeld van haar had, maar hij herinnerde zich haar te gelijkmatig, te uitgebalanceerd, alsof ze ongeleefd was gebleven. Haar huid was feilloos zoals je een porseleinen kopje zou onthouden of religie accepteert.

En het was altijd met die plagende tik van de tijd. Een vluchtige neiging van een schouder of een oneerbiedige hunkering naar de binnenkant van haar linkerdij. Eén enkele zin, maar nooit een gesprek. Nooit Livna Eleonore Winter als volwaardig geheel. En zelfs als hij haar aan de keukentafel dacht te zien zitten, voelde hij zich een voyeur van zijn eigen herinnering; hij wist dat hij haar zou herkennen, maar het lukte hem niet om haar op te roepen. Zijn verantwoordelijkheden als Reichsburgs straatlichtbewaarder waren de enige kerkklokken die hem nog het leven in luidden.

En vannacht was hij geroepen.

Op de Jablochkoff-Kaars Conferentie was een beslissing genomen. Ieder jaar in november kwam het Reichsburg Comité voor Naoorlogse Heroverwegingen (een nieuwe, smetteloze naam voor het oude stadsbestuur opdat het met een schone lei kon beginnen) bijeen om de stand van Reichsburgs straatverlichting te bespreken, en dit jaar was meneer Kuschfeld, in zijn hoedanigheid van straatlichtbewaarder, uitgenodigd om de conferentie bij te wonen. Op een of andere manier was dit agendapunt tot conferentie benoemd, zoals elk discussiepunt op de agenda van het stadsbestuur tot conferentie werd opgehemeld, waarvoor geen duidelijke reden bestond behalve de klaarblijkelijke behoefte het agendapunt wat leeg gewicht mee te geven. De conferentie dankte haar naam aan Pavel Jablochkoff, de Russische uitvinder die het Parijse publiek in 1878 voor de eerste keer de oneindigheid van zijn stad gemeten in de lengte van licht had laten zien door na een rumoerig aftellen in één keer vierenzestig elektrische booglampen langs de Avenue de l'Opéra te ontsteken.

Dit jaar had de Jablochkoff-Kaars Conferentie veel langer geduurd dan van tevoren was ingepland en als gevolg daarvan was de nog beschikbare tijd voor de volgende conferentie op de agenda aanzienlijk geslonken: de jaarlijkse vergadering aangaande Reichsburgs vaststaande weken sneeuw. Meneer Sommerbrandt, Hoofd Sneeuw in Reichsburg en Omstreken, had al aangekondigd dat de hevigste sneeuwval die ze hier in tijden hadden gezien elk moment boven Reichsburg kon losbarsten, maar toen de andere comitéleden eerst de geschetste verwachtingen beaamden en vervolgens bevroegen, was er wat onrust ontstaan binnen het comité als geheel; niemand wist meer hoe zij het te weten waren gekomen. Niet de verwachte zware sneeuwval, en evenmin waar Reichsburg haar vaststaande weken sneeuw in de eerste plaats vandaan haalde.

Gelukkig kwam het comité tot bedaren toen meneer Schzietch-Fröm, grootgrondbezitter en Burgemeester van Reichsburg en Omstreken, suggereerde om een blik door het raam te werpen. Daar zagen zij wat eenieder zag: een geel uitgeslagen en tot stilstand gekomen wolkenlandschap boven hun huiverig gehucht. De leden van het stadsbestuur namen hun plaatsen in de conferentiekamer weer in, opgelucht dat 'buiten' vooralsnog een feilloos schilderij aan de muur was gebleken.

Maar de voornaamste onrust werd veroorzaakt toen de nieuwbenoemde Afgevaardigde van het Kiesdeel Rheinland-Pfalz de conferentiekamer was binnengekomen om het stadsbestuur te verrassen met een bliksembezoek. Het was welbekend dat de jonge Afgevaardigde, meneer Vögel, naam had gemaakt door de inwoners uit de Moezel-gehuchten die hadden gewerkt voor of in naam van het naziregime op te jagen en te veroordelen. Zijn meedogenloze methode had hem de jongste aanklager van Rheinland-Pfalz gemaakt, met de tijdelijke import van de elektrische stoel als zijn diepst gevoelde nalatenschap. Dus was zijn aanwezigheid op zich al reden genoeg voor het Reichsburg Comité voor Naoorlogse Heroverwegingen – het overgrote deel van het comité bestond uit het uiterst succesvolle maar verbitterde stadsbestuur dat ten tijde van de oorlog zijn hoogtijdagen had gevierd – om te overdenken welke rol het had gespeeld.

Desalniettemin, alles op zijn tijd, zo oordeelde het comité, en de Jablochkoff-Kaars Conferentie was vanavond dan eindelijk tot een conclusie gekomen, zo bleek. Wekenlang had het stadsbestuur over de kwestie in het haardvuur gerocheld. Het had paraplu's uitgeschud en kelen geschraapt. Sigaretten waren veelvuldig opgestoken totdat het stadsbestuur was overgegaan op de sigaar. De butler van de conferentiekamer had de asbakken geleegd en het water bijgeschonken. Toen men erachter kwam dat eerst één, toen een aantal en uiteindelijk alle leden van het comité een jas mee naar huis hadden genomen die toebehoorde aan een van de andere leden, en toen zij hun jassen hadden teruggewisseld, wat heel wat tijd kostte omdat alle jassen door dezelfde handen waren vervaardigd (helaas, toen alle jassen waren teruggewisseld, was de Burgemeester zonder jas gebleven), besloten zij na bijna drie weken dat er een beslissing was genomen: met onmiddellijke ingang diende de straatverlichting in Reichsburg teruggebracht te worden tot een derde van het oorspronkelijke vermogen.

Niemand zei het hardop, maar elk comitélid had de kwestie met ieder ander comitélid onder vier ogen besproken en zij hadden allen geconcludeerd dat de conferentie niets anders was dan een echo van wat er was besloten in de overbelichte achterkamertjes van het Parijse Comité voor Naoorlogse Heroverwegingen. Het comité in Parijs had besloten dat het licht van elke straatlantaarn in Rheinland-Pfalz teruggebracht diende te worden tot een derde van de huidige uitstoot en had het bovendien binnen het redelijke gevonden om met een enkele zin van toelichting te komen: breng het menselijk licht terug, ten behoeve van universele helderheid.

'... ach, het is wat het is,' mompelde meneer Kuschfeld. 'Ik zal ervoor zorgen, en daar laat ik het dan bij.'

De Afgevaardigde keek op van zijn vingernagels om te zien wat er gelaten zou worden.

Von Kleinenleedt, wiens familie sinds de tuberculosedagen deel uitmaakte van het comité, probeerde meneer Kuschfeld niet in de ogen te kijken.

'Alhoewel we het gevaar van zwerflicht nog helemaal niet hebben aangekaart,' veranderde de Burgemeester van

Reichsburg, meneer Schzietch-Fröm, snel van onderwerp, niet omdat hij op de hoogte was van wat zich afspeelde tussen de Dokter en meneer Kuschfeld, maar omdat de jonge Afgevaardigde al op zijn zenuwen werkte door jeugdig in zijn conferentiestoel te hangen, 'en zwerflicht behoort tot de gevaren, of liever gezegd, is het grootste gevaar dat de straatlichtbewaarder vandaag de dag loopt, ben ik toch van mening dat we geen tijd en dus licht moeten verspillen. Meneer Kuschfeld, als u zo vriendelijk wilt zijn, bereidt u zich voor op uw nachtdienst zoals het u goeddunkt. We kunnen het ons niet veroorloven de zaak lichtjes op te vatten.' Enkele leden van het Reichsburg Comité voor Naoorlogse Heroverwegingen veerden iets op van hun stoel om de lange vinnen van hun overjassen recht te strijken, andere wisselden van been, ongemakkelijk gemaakt door de woordgrap van de Burgemeester en het opzettelijke moment van stilte dat hij daarop liet vallen.

Meneer Kuschfeld had er eerder over gehoord, het verschijnsel dat in de volksmond zwerflicht werd genoemd. Een jeugdig stroompje elektriciteit maakte zich los van de oorspronkelijk ingezette baan en zette de gehele lantaarnpaal op, laten we zeggen, permanent effect. Een enkeling die was blootgesteld aan het voortvluchtige stroompje en het had overleefd zou de rest van zijn korte leven naar verbrand haar ruiken. Eenieder verloor de taal waarin hij was opgegroeid, maar sommigen ervoeren een soort bevrijding in een taal die hun niet eerder eigen was (zij neurieden plots vrij nasaal Bijbels Hebreeuws of verlaagden hun kaak voor Midden-Engels en verscheurden zelfs hun zachte medeklinkers om zich het Oudgrieks toe te eigenen) en zij trokken merkwaardig lenig de wijde wereld in met hun vreemde nieuwe woorden en overtuigingen.

Dat waren de gelukkigen onder hen.

Meneer Unterrichter, Hoofd Politie in Reichsburg en Omstreken, stond op van zijn stoel om de Burgemeester een glas water in te schenken. De butler van de Burgemeester registreerde met pijn in zijn hart hoe meneer Unterrichter het water hoog boven het glas van de Burgemeester inschonk, zich bewust van het feit dat het zou worden uitgelegd als een fout van de butler er niet sneller bij te zijn. Achter zijn rug trok hij aan de vingertoppen van zijn zachte witte handschoenen.

Meneer Kuschfeld deed wat hij de voorbije weken naar behoren had gedaan: hij onderging het gebeuren met het geduld van een afwezige.

Na de woorden van de Burgemeester waren de comitéleden klaar om meneer Kuschfeld gedag te zeggen. 'Goed dan, meneer Kuschfeld,' zei de Burgemeester. Maar meneer Kuschfeld las het moment verkeerd en begreep niet dat hij werd geacht op te staan en de conferentiekamer te verlaten. Wel begon zijn lichaam hem ongemakkelijk te zitten. Met zijn rechterhand kamde hij door zijn spinnenwebgrijze haar. Hij wreef even over zijn tengere neusbot en voelde hoe lang zijn neus daadwerkelijk was als je het vergeleek met de afstand tussen zijn ogen en mond, die onnatuurlijk kort was; het leek elkaar allemaal een beetje in de weg te zitten, op zijn gezicht. In dat kleine, verborgen en onbewaakte ogenblik voelde meneer Kuschfeld hoe de comitéleden hem opnamen. Hij begon zich te realiseren dat zijn overgecentreerde gezicht te weinig van het aangeboden gezichtsoppervlak benutte. Natuurlijk werden de comitéleden afgeleid door een grote hoeveelheid sproeten die van de onvriendelijke kustlijn van zijn kaak groepjes vormden en hun weg opwaarts vervolgden richting het drukbezochte amfitheater in beide neushoeken van zijn wangen. Als je goed keek dan kon je zien hoe sommige sproeten zich omhoog haastten om een plekje te bemachtigen, en de symmetrie in zowel de hoeveelheid sproeten als de sproetligging op beide wangen was even indrukwekkend als het afschrikwekkend was. Hij kon het verder ook niet helpen dat zijn oren irritant perfect gevormd waren, maar dat zijn zwarte pupillen zijn zilvergroene ogen overspoelden zodat ze de glans van zijn ogen eclipsgewijs dimden. En hij voelde het diep vanbinnen, was ervan doordrongen, wist zeker nu dat allen het erover eens waren dat hij lelijk was op een onaangename wijze.

Wat meneer Kuschfeld over het hoofd zag was dat alle comitéleden ver langs hem heen staarden, naar de zwakke zekerheden van hun eigen bestaan.

Met olifantachtige elegantie stond meneer Kuschfeld op van zijn conferentiestoel.

De Burgemeester, die zo nu en dan zijn paraplu als wandelstok gebruikte, wist wanneer hij belangrijk kon zijn en stond op om meneer Kuschfeld zijn eigen wandelstok aan te geven. Het was niet zo dat meneer Kuschfeld lichamelijk zijn leeftijd vooruit was, maar de stok gaf hem het idee dat hij nog altijd snel en slagvaardig was.

'Goed dan,' sprak Burgemeester Schzietch-Fröm. 'Ik weet dat ik niet hoef te benadrukken hoe belangrijk deze tijden voor onze straatlichtbewaarder zijn. Als ik het me goed herinner dan telt onze hoofdstraat zo'n honderd straatlantaarns, zeg maar van het stationsplein tot aan de burcht. En al deze straatlichten dienen te zijn vervangen voordat de te verwachten hevige sneeuwval op ons dak valt, zoals meneer Sommerbrandt heeft voorspeld, waar wij aanstonds over zullen vergaderen.' De Burgemeester keek de conferentiekamer rond om bijval te vinden. 'En als de sneeuw is gevallen dan zullen we verder praten over de tweehonderd lantaarns die buiten de hoofdstraat vallen, maar dat is nog ver van nu.'

'Tweehonderdentwaalf,' mompelde meneer Kuschfeld.

'Ga nu, meneer Kuschfeld, u weet als geen ander hoe groot de klus is die u te wachten staat.'

In de schouw achter het Reichsburg Comité voor Naoorlogse Heroverwegingen klommen vlammen op elkaars rug, duikelden van elkaars schouders en trokken elkaar stoutmoedig onder in de vlammenzee. Vlammen van dolfijn zag meneer Kuschfeld. In zijn jeugdjaren had hij al moeite gehad om plaatselijke vuren en situaties die vlam hadden gevat te verlaten. Hij kon uren achtereen naar de honger van een vuur staren. En ook nu dwaalden zijn gedachten af; zijn ogen fixeerden zich op de vlammen en zijn gedachten draaiden en duikelden tot hij in het vuur een glimp, een moment, het omkleden opving van een vrouw die hij nog kende van toen.

'Goed dan, meneer Kuschfeld.'

'Ahum, ja. Ach, ja.'

Vertrouwelijk leunend op zijn wandelstok liep meneer Kuschfeld de conferentietafel rond en schudde bedachtzaam de handen van de comitéleden.

De handdruk van grootgrondbezitter en Hoofd Begraafplaats en Naoorlogse Raadgeving, Burgemeester Schzietch-Fröm, was vriendelijk, accuraat en formeel.

Aan de linkerzijde van de Burgemeester stond de Voorzitter van het Reichsburg Comité voor Naoorlogse Heroverwegingen en Hoofd Sneeuw in Reichsburg en Omstreken, meneer Sommerbrandt, die altijd koude handen had. Meneer Sommerbrandt was getrouwd met de mezzosopraan van het Reichsburg Philharmoniker, mevrouw Brandt-Barole, over wie werd gefluisterd dat haar klankkleur gevaarlijk dicht naar een altstem was gekelderd nadat zij haar kind aan een hongerige zomerkoorts had verloren, wat desastreus zou zijn voor haar eigen zangcarrière maar welkom voor de samenklank van het Reichsburg Philharmoniker als geheel. Meneer Kuschfeld hield de hand van meneer Sommerbrandt iets langer vast, zodat de temperatuur van zijn eigen handen de kou van meneer Sommerbrandts handen wat kon temperen.

Meneer Unterrichter, Hoofd Politie in Reichsburg en Omstreken en een kort-en-kordaat man, schudde de uitgestoken hand van meneer Kuschfeld op een formele, accurate en onvriendelijke manier.

De raadsleden ondergingen het afscheidsritueel geduldig. Sommigen staarden naar de grote doeken aan de muur waarop veldslagen waren afgebeeld die diep genoeg in het verleden lagen om ze als iets onverdeeld heroïsch te beschouwen.

De Directeur van de Lichtfabriek, meneer Groß (enig kind en erfgenaam van wijlen Heller Groß, die was geëlektrocuteerd voor het in gang zetten en exploiteren van het Nachtglanz-project, een werkkamp hoog in de Vogezen dat de productie van gloeilampen danig had opgekrikt), accepteerde meneer Kuschfelds hand, maar bleef op gepaste afstand.

Toen de harige, barmhartige en oneerbiedige hand van

Von Kleinenleedt zijn hand drukte, fluisterde meneer Kuschfeld in zijn schone oor, 'En morgen zullen we er verder over praten, Dokter.'

En de Dokter benadrukte vriendelijk, 'We zullen zien wat we voor u kunnen betekenen, meneer Kuschfeld.'

Ten slotte accepteerde meneer Kuschfeld de hand van de jonge Afgevaardigde van het Kiesdeel Rheinland-Pfalz, meneer Vögel. De nieuwbenoemde Afgevaardigde nam overal waar hij naar afreisde een zakkammetje mee dat hij in de binnenzak van zijn jas had gestoken. Strikt geschoren en bijgeknipt, soms tot over de nagelranden in het gevoelige roze van zijn vingers, rook hij naar iets nieuws en afschrikwekkends.

'Goed dan, meneer Vögel,' mompelde meneer Kuschfeld.

'Wacht even, laat me u vergezellen. Heren,' meneer Vögel bewoog zijn welgemanierde hand langs zijn precieze kaaklijn. 'Heren, dank voor uw gastvrijheid. U zult ongetwijfeld begrijpen dat mijn benoeming tot Afgevaardigde van ons Kiesdeel me verplicht over te gaan tot de, tot de... ahum, tot de nader te benoemen volgendheden...' Door de hoge ramen van de op de eerste verdieping gelegen conferentiekamer spotte meneer Vögel een vrouw van middelbare leeftijd die het dorpsplein overstak. Halverwege zette ze haar boodschappen een ogenblik neer op de koude kasseien, hees dwars door haar enkellange rok heen haar kousen op tot heuphoogte, pakte de boodschappentassen weer op en vervolgde haar weg. '... wat ehm, wat naar voren zal komen uit mijn nieuwe verplichtingen zoals u zult begrijpen ten aanzien van mijn benoeming tot Afgevaardigde van ons Kiesdeel. Goed, ik zal het voor nu hierbij laten. Nogmaals dank voor uw gastvrijheid. Heren, een goedenavond.' Terwijl hij op de deur van de conferentiekamer af liep waar meneer Kuschfeld op hem stond te wachten, haalde meneer Vögel zijn kam uit de binnenzak van zijn jas om de rechtsgang in zijn haar te bevestigen.

De butler sloot met gespannen voorkomendheid de deur van de conferentiekamer achter de twee heren. De raadsleden staarden naar het hout van de deur totdat zij met zekerheid konden zeggen dat de Afgevaardigde uit hun midden was vertrokken.

'Ligt het aan mij of wordt onze straatlichtbewaarder kaler en kaler, dwars door zijn dunne haar heen?' vroeg meneer Groß, daarmee uit de weg gaand wat er daadwerkelijk in de gedachte van het comité omging, terwijl hij zijn lange, zilverblonde haren bij zijn slapen vandaan haalde en achter zijn robuuste oorschelpen haakte.

'Hij is altijd al een beetje een schetsmatige verschijning geweest. Half werk, zeg maar,' bracht de Dokter in, die meneer Kuschfeld al zolang hij zich herinnerde tot zijn patiënten mocht rekenen en het niet geheel oneens was met meneer Groß.

De Burgemeester verlegde een lok haar van de zijkant van zijn hoofd naar zijn kruin waar een onreligieuze tonsuur de dienst uitmaakte.

'Hij heeft wel iets weg van een Schiele-schets, of niet soms?' sneed meneer Groß het gesprek weer aan, en langs vers geknisper in het haardvuur stak een dure lach op.

Terwijl de heren van het Reichsburg Comité voor Naoorlogse Heroverwegingen hun plaats weer innamen om de novemberlange Jablochkoff-Kaars Conferentie van 1950 tot een definitief einde te brengen en de discussie te openen over de hevige sneeuwval die in aantocht was, boog de Burgemeester zich naar de Dokter en fluisterde hem toe, 'Volgens mij is er iets ophanden, Von Kleinenleedt. Het gaat mij te boven, maar meneer Vögel bezorgt me de koude rillingen. Hij had zijn komst op z'n minst kunnen aankondigen.'

De Dokter overwoog met zijn tanden een ivoren beeneind van zijn bril.

Nadat het comité zichzelf had verrast door voortvarend te concluderen dat sneeuw, hoe-je-het-ook-bekeek, sneeuw zou zijn, sprak meneer Groß de heren rondom de conferentietafel toe, 'We moeten korte metten maken met de nieuwe Afgevaardigde van ons Kiesdeel. Hij is nog jong, wat betekent dat hij alle kanten op kan met zijn delicate missie. Misschien is hij wel zo'n missionarisachtig type, weten wij veel. Overigens, bij nader inzien is dat het enige wat we met zekerheid over deze man kunnen zeggen. Een misselijkmakend missionarisje, en dan druk ik me nog voorzichtig uit.'

Von Kleinenleedt bracht zijn feilloze adem aan op zijn brilglazen, maar besefte toen dat de zijden zakdoek in de borstzak van zijn jasje voor decoratieve doeleinden was en vastgenaaid zat.

Meneer Sommerbrandt liet een dikke sigaar in de volle lengte langs zijn opengesperde neusgaten passeren.

De Burgemeester was verbaasd over het feit dat klaarblijkelijk niet over het onderwerp gefluisterd diende te worden.

'Dus we zijn het er allemaal over eens?' vroeg meneer Groß.

'Ik geloof het wel,' zei de Burgemeester. 'Waar zat je aan te denken?'

'Ik ben niet helemaal zeker van mijn zaak.'
'Niet zeker van zijn zaak.'
'Maar we kunnen het niet laten voor wat het is.'
'Nee.'
'Wat als ik hem morgen uitnodig,' stelde meneer Groß voor, 'voor een diner of een afzakkertje.'
'Dat is helemaal geen slecht idee.'
'Misschien dat ik erachter kan komen waar hij voor gekomen is. Ik denk dat het een goed idee is als meneer Unterrichter en zijn vrouw aanschuiven. Dan zijn we een groep, en een groep drinkt sneller.'
'Een groep is gulziger, het valt niet te ontkennen.'
'Goed dan, alles in ogenschouw nemend, denk ik dat we het beste...' de Burgemeester nam een moment de tijd om vervolgens van het moment gebruik te kunnen maken, en verhief zijn stem, 'dat wil zeggen, als Burgemeester van Reichsburg en Omstreken zeg ik u bij dezen dat ik instem met het plan van meneer Groß. Het is een gewichtige en bovenal gevoelige zaak. Een uiterst gevoelige zaak, als u het mij vraagt.'
'Goed. Dat is het dan, geloof ik.'
'Dat is het,' vond ook meneer Unterrichter, alhoewel hij niet zeker wist wie dat zojuist had gezegd.
'Overweeg je nog om naar de Philharmoniker-receptie te gaan, vanavond?' vroeg meneer Groß aan de Dokter, nu de conferentie ten einde leek te zijn gekomen.
'Ach, de wijnproeverij, dat is waar ook. Ja, ik denk het wel,' antwoordde de Dokter. 'Ik zou niet weten waarom niet.'

Ondertussen hadden meneer Kuschfeld en de jonge Afgevaardigde het stadhuis van Reichsburg achter zich gelaten en liepen ze langs de Moezel in de richting van meneer Kuschfelds woning, over gebochelde kasseien, het silhouet van de burcht in hun rug.

'Het is echt niet nodig dat u me helemaal naar huis loopt,' zei meneer Kuschfeld. Maar wat voor meneer Kuschfeld wellicht de emotionele afstand tussen het ene en het andere stadsdeel was, was voor meneer Vögel niet meer dan een aardige wandeling, een welkome gelegenheid om zijn jonge benen te strekken.

'Ik ben hier geboren,' zei meneer Kuschfeld, 'en ik ben hiernaar teruggekeerd.'

'Is dat zo, meneer Kuschfeld?'

'Ach, meneer Vögel, u moet het zo zien, het is een alleraardigst gehucht. Hoe je het ook bekijkt, helemaal zo slecht nog niet. Een man kan tevreden zijn tegen de berghelling begraven te worden.'

'Als u het zegt.'

'En het ligt aan een rivier.'

'Dat valt niet te ontkennen.'

'Door een rivier lijkt het alsof er een uitweg is. Zodoende is het gemakkelijker om te blijven.'

Terwijl ze verder langs de Moezel liepen, probeerde meneer Kuschfeld zijn gedachten op een rij te zetten. Hij zou de honderd gloeilampen in de straatlantaarns van de hoofdstraat proberen te vervangen nog voor de verwachte sneeuwval, maar morgen zou hij een woordje wisselen met meneer Von Kleinenleedt. De Dokter, met zijn harige, barmhartige en oneerbiedige handen. Een man die werd gekleed door zijn geweldige uithoudingsvermogen.

Tien minuten later staken ze het stationsplein van Reichsburg over. Meneer Kuschfeld keek niet op naar zijn raam op de tweede verdieping maar liep stug door naar de brievenbus die aan de stationstoren was bevestigd. Hij opende de brievenbus met een kleine sleutel die aan een koord om zijn nek hing, bukte zich om het kreukelige blik in te kijken, voelde nog eens goed met zijn hand en deed toen voorzichtig de brievenbus weer dicht. Hij draaide zich om naar de jonge Afgevaardigde en tikte tegen de rand van zijn hoed bij wijze van afscheid, alhoewel hij geen hoed droeg.

De Afgevaardigde keek toe hoe meneer Kuschfeld de torentrap op klom en wachtte tot een vorm van licht in het raam op de tweede verdieping zou verschijnen. Het licht kwam echter niet. Waarschijnlijk, zo redeneerde de Afgevaardigde, kon meneer Kuschfeld blindelings de weg in zijn bescheiden bestaan vinden.

Toen meneer Vögel zich terugtrok op zijn hotelkamer in een nauwe Altstadt-steeg, prees hij zich gelukkig dat hij niet langer naar de details van een verleden hoefde te vragen. Nu hij tot Afgevaardigde van zijn Kiesdeel was benoemd had hij zich voorgenomen het reilen en zeilen van de welgezinde gehuchten aan de Moezel op een diplomatieke manier te leren kennen. Hij zou er de tijd voor nemen en zich op de achtergrond houden. Hij beloofde zichzelf dat hij de namen van de mensen uit dit gehucht uit zijn hoofd zou leren en deze mensen zou waarderen voor wat zij van het leven hadden gewild, en om te beginnen was er iets in meneer Kuschfeld wat hem op zijn gemak stelde.

1

drie generaties later

Ongeacht de hoeveelheid lichten die er in het huis aan waren, behield het halletje altijd dat duffe licht van een ruimte waar de moleculen van in slaap zijn gesukkeld, van een ruimte die slechts als doorgang dient. Een doorgang naar de woonkamer, of naar de wereld voorbij de voordeur. Zelfs het buitenlantaarntje kwam nauwelijks door het troebele voordeurglas heen gezet. Vanuit de hal leek het een ver licht op zee.

Aan een spijker in de muur hing een portret van een oude man. De man in het schilderij had witte ouderdomsvegen op zijn linkerwang en voorhoofd. Zoals de plekken eelt onder een voet waaraan je eindeloos kunt krabben zonder dat je er iets van voelt.

Soms zat Victor in de hal tussen de gympen en wandelschoenen van zijn ouders en zijn één jaar jongere broertje Benjamin en staarde hij naar het schilderij. Hij kon uren achtereen naar het portret kijken, totdat hem het gevoel bekroop dat er teruggekeken werd.

Het gezicht leek ruwweg op het doek aangebracht, dicht tegen een schets aan. Als een gezicht dat nog steeds onopgeruimd overkomt na een scheerbeurt met dure zeep. Het was wat slordig, alsof het elkaar allemaal een beetje in de weg zat, op zijn gezicht. Zijn handen daarentegen waren zeer gedetailleerd geschilderd. Mollige polsen en een jonge huid. Kloppende aderen die droogvielen ter hoogte van zijn kreukelige knokkels. Vettige, gele randen waar zijn nagels uit zijn vingers tevoorschijn kwamen. Handen die jeukten om aan het werk te gaan, om iets onder handen te nemen. Victor had maar één keer eerder zoveel details gezien, toen hij op zijn allereerste overhoring Natuur & Omgeving het exacte jaar van een bosbrand moest aflezen aan de ringen van een onthoofde boom.

De vele tinten roze, grijs en wit die het gezicht suggereerden waren wat koud en streng op het doek aangebracht, besloot Victor. Soms zag hij alleen die kleuren, in het duffe licht van het halletje. Maar wanneer hij met zijn broertje verstoppertje speelde en door de gang rende, of wanneer hij 's nachts langs het portret sloop op weg naar de badkamer, voelde hij plots de aanwezigheid van een gezicht in het masker van verf, alsof de kleuren aanvetten tot iets van vlees.

's Nachts, wanneer Victor droomde van een wereld waarin hij de meest intieme details kende maar soms ook de grote lijnen niet kon thuisbrengen, verscheen de man aan de rand van zijn droom, schuifelend tussen boomgestalten of met licht voetenwerk een meer overstekend. Wanneer Victor wakker werd voelde hij dat de man zich moest haasten om op tijd terug te zijn in zijn omlijste universum. Toen Victor zijn vader vroeg wie de man in de hal eigenlijk was, antwoordde Vader dat het zijn vaders vader was. Maar dat was alles wat hij wist. 'Ik geloof dat de verhalen van je overgrootvader met je opa het graf in gaan, jongen. Hij praat niet zo graag over zijn vader.'

'Maar waarom hangt hij dan in de hal?'

'Omdat het je overgrootvader is. Kun je me mijn tennisracket aangeven?'

Het was de eerste keer dat Victor zijn vader in een korte broek zag en het was de eerste keer dat hij zich realiseerde dat zijn vader mooie benen moest hebben gehad.

'Dank je, jongen,' zei Vader, terwijl hij meerdere sleutels, zijn portemonnee en een flesje water in zijn wonderbaarlijk kleine zakken probeerde te proppen. 'Misschien dat ik het wel boven opberg, op zolder. Maar goed, het is en blijft je overgrootvader. Waar blijft Evelien?'

Victors moeder had besloten dat het goed voor de gezondheid van haar echtgenoot zou zijn als hij zich bij een tennisgroepje voor beginners zou aanmelden. Vader was er nog niet uit of hij het ook een goed idee vond en of hij het tennisracket met zijn linker- of zijn rechterhand zou oppakken. 'Ik schrijf met mijn rechterhand, maar het voelt alsof zich tal van nieuwe mogelijkheden zullen aandienen als ik ga tennissen met mijn linker,' zei Vader, terwijl hij de volle lengte van de gang benutte om de afzwaai van beide eenhandige backhands te proberen.

Moeder deed veel van haar ideeen op wanneer ze een avondwandeling zonder hond maakte. Wanneer Vader de hond iets later uitliet terwijl Moeder nog buiten met haar avondoverdenkingen in de weer was, kruisten hun paden in het kleine parkje aan de overkant van de straat, en af en toe deed de hond er even over om haar te herkennen. Soms passeerden ze elkaar zonder enige vorm van herkenning.

Als Vader even later met de hond thuiskwam verstopte Moeder zich geregeld in de gordijnen van de woonkamer of achter een tussendeur en wachtte ze tot Vader haar kwam zoeken. De plekken waar Moeder zich verstopte waren niet bijzonder, clichés zelfs. Maar het gebeuren an sich was opwindend. Vaak wist Vader al op het moment van thuiskomen waar Moeder zich had verstopt; pas dan begon het spel echt.

De hond had liever dat de dingen zich openlijk afspeelden. Het hele gebeuren werkte nogal op z'n zenuwen.

Napoleon was een witte wolfshond afkomstig uit de zuidelijke Pyreneeën. Hij was gefokt om kuddes schapen te hoeden. Perfect voor een eerste hond, had Vader gevonden. De hond wist hoe een hond te zijn zonder hen.

In het begin was Moeder niet weg van de naam, maar Vader dacht dat het historisch juist was dat Napoleon luisterde of niet luisterde naar bevelen als 'zit' of 'blijf'.

Moeder was huisarts. Zij achtte het ongewenst handen te schudden met patiënten of kennissen gedag te zoenen. Af en toe ontving ze een bos bloemen van mensen die ze overeind had geholpen en dan maakte ze zich grote zorgen hoe zij achter haar adres waren gekomen, en achter het adres van haar kinderen.

Vader, sinds jaar en dag dichter, had jaren geleden besloten dat hij een roman wilde schrijven. Na jarenlang de wereld om zich heen te hebben bestudeerd door de gevoelige lens van zijn gedichten (een wereld die zich slechts zelden voor Vader leek te openen, soms gebeurde het als hij zich al uren achter zijn schrijfbureau bevond, maar vaker gebeurde het in de ongemakkelijkheid van een drukke supermarktrij of wanneer hij juist zorgvuldig in bed was gestapt om zijn vrouw niet te wekken) wilde hij nu de lome lengte van een roman uitzitten. Het idee wakker te worden en vroeg achter zijn bureau plaats te nemen wetende wat er die dag geschreven moest worden en waarnaartoe geschreven werd had op zichzelf al een kalmerend effect op hem. Behalve dan dat het nog geen uitgemaakte zaak was waarover hij wilde schrijven. Wellicht over zijn familie, en het familieleven. Schrijf over wat dicht bij je staat, daar werd je mee doodgegooid. En een cliché moest wel de oersaaie waarheid bevatten.

Vaders besluit om een roman te schrijven was samengevallen met zijn vijftigste verjaardag. Hij had het vijftigste levensjaar altijd al als de markering van een halverwege gezien. Een halverwege dat nog altijd een vergezicht van tijd aan de dag legde, een tijdruimte waarin hij terug zou keren naar de sigaret en zijn familie en vrienden wijselijk zou bijstaan. Helemaal-het-heertje. Maar toen Vader daadwerkelijk vijftig was geworden realiseerde hij zich dat hij geenszins halverwege zijn leven was, maar ver daaraan voorbij schipperde. Niet zozeer in een feitelijke hoeveelheid jaren, vandaag de dag bereikten vele mensen de leeftijd van vijfentachtig, negentig. Maar emotioneel gezien wel degelijk; dat vergezicht van tijd was niet zo onmetelijk als hij had gedacht, en soms kon hij in de verte zien waar het land ophield en de aarde plat bleek.

Vader had zich genoodzaakt gevoeld zichzelf uit te leggen aan de generaties die nog zouden komen, op een bestendiger wijze dan via de onvoorspelbare scheurtjes realiteit die zijn gedichten hadden voortgebracht. En dus stond de tijd hem nu tegen, want hij had nog maar een beperkte hoeveelheid halverwege om aan de rest van de wereld te bewijzen hoe lang zijn adem was.

Wanneer Vader overwoog over zijn familie te schrijven wist hij dat hij zijn familiegeschiedenis in ogenschouw zou moeten nemen. Anders zou het incompleet overkomen. En een overduidelijke afwezigheid zou te veel ongenode aandacht trekken en op den duur zelfs alle aandacht kunnen gaan opeisen. Zo'n gapend gat had de neiging gewicht op zichzelf te worden, en gewicht ging vanzelf over in gewichtigheid en uiteindelijk in relevantie, totdat de afwezigheid van een familiegeschiedenis het hele verhaal zou zijn. En dus had Vader haast om zijn roman te schrijven maar aarzelde hij over de roman die hij in gedachte had.

Moeder dacht er het hare van; die haast van Vader viel wel mee. De laatste tijd ging hij naar de ambachtelijke slager voor vleeswaren die het etiket *vers van 't mes* droegen en stond hij lang in de rij voor de deur van de bakkerswinkel voor ongesneden brood en krakende croissants. Hij las niet langer de krant die thuis werd bezorgd maar stapte 's ochtends vroeg de deur uit om een weids variété aan kranten onder-zijn-oksel-gestoken af te rekenen bij de kiosk op het pleintje. Op het terras van Boulangerie Michelle ontvouwde Vader *Le Monde* en werkte hij aan zijn Frans door de vetgedrukte koppen te lezen, de windvingers die aan de bovenhoeken van zijn krant trokken nauwlettend negerend. Hij wachtte zijn zonen twintig minuten voordat de schooldag voorbij was al op het schoolplein op en hij overwoog weer eens een pakje sigaretten te kopen. Op doordeweekse dagen nam hij de hond mee naar het strand en maakte lange zondagse wandelingen.

'Daar zul je haar hebben,' zei Vader, en hij gaf zich over aan een rechtshandige smash waarbij beide voeten gelijktijdig van de grond kwamen.

Moeder stuiterde een tennisbal de gang in: reden voor Napoleon om zich kenbaar te maken. Toen de hond was verteld de tennisbal niet aan te raken ging hij demonstratief voor de voordeur liggen om duidelijk te maken dat niemand zonder hem van huis ging.

'We zijn maar een uurtje of twee weg,' zei Vader. Hij zakte door zijn knieën om Victor een kus op zijn hoofd te geven, maar halverwege klampte hij zich vast aan zijn dijen en duwde zichzelf terug omhoog. 'Ach ach ach, oude spieren,' zei hij, terwijl hij de leeftijd van zijn benen probeerde los te schudden. 'Geef me dat maar voor m'n verjaardag, een nieuw paar benen.'

'We zijn voor achten terug,' nam Moeder over. 'Jullie mogen buiten in de achtertuin spelen, maar onder geen beding verlaat je de tuin, begrepen? En de hond blijft binnen.'

Vader tikte Moeders achterwerk aan met zijn racket, 'Tennis staat je wel, schat.'

Moeder glimlachte en streek de stijfheid uit haar nieuwe tennisrok, maar realiseerde zich toen dat ze het speelse tikje van haar man eigenlijk niet van deze tijd vond. 'Waar zijn Tom en Sicco, zijn ze er nog steeds niet?' Victor had zijn moeder eerder in witte kleren gezien, en toch was dit anders. Het leek alsof ze serieuze schade kon aanrichten.

'Daar zijn ze,' zei Vader, terwijl hij de voordeur opende naar de met lindebomen begrensde stoep. Geconfronteerd met de overvloed aan ruimte overwoog Vader een linkshandige backhand.

Een donkergroene familieauto parkeerde onder het roerige gebladerte. Napoleon was ontsnapt ondanks Vaders 'blijf!' en de hond sprong hoog op tegen de autoramen waar Tom en Sicco achter zaten.

Vader zwaaide met zijn tennisracket in zijn rechterhand naar Tom en Sicco's moeder, Liv. Liv leunde met haar hoofd naar buiten en vroeg, 'Zijn we er klaar voor?'

Liv was een ervaren tennisser en commissielid van de club. Ze genoot daar enig aanzien vanwege het binnenhalen van een tien zomers lange Côtes-de-Provence-rosédeal. Ze was advocaat en beheerde een zonnebankketen.

Liv had ermee ingestemd Evelien en Karl te vergezellen naar hun beginnersklas om zich ervan te verzekeren dat ze dit keer ook daadwerkelijk zouden gaan. Liv was het type moeder dat je iedereen toewenste, maar zou moeten heroverwegen als je zelf de keuze kreeg voorgehouden.

'Dus je mag met Tom en Sicco en je broertje in de tuin spelen,' zei Moeder, 'maar je weet wat ik je heb gezegd. Waar is Benjamin eigenlijk?'

'Tv aan 't kijken,' zei Victor.

'Goed dan, en zorg je ervoor dat Napoleon binnen blijft?'

Tom en Sicco groetten Victor. Liv toeterde en verving haar oude kauwgom door een nieuw stukje rubber.

'Zullen we verstoppertje spelen?' vroeg Victor aan Tom en Sicco.

'Mij best,' zei Sicco.

Nadat Sicco drie keer achter elkaar als eerste was gevonden besloot hij dat het tijd was om vuur te maken. Victor redeneerde dat het strikt genomen niet verboden was om vuur te maken. Met enige regelmaat hadden ze het mogen doen als de oppas erbij was. En nu zijn ouders hem de laatste tijd steeds meer verantwoordelijkheid gaven zou een gecontroleerd vuur alleen nog maar meer bewijzen dat hij hun vertrouwen waard was.

Ze verzamelden allerlei soorten en maten takken en takjes uit de tuin en vulden de vuurton verder op met oude kranten uit het halletje. Benjamin, tien jaar oud en met een grote accountantbril op zijn neus, vroeg wat ze aan het doen waren, en Sicco zei dat hij moest wachten: dan zou hij het vanzelf zien.

Sicco zou nooit met Victor en zijn broertje komen spelen als hun moeders niet bevriend waren geweest.

'En deze stapel hout?' vroeg Tom.

'Die is voor de haard binnen,' zei Victor.

'Mooi zo,' zei Sicco, en hij gooide drie zware houtblokken in de vuurton.

Benjamin nam zijn bril van zijn neus om het aannemelijker te maken dat hij niets met de aanleg van het vuur te maken had. Benjamin was een geboren rekenaar met een geweldig instinct voor situaties die hem in de problemen konden brengen.

Victor deed zijn best om meer aan de potentiële hoogte van het vuur bij te dragen zodat hij wellicht door Sicco erkend zou worden tijdens de schoolpauzes; Sicco was de sterkste jongen van de school en Victor had gemerkt dat de pauzes om hem draaiden en de pauzes zelf belangrijker werden.

Tom was actief op passieve wijze.

'Net dolfijnen,' zag Victor.

'Wat?'

'Die vlammen. Hoe ze opspringen en terug de ton in duikelen.'

'Heb je ooit een dolfijn in het echt gezien dan?'

'Nee.'

'Hoe weet je dat dan?'

Geen dolfijnen dus, dacht Victor, alhoewel het hem niet lukte ze niet te zien.

Aanvankelijk was het vuur hoog en behoorlijk wild, maar

omdat de zon nog niet voorbij de achtertuin was geschoven waren de vingers van het vuur moeilijk te zien. Na een halfuur klommen de vlammen niet langer uit de vuurton en niet veel later kalmeerden ze en kropen ze terug onder het verkolende hout.

'Dit is saai. We hebben iets groots nodig,' was Sicco's conclusie, en Tom was het met zijn broer eens.

'We hebben meer hout en grotere houtblokken achter het schuurtje,' opperde Victor.

'Hout is hetzelfde maar meer, dus meer van hetzelfde,' redeneerde Sicco.

Benjamin plaatste zijn bril kortstondig terug op zijn neus om te kijken of Sicco's gedachtegang standhield, en zette de bril toen weer af.

Tom draaide zijn pet achterstevoren op zijn hoofd en haakte zijn haar achter zijn oren.

'We zouden kunnen kijken wat er voorbij de tuin is,' probeerde Sicco.

Benjamin sloot resoluut zijn ogen.

'Ik heb geen sleutel om weer terug de tuin in te komen,' zei Victor, en alle vier voelden ze dat die sleutel onvindbaar zou zijn.

Tom spuugde in het vuur dat siste als een schuw dier. Sicco keek Tom streng aan. Tom haalde zijn schouders op en was weer gewoon Tom.

'Het portret in de hal.'

Allen draaiden zich naar Victor.

'Het portret in de hal,' herhaalde Victor, wachtend op Sicco's reactie.

'Wat?' zei Sicco, toen ze gevieren onder het schilderij stonden, Napoleon in hun kielzog. Dit was een voorstel waar zelfs Sicco over moest nadenken. 'Weet je het zeker?'

'Benjamin,' drong Victor aan, 'help me even met die stoel.'

Maar Benjamin kon het allemaal niet goed zien en dus schoven Tom en Victor een stoel tegen de muur en klom Victor erop. Het portret was een stuk lichter dan Victor had gedacht.

'Weet je het zeker?' vroeg Tom.

'Dit schilderij spookt,' zei Victor. 'Zelfs mijn vader weet niet precies wie het is, behalve dat het ooit zijn opa was. Hij is er ook een beetje bang voor.'

'Waar is je vader dan bang voor?'

'Dat hij de man niet kent die zijn opa is.'

'Maar waarom hangt hij dan in jullie hal?'

'Omdat de man in het schilderij ons wel kent.'

'Ik vind het eng.'

'Ik ook.'

'De man in dit schilderij spookt hier rond.'

En dat was genoeg voor Sicco, wat betekende dat het genoeg was voor de groep. Ze moesten alle vier helpen om het portret naar de vuurton in het midden van de tuin te dragen vanwege de grootte van het gevaarte, en de onderneming begon iets religieus te krijgen.

De zon was het huis nu voorbij en ze konden de kleuren van de verf ontwaren in de vlammen die uit de ton sloegen. De grijze achtergrond van het doek bleek uit allerlei lagen groen en blauw te bestaan en onder het geportretteerde gezicht zaten vele tinten rozerood en wit. Napoleon had van de gelegenheid gebruikgemaakt om achter de jongens aan de tuin in te rennen aangezien geen van de jongens zijn handen vrij had om de deur te sluiten terwijl zij het portret naar buiten droegen. De hond sprong wild op rondom het vuur, bevrijd als hij was nu hij bij de groep hoorde. Nog voordat het vuur ging liggen verdwenen de jongens naar binnen om boven televisie te kijken.

Victors ouders kwamen iets na negenen thuis en pas toen Victor de voordeur dicht hoorde vallen realiseerde hij zich dat hij iets verkeerds had gedaan. Door de metalen klik van het slot, gevolgd door de zware houten echo van de deur, leek alles op z'n plaats te vallen. Naast hem op de bank was Benjamin instinctief in slaap gevallen.

Moeder voorvoelde de aanwezigheid van een afwezigheid. Vader lokaliseerde de afwezigheid als een leegte in de hal. Bij binnenkomst roken ze direct de geur van een smeulend vuur.

Liv nam Tom en Sicco bij de hand en was haastig vertrokken. Victor besefte dat hij zojuist de verzachtende omstandigheid van bezoek had verloren.

Benjamin werd voortvarend naar bed gedirigeerd.

Toen Moeder en Vader hadden gezien wat er was gebeurd werd Victor naar zijn kamer gestuurd; ze hadden de tijd nodig om met elkaar te overleggen hoe ze op deze nieuwe situatie moesten reageren, en ze overlegden zonder een woord te wisselen. Moeder nam plaats achter haar bureau en staarde naar het werk dat ze mee naar huis had genomen zonder het te lezen. Vader zonk diep weg in zijn verfomfaaide fauteuil. Vijf minuten later kwam hij Victors kamer binnen. Het was de eerste keer dat Victor zijn vader als een indringer zag die hem in gevaar kon brengen.

Victor voelde zijn vaders hand nagloeien op zijn achterwerk terwijl hij zijn tanden poetste, zijn pyjama aantrok en zichzelf afsloot onder de dunne veiligheid van zijn zomerdeken. Maar hij had ook een lichte aarzeling in Vaders bestraffing gevoeld, alsof de handeling hem ongemakkelijk viel en herinneringen opriep aan handen en familie, of een familiegeschiedenis van handen en handzaamheid.

Victor dacht aan de handen van zijn overgrootvader die met zoveel oog voor detail waren geschilderd. Handen die aan het werk wilden, maar nu tot bedaren waren gekomen. En Victor besefte dat hij niet een rondspokende aanwezigheid had verwijderd, maar gestalte had gegeven aan een afwezigheid; hij had de enige herinnering van Vader aan zijn grootvader verbrand. Het enige wat Vader van zijn grootvader had was het portret in de hal geweest. Dat had Victor gevoeld toen Vader zijn kamer was binnengekomen. En hij had het zeker gevoeld in de gelatenheid waarmee Vader hem ter hand had genomen.

Een overweldigend gevoel het goed te willen maken overviel hem. Misschien kon hij zijn eigen grootvader vragen naar Vaders grootvader, wanneer ze weer met hem skypeten. Hem tot leven wekken door naar verhalen te vragen die anders verloren zouden gaan.

Nadat Moeder een douche had genomen kwam ze Victors kamer binnen en ging op de rand van zijn bed zitten. Met haar wijsvinger volgde ze de omlijning van Victors oor. Toen gaf ze hem een kus en zei ze dat zijn haar chemisch rook en dat hij zoiets nooit meer mocht doen en dat hij dat ook wel wist, en ze verdween naar haar slaapkamer.

Vlak voordat ze het bed in stapte zei ze tegen Vader, 'Ik had het niet zo op dat portret, maar ik weet niet precies waarom.'

Vader legde zijn pen neer in een dekengleuf. Hij had

geprobeerd een openingszin voor zijn roman te bedenken, maar hij had niks op papier gezet.

Hij wist ook niet precies wat hij van de hele situatie moest vinden. In een handwerkmatige gemoedstoestand had hij zijn zoon terechtgewezen. Hij had geprobeerd te bedenken wat hij van de situatie en het portret vond voordat hij naar boven ging, maar er was geen enkele gedachte in hem opgekomen. Hij wist niet wat hij ervan moest denken en dus was zijn hoofd frustrerend leeg gebleven. Zijn lichaam had zich uit zichzelf in beweging gezet en was de trap op geklommen. Victor straffend ter hand nemen voor het maken van een vuur was een vanzelfsprekendheid. Hij hoefde de gevaren van zo'n onderneming niet uit te schrijven. Ze hoefden er niet over te praten en ze hadden dan ook geen woord gewisseld toen hij Victors kamer was binnengekomen. Hij had in Victors ogen gezien dat hij wist dat zijn vader een gegronde reden had om boos te zijn.

Toch had hij zich ongemakkelijk gevoeld toen hij Victors arm beetpakte. Hij had Victor nog nooit een vermanende tik gegeven, alhoewel Vader regelmatig door zijn eigen vader hardhandig was aangepakt, en voor veel kleinere vergrijpen. Er waren dagen bij dat hij zijn vader simpelweg voor de voeten had gelopen, ongeacht welke hoek van het huis hij in kroop.

Maar Vader behoorde tot de generatie die had gebroken met het traditionele slaan van kinderen. Als generatie waren ze tegen hun ouders in opstand gekomen en nu was het straffen van je kind strafbaar. Niet dat hij Victor echt geslagen had, natuurlijk niet. Slechts een paar tikken op zijn achterwerk, dat was alles. Verwaarloosbaar vergeleken met wat hij zelf had moeten doorstaan als kind. In zijn jeugdjaren leerde hij al snel dat hij boven alles zijn hoofd moest afschermen met zijn armen en handen.

Evelien had met geen woord over het voorval gerept. Uiteraard zag hij dat ook zij haar zonen af en toe de nek wel kon omdraaien, maar zoiets zou ze nooit doen. Niet echt. Niet met permanent effect.

Maar wat te denken van het portret van zijn opa, meneer Kuschfeld?

De familienaam was alles wat hij had. De dag en het jaar van zijn geboorte waren waarschijnlijk achter op het schilderij gekrabbeld, op een van de houten steunbalken.

Vaders vader had nooit veel verteld over de man die hem had opgevoed. Vaders opa had een rol gespeeld tijdens de Tweede Wereldoorlog, en die was niet goed geweest. Je praatte niet over zulke zaken, ongeacht aan welke kant je had gestaan, of bleek te hebben gestaan nadat de misten van de oorlog waren opgetrokken. Vader wist dat zijn familie in Nederland woonde omdat ze voor het einde van de oorlog Duitsland hadden verlaten. Nog voor de veroordelingen van de grond waren gekomen, en de jacht. Hij wist niet precies wat zijn opa's rol in de oorlog was geweest, maar misschien zei het al genoeg dat ze de nieuwe situatie ontvlucht waren, toentertijd.

En wellicht was het portret van zijn opa in de hal wel een soort van tweedehands schuldbelijdenis geweest. Door iets zo openlijk op te biechten ontnam je een ander het recht om je te beschuldigen of beschuldigend te bevragen. Zoiets had hij ooit in een roman van Oscar Wilde gelezen, en het had hem toen aangenaam gerustgesteld. Wat de aard ervan precies was wist hij niet, maar nu de schuldbelijdenis zelf uit hun hal was weggenomen kwamen er vragen uit onbezochte hoeken van het huis gekropen. Oude vragen in nieuw kostuum.

Probleem was dat het niet lang zou duren of hij kon die vragen niet langer stellen; hij had zijn vijfentachtigjarige vader, door de familie simpelweg Opa genoemd, beloofd hem te helpen een wilsverklaring op te stellen. Vader zou in naam van Opa handelen mocht Opa iets overkomen waardoor hij niet langer over zijn eigen lot kon beslissen. Het kwam erop neer dat Opa niet geholpen wilde worden als hem iets zou overkomen. Geen medicijnen of ingrepen, wel pijnstillers. Als Opa's wilsverklaring op orde was zouden ze nagaan wat een eventuele euthanasie inhield, waarvoor ze een dokter hier in Nederland zouden moeten spreken.

Opa was er nog volledig 'met z'n koppie bij'; het was zijn lichaam dat hem begon op te geven. En hij wilde de pijn voor zijn. Maar Opa was ook de enige nog levende persoon die de verhalen over het leven van Vaders opa bezat. Van de man in het portret dat hem ontnomen was.

Soms had Vader naar het portret gestaard en een aantal van zijn eigen gelaatstrekken herkend. Dan zag hij een gezicht dat naar het geometrische luisterde, met voorzichtige neigingen naar het natuurlijke. Uitgeharde groeven in het voorhoofd, een krachtige loop van de wenkbrauwen, een fossielachtige ontvangst van de oorschelp. En dat alles onder de dictatuur van een strenge liniaal. Of misschien dat Vader niet zozeer zijn eigen gelaatskenmerken zag, maar de algehele gezichtsuitdrukking herkende. Hij overdacht de vele kleine beslissingen die achter dat geverfde paar ogen waren genomen. Niet slechts één grote beslissing die naar een volgende grote beslissing leidde, maar kleine gevechtjes die de ene of de andere kant op vielen en die onophoudelijk onderhandelden over wie zijn grootvader was en hoe hij herinnerd zou worden.

Vader reikte naar het nachtkastje en deed het bedlampje uit. 'Ik voel elke spier in mijn lichaam.'

'Weet je wat, Karl?' Moeder had een been boven de dekens gelaten.

'Wat?'

'Ik ben heel gelukkig dat we zo dicht bij zee wonen.'

'Ja?'

'Het is prettig om aan de kust van iets te leven.'

dagen van een vroegtijdig afscheid doen zich soms voor als een nieuwe, frisse week

vrijdag 17 november 1950, 19.30 uur

Meneer Kuschfeld wist van zichzelf dat hij een eenzaam man was, omdat alles in zijn leven een ritueel was geworden.

Omdat hij tot de nachtwacht behoorde, wat betekende dat hij 's nachts werkte, sliep meneer Kuschfeld tot diep in de dag. Pas als de gordijnen van zijn torenkamer zwaar werden van stof en daglicht en hij er de naderende gestalte van zijn moeder in herkende, stond hij op, zette koffie en dronk die langzaam op de rand van zijn bed op. Meneer Kuschfeld was niet zo van het ontbijten of van het idee aan tafel te gaan zitten voor een maaltijd en als hij erover nadacht had hij moeite vast te stellen wat de laatste keer was dat hij een fatsoenlijk bord eten had weggewerkt.

Hij waste zijn gezicht boven de gootsteen en op zondagen schoor hij zich zorgvuldig om niet-religieuze redenen. Daarna dacht hij na over de beschikbare tijd en hoe deze te besteden, totdat het tijd was om weer aan het werk te gaan. En hij had maar één regel als het op zijn kerntaken aankwam: rustig aan, ouwe dibbes. Met andere woorden, hij was een eenzame man omdat hij vanaf het begin van zijn dag wist hoe de dag eruit zou zien en vaak niet wist welke dag van de week het was.

Meneer Kuschfeld trok de torendeur achter zich in het slot.

Het was aangenaam koud buiten. Een kou zonder kier of scheurtje.

Meneer Kuschfeld wilde het stationsplein oversteken in de richting van de Moezel toen hij zich afvroeg of hij de toren wel had afgesloten. Elke avond als hij op weg ging vroeg hij zich af of hij de toren wel goed had afgesloten, en elke avond bleek de deur naar de toren goed op slot te zitten. Dit wist meneer Kuschfeld omdat hij altijd terugging om het te controleren. Toen hij zich ervan had verzekerd dat de deur goed op slot zat, opende hij de deur en liep de trap op om te kijken hoe zijn torenkamer er zonder hem uitzag. Daarna ging hij weer naar beneden, sloot de toren af en ging op weg.

In zijn hoofd was hij eruit. Eerst zou hij de standaardroute afleggen en de benodigde hoeveelheid gloeilampen bij het vaste adres afnemen. Dan zou hij de gloeilampen in de lantaarns aan de hoofdstraat vervangen nog voor de eerste sneeuw naar beneden kwam parachuteren. En daarna zou hij de geest geven. Wat hem verraste was dat het komen tot een dergelijke conclusie – de-geest-geven binnen een redelijke, afzienbare tijd – zijn hoofd op een aanvaardbare manier leeg maakte. Wellicht zelfs op een aangename manier.

Meneer Kuschfeld stak het Bahnhofsvorplatz over en voelde voor het eerst in lange tijd hoe zijn voeten zich naar de gebochelde keien vormden. Hij hoorde hoe zijn enkels op hun plaats vielen en zijn knieën de ronde deden. Toen hij de Moselpromenade op wandelde en het straatbordje las waarop de naam van de lange kade stond, realiseerde hij zich dat hij de straten en steegjes van zijn vaste route niet uit het blote hoofd zou kunnen opnoemen, mocht iemand daarnaar vragen.

In de aders van zijn handen voelde hij hoe de Moezel op weg was naar de zee. Hij luisterde naar de bewoners van de vrijstaande riviervilla's, die verdeeld over de ruime kamers rustig lagen te slapen en zich niet genoodzaakt voelden om hun dromen tot het einde te dromen; toen hij de promenade achter zich liet en las dat hij de Pater-Martin-Straße insloeg (een steegje achter de grijze, solide St. Martin Kerk dat naar de Altstadt leidde) keek meneer Kuschfeld op naar de dakkapellen van de middeleeuwse woningen en hoorde hoe schoenlappers, gokkers, zonen en dochters zich wanhopig vastklampten aan hun diepste slaap. Sommigen van hen droomden zichzelf zo ver dat ze zich tot in de ruime kamers van de riviervilla's waanden.

Hij hoorde hoe dichters en natuurkundigen tot diep in de nacht het universum tot een toevallig ritme probeerden terug te brengen, en hij was ontvankelijk voor een numeriek rijm in alles om hem heen. Hij zag nu dat geluid trilde en licht reisde. Hij ving een zorgvuldig en opgeschreven gefluister op en begreep dat overal in het universum sterren een naam kregen, en eindelijk realiseerde hij zich dat hij zou sterven zonder religie en dat hij wellicht nu juist daarover ietwat religieus was geweest: de verwoede poging uit handen te blijven van een alomvattend, kalmerend idee.

Toen meneer Kuschfeld voor de deur van de hoefsmid stond waar hij elke avond een nauwkeurig aantal gloeilampen ophaalde, vroeg hij zich af in welke hoedanigheid hij op de deur zou kloppen. Tot zijn verbazing was de deur niet op slot. Toen herinnerde hij zich het precies zo: de open deur van de hoefsmid.

'Goedenavond, meneer Kuschfeld.'

'Ja, goedenavond.'

Vanzelfsprekend; de zoon van de smid schreef op en bereidde voor wat meneer Kuschfeld nodig dacht te hebben. Het numerieke overzicht van de smid zou het sombere bewijs van zijn laatste jaren zijn. Meneer Kuschfeld vroeg zich af of hij de naam van de jongen ooit ergens had opgevangen.

'U heeft een behoorlijke klus voor de boeg, hè,' zei de zoon van de hoefsmid.

Meneer Kuschfeld mompelde iets over nieuws en een lopend vuurtje.

'Wat zei u daar?'

'Ach, ik krijg het wel gedaan.'

'Gaat u ze allemaal voor de sneeuw vervangen?'

'Ik denk dat ik het bij de hoofdstraat houd. Daarna zien we wel weer verder.'

'Lijkt me redelijk, ja.'

'Als ik mij niet vergis dan zijn het precies honderd gloeilampen vanaf het station omhoog naar de burcht.'

'Dat dacht ik wel. Ik heb vier zakken met vijfentwintig lampen klaargemaakt, daar, op de oude sofa.'

'Ah, ik zie het ja.'

'Ik heb ook een grote kruiwagen klaargezet. Hij staat buiten, om de hoek. Dan kunt u daar de zakken en de ladder en alle andere benodigdheden op gooien en hoeft u de hele zooi niet te tillen.'

'Dank je.' Alhoewel meneer Kuschfeld ooit een lange sterke man was geweest, vielen zijn oude kleren nu als zware stofgordijnen van zijn magere schouders; hij was teruggebracht tot Giacometti-proporties.

'Goed dan.'

'Ik ga maar op weg.'

'Dat lijkt me een goed plan, meneer Kuschfeld.'

'Het is een mooie avond, vind je niet?'

'Ik zou het niet weten. Het gaat bijna sneeuwen, dat is alles wat ik weet.'

'Het is altijd prettig buiten vlak voordat het gaat sneeuwen.'

'Is dat zo?'

'Ik zou niet weten waarom niet.'

'U bent in een bepaalde stemming, waar of niet?'

'Een bepaalde stemming?'

'Ja, u bent in een vreemde bui.'

'Ik geloof van niet, hoor.'

'Jawel, u heeft een vreemde bui. Mij houdt u niet voor de gek.'

'Goed dan, wat jij wilt. Ik heb een vreemde bui.'

'Zie je wel, ik wist het wel.'

'Ik ga maar, dan.'

'Goed dan, ja.'

een engelfiguur nog voor de sneeuw

vrijdag 17 november 1950, 20.30 uur

Tot op de dag van vandaag dicteert de ruïne van een Romeinse muur-zonder-einde de wandelroute van de mensen die Reichsburg binnenlopen.

En zomaar, uit het niets – wellicht was het een verzetje van de tijd, of misschien was er wel een gevoelig briesje op het onbewaakte ogenblik dat een andere wereld een raam in deze wereld opende – kwam er een man tevoorschijn die zowel oud als nieuw was in het Reichsburg van onze meneer Kuschfeld.

Ach, verzuchtte de man, daar ben ik dan eindelijk.

Hij nam een ogenblik de tijd om op adem te komen en leunde met zijn hand tegen de stoïcijnse, kartelige kou van de Romeinse muur. Een lindeboom aan de rivieroever schuifelde wat heen en weer. Het was de enige linde langs de Moezel die woelde in haar slaap; in de rest van de bomen was het windstil. Trage pluimen rook stegen zwakjes op uit de schoorstenen; de meeste avondvuren hadden hun laatste blok hout al gezien. De gordijnen voor de hoge ramen van de riviervilla's waren gesloten, maar de zware stoffen gordijnen van de begrafenisondernemer waren met dikke koorden aan de zijkanten van de ramen gebonden. Voelde het goed om terug te zijn, vroeg de man zich af, of was het onmogelijk terug te keren naar een plek waar hij nooit eerder was geweest? Deed het hem goed om voor het eerst in een gehucht te verschijnen en alles op z'n plek te vinden? Alles, behalve meneer Kuschfeld. Als hij aan meneer Kuschfeld dacht voelde hij een kille haat opkomen. Het zal niet lang meer duren voordat hij onder de grond ligt, mompelde de man, maar dat is van later zorg, alles op zijn tijd. Alles op z'n tijd en vooral niet vroegtijdig.

Even verderop, op het Bahnhofplatform, rommelde meneer Kuschfeld met zijn ladder, totdat hij een trede achter de donkergroene klauw van een lantaarn wist te haken. Hij verzekerde zich ervan dat de ladder stevig en stabiel stond voordat hij naar het lantaarnhoofd omhoogklom. Boven aangekomen nam hij een ogenblik de tijd om op adem te komen. Toen ontgrendelde hij het kleine poortje in de glazen kapel en probeerde het open te trekken. Het poortje mompelde een roestige rebellie voordat het opensprong.

Tussen duim en wijsvinger draaide meneer Kuschfeld de gloeilamp uit zijn fitting, terwijl hij de gedachte van een voortvluchtig stroompje elektriciteit probeerde te negeren, een stroom die uit het niets zwerflicht kon worden en meneer Kuschfeld met anatomische precisie zou elektrocuteren. Eenieder die zou proberen wat meneer Kuschfeld zojuist deed, zou zijn of haar vingers branden aan de hete lamp, maar meneer Kuschfelds vingertoppen hadden al lang geleden alle gevoel verloren.

Alhoewel meneer Kuschfeld dit werk nu al zo'n vijf jaar deed, drukte vanavond toch zwaarder op zijn schouders. Op een reguliere avond verving hij een of twee gloeilampen terwijl hij gestaag zijn ronde maakte, toch voornamelijk als formaliteit. Vaak wandelde hij langs de Moezel en staarde naar de oever van de rivier aan de overzijde, waar een gehucht was gelegen dat veel weg had van Reichsburg, op een burcht na. De twee gehuchten waren twintig jaar geleden feestelijk met elkaar verbonden door de aanleg van een brug (waar beide gehuchten keurig de helft van hadden bekostigd), maar nog niet één enkele ziel had de oversteek gewaagd. Je hoorde bij de kasteelkant of bij de andere zijde. Soms, als meneer Kuschfeld zijn ronde maakte, zag hij een lantaarnlicht opgloeien aan de andere kant van de rivier, en nog een dieper in het gehucht gelegen of verderop langs de oever van de Moezel. Dan wist hij dat de straatlichtbewaarder daar ook aan het werk was en in zijn oplichtende patroon herkende hij een verre roep om vriendschap.

Maar vannacht voelde hij hoe zwaar het was om boven je macht te werken; hij moest zijn armen ongemakkelijk hoog boven zijn hoofd houden om de gloeilampen te vervangen en hij kon zich maar met moeite voorstellen hoe hij er honderd zou vervangen voor de sneeuw viel.

Hij stapte gestaag terug van zijn ladder en mompelde binnensmonds, ‘Het is haalbaar. Het is niet ideaal, maar uiteindelijk zal ik het toch voltooien. Ik zal het tot een goed einde brengen, na verloop van tijd. Uiteindelijk zal het verloop van tijd de klus wel klaren.’

De man die voor het eerst in Reichsburg was en hier toch al zo vaak was geweest, wist de weg naar het station blindelings te vinden. Of wellicht wist hij blindelings de weg ongeacht de plek waar hij zich bevond, zoals je onbedoeld de weg weet in een nieuwe droom. En alleen de Romeinse muur wist dat het de oude Romeinse muur zelf was die het allemaal dirigeerde. Toen de man het Bahnhofsvorplatz overstak voelde hij in de kootjes van zijn vingers dat meneer Kuschfeld aan de andere kant van het stationsgebouw aan het werk was.

Ik krijg hem wel, mompelde de man, ik zal hem bij z'n lurven grijpen en als ik klaar met hem ben en ik hem de mond heb gesnoerd, zal hij nooit meer in mijn overwegingen opdoemen. Hij heeft het er zelf naar gemaakt, maar hij zal niet gaan voordat het zijn tijd is. Eerst zal hij boeten. Hij zal moeten lijden voor wat hij heeft gedaan en voor wat ik heb gelaten. Hij zal niet mogen sterven voordat alles duidelijk is. Deze man die dezelfde naam durft te dragen en ook nog denkt zijn laatste adem onbevraagd te mogen uitblazen. Onbeboet. Maar dat zal niet gebeuren, Ha! Over mijn lijk! Ik zal ervoor zorgen dat hij er niet tussenuit knijpt. Hij zal de trap van de galg beklimmen met lood in zijn schoenen en daarna zal hij onnatuurlijk bungelen, voetjes van de vloer, en pas dan is het zijn tijd. De hoogste tijd, dat wel, maar alleen dan.

De man nam zijn hoed af en veegde zijn bezwete voorhoofd af met de bovenzijde van zijn hand. Hij moest ervoor waken dat zijn hoofd niet op hol sloeg. Maar hij was zo dichtbij nu. Zo dicht bij Kurt, bij Kurt Victor Karl Kuschfeld, de man die naar exact dezelfde naam luisterde, maar zo'n andere invulling aan die naam had gegeven. Zijn naam te schande had gemaakt, de familienaam. Dat lag ten grondslag aan dit alles. Ja, soms ging hij te ver, dat wist de man heus wel van zichzelf, hij kon behoorlijk doordraven, zo af en toe. Maar het was toch echt deze meneer Kuschfeld die een lesje moest leren. En als niemand het wilde doen, dan offerde de man zich graag op. Heel graag zelfs. Om het hogere doel te dienen, vanzelfsprekend.

Hij veegde nogmaals met zijn hand langs zijn bleke voorhoofd.

Het was een race tegen de klok geweest om naar meneer Kuschfeld af te reizen, maar nu hij zo dichtbij was nam hij zijn tijd. Hij keek naar de hoed in zijn linkerhand. Zoals elke degelijke hoed was deze uit één lap zwarte vilt geknipt en zijn stugge plateau deukte deftig in. Binnen in de hoed hadden de eb en vloed van zijn zweet zoutranden aangebracht aan de beweeglijke kustlijn van zijn dracht.

Van de avondrand klapte een vleermuis ondersteboven met zijn vleugels om een betere hangpositie te bewerkstelligen.

De man zette zijn hoed terug op zijn hoofd en ging het stationsgebouw binnen.

Aan beide zijden van het perron liep een rij van vijf lantaarns.

Meneer Kuschfeld had de vijf die van Reichsburg 1A naar 1B liepen al vervangen (treinen die binnenkwamen vanuit Trier) en tilde zijn ladder nu naar de eerste van de vijf lantaarns die van Reichburg 2B naar 2A liepen (treinen die arriveerden vanuit Koblenz). Toen hij ook deze gloeilampen had vervangen, stapte hij van zijn ladder en nam zijn werk in ogenschouw. Opgeruimd staat netjes en zelfs wat aangenamer voor het oog nu het licht plichtmatig was gedimd.

Meneer Kuschfeld klopte op de borstzak van zijn jas, dacht aan het prettige gewicht van een dure aansteker, voelde hoe het beeld van de aansteker uit zijn gedachte verdween totdat alleen het gewicht nog over was en speelde met een muntstuk in de diepte van zijn jaszak.

Dit was zo slecht nog niet, dacht hij, dit was helemaal zo gek nog niet. Tot een bepaalde hoogte voelde hij zich eindelijk weer eens belangrijk. Of in ieder geval deed hij iets wat belangrijk was, iets met een bepaald gewicht. Iets waarover de inwoners van Reichsburg het de komende avonden zouden hebben.

De man met de zwarte hoed staarde naar de rug van meneer Kuschfeld en zag dat zij er exact dezelfde lengte op nahielden.

Meneer Kuschfeld verplaatste zijn ladder naar het einde van het perron waar een laatste lantaarn stond; het was het laatste licht van Reichsburg Hauptbahnhof en het eerste teken van leven als je Reichsburg vanuit Koblenz met de trein naderde. Meneer Kuschfeld wist maar al te goed hoe lang het duurde voordat dit laatste licht uit zicht was verdwenen; gedurende een decennium had hij de eerbiedwaardige positie bekleed van Hoofd Transport in Reichsburg en Omstreken, en het was een periode die hem nog altijd met trots vervulde. Tien jaar lang stond hij hoog aangeschreven omdat hij menigten met wiskundige precisie wist aan te sturen. De inwoners van Reichsburg tikten hun partners aan als ze meneer Kuschfeld passeerden in een steegje of op het marktplein en fluisterden dat hij het Hoofd Transport in Reichsburg en Omstreken was, en hun partners fluisterden terug, 'Ja, inderdaad ja. Inderdaad, zeg.'

Meneer Kuschfeld kwam traag zijn ladder af, plantte zijn voeten stevig op de grond en keek omhoog. Op de onderkin van de maan na was de gehele lucht gelig ingezeept met sneeuwwolken; het kon nu niet lang meer duren voordat er een scheermes langs het hemelblad zou worden gehaald, de plukken wolk los zouden laten en het zou gaan sneeuwen, en zwaar zou gaan sneeuwen.

Kurt Victor Karl Kuschfeld voorvoelde het nog voordat hij het voelde, als een treinpassagier die uit zijn wiegende slaap ontwaakt omdat iemand hem aanstaart. Of misschien stond hij open voor mogelijkheden van deze aard omdat hij niet langer iets van het leven verwachtte.

Hij vouwde zijn ladder ineen en legde hem op zijn kruiwagen. Hij rechtte zijn rug en forceerde een keelschrapende kuch. Het was stil in de wachtkamer van de eerste klas. Het was stil achter het hoofdgebouw van het station en er was niets wat zich verschool achter een boom of lantaarnpaal. En toch kon hij het niet negeren. Er heerste een stilte die stil probeerde te zijn.

'Is daar iemand?' vroeg meneer Kuschfeld tegen beter weten in.

'Ach, ik ben het maar,' sprak een stem die voorbij leek te zeilen op een kil briesje.

Meneer Kuschfeld keek verschrikt om zich heen, maar hij kon niet uitmaken waar de stem vandaan was gekomen. Het perron was leeg. Had hij het verkeerd verstaan? De wind kroop terug naar een donkere hoek van de eersteklaswachtkamer, waar hij een hoopje late herfstbladeren vond, maar de wind besloot er niet mee te spelen.

Meneer Kuschfeld draaide zich om en stootte zijn knie hard tegen een uitstekend been van zijn ladder. Ach, mompelde meneer Kuschfeld, ach ach, en terwijl hij over zijn knie wreef mopperde hij, 'Goed dan, niemand dus.'

'Goedenavond, meneer Kuschfeld.'

Meneer Kuschfeld verloor bijna zijn evenwicht. Recht voor hem was een man verschenen, opgetrokken uit lucht. De man nam zijn hoed af bij wijze van introductie. Maar hij behoefde geen introductie. De man die aan meneer Kuschfeld was verschenen was precies meneer Kuschfeld. Een evenbeeld. Hij zag er wellicht net wat beter bedeeld uit; hij droeg een wolgrijs geruit pak met een gekreukte, bereisde das en zijn gezicht, alhoewel niet helemaal scherp, was pezig en gespierd. Strakke kaaklijn, sterke kin. Een langwerpig leeg voorhoofd. Een gezicht dat leek onderhouden door een grafdelver: streng en binnen-de-lijntjes.

Het was het gezicht van meneer Kuschfeld, maar een gezicht dat nog niet moe was van het leven. Een gezicht dat nog vele beslissingen in zich had, maar ook een gezicht dat nog niet veel had hoeven beslissen.

Meneer Kuschfeld sloot zijn ogen en masseerde met zijn duim en wijsvinger zijn blauwgeaderde slapen in een poging weg te denken wat het was dat hij voor zich zag. Maar toen hij zich herinnerde hoe bang hij was geweest als kind om zijn ogen dicht te doen terwijl zijn gedachten werden opengebroken, opende hij snel weer zijn ogen.

De man was niet verdwenen. Integendeel.

'Het genoegen is geheel mijnerzijds,' zei de man.

'Wat gebeurt er?' Meneer Kuschfeld schuifelde half struikelend terug over de stoïcijnse stenen tegels van het perron. 'Dit kan simpelweg niet waar zijn.'

'Ach, meneer Kuschfeld. Als het universum zo oneindig is als we haar berekenen, dan kan het niet anders dan dat ze ons binnen haar mogelijkheden weet.'

'Verdomme, zeg me wie je bent!'

'Mijn beste Kurt. We kennen elkaar al zo lang en toch

hebben we elkaar nooit ontmoet. We hebben zij aan zij geleefd. In tijd, begrijp me niet verkeerd. Niet ruimtelijk. Ziet u, meneer Kuschfeld, ik ben uw alternatieve zelf. Ik ben alles wat u niet heeft besloten net zoals u datgene bent waartoe ik niet ben overgegaan. Er bestaat een zekere balans tussen ons, en de laatste tijd is deze fragiel gebleken.'

Meneer Kuschfeld hield zichzelf overeind aan het koude metaal van een lantaarnpaal.

'Het spijt me, meneer Kuschfeld, ik heb geen kwade bedoelingen. Integendeel. Ik ben naar u afgereisd om te voorkomen dat u voor uw tijd opgeeft. Een vroegtijdig heengaan heeft gevolgen. Voor u, en voor allen die op een of andere manier met u verbonden zijn. U heeft over vele zaken in uw leven mogen beschikken, maar over uw dood heeft u geen zeggenschap. Elk uur heeft zijn eigen bestaansrecht. En als we dichter bij het einde komen heeft de tijd de gave om het een en ander tegen elkaar af te wegen. Om de eindbalans op te maken. Het is niet geoorloofd dit leven ongezeefd te verlaten. U kunt niet voor eigen rechter spelen, dat begrijpt u toch.'

Meneer Kuschfeld kon niets anders bedenken dan dat zijn gedachten zelf van de realiteit waren losgeraakt. Bovendien was het bijzonder beledigend om iemand hardop te horen praten over zijn doodswens, iets waar meneer Kuschfeld hooguit over gefluisterd had.

'Ik krijg je wel klein,' sprak meneer Kuschfeld plots met bleke afkeuring.

Heel eventjes leek het alsof de man schrok van meneer Kuschfeld, maar toen realiseerde hij zich dat hij de gewetenswroeging was. 'Dat is niet nodig, meneer Kuschfeld.'

Maar dat was het wel. Meneer Kuschfeld moest weten of

hij de man die voor hem was verschenen pijn kon doen. Hij voelde een woede opkomen die hem een ogenblik leek af te lossen, zelfs even leek te verlossen. Woede was makkelijk, woede was een emotie waarop je kon handelen. Zijn oude spieren spanden zich aan. Hij voelde een beslissing opkomen in zijn bovenarmen.

Hij haalde uit naar de verschijning. Niets. Hij had dwars door de zwakke buitenlijntjes van zijn gezicht geslagen en bijna zijn eigen schouder ontwricht. Banger voor de afwezigheid van iets wat hij duidelijk zag dan voor de tastbare aanwezigheid van iets onverklaarbaars, schuifelde meneer Kuschfeld verder achteruit.

'Ik zal een manier vinden om je pijn te doen.'

'Dat is u lange tijd geleden al gelukt, meneer Kuschfeld.'

'Ach! Je bent er simpelweg niet en daar houdt het op.'

'Rustig aan, ouwe dibbes. Zorg ervoor dat u altijd de koffers van uw ziel gepakt hebt.'

Alhoewel meneer Kuschfeld de koffers van zijn ziel lange tijd geleden al had gepakt, en zeer zorgvuldig bovendien, maakte dat nu weinig verschil.

Het kan niet anders dan dat ik slachtoffer ben geworden van dat verrekte zwerflicht, mijmerde meneer Kuschfeld, dat moet het wel zijn. Toch nog, verdomme! Welke taal zou ik hebben opgedaan? Wellicht het inzicht om tussen tijdsdimensies te spreken? Of een taal die niet langer een gevangene van haar eigen tijd is? En de taal die ik verloren heb, dat moet haast wel een redelijk begrip van het hier en nu zijn. Van één tegenwoordigheid. Ja, dat moet het zijn. Ik voel die plagende tik van de tijd niet langer, die verborgen kwelling. Ik zal tot het daglicht moeten wachten om het te bewijzen, als de tijd op haar tikkigst is. Dat zal uitwijzen of ik gek of dood ben of op een vreemde manier beide.

'Maakt u zich niet al te veel zorgen,' zei de man. 'U bent de enige die me zal zien. Voor elke andere persoon zal ik een kleine lus van lucht lijken. Dat beloof ik u. Ik beschik ook niet over alle antwoorden. De tijden hebben het zo gewild, iets anders kan ik er ook niet van maken. Maar goed, laten we gaan nu. Er is nog zoveel te doen en de sneeuw kan elk moment over ons neerdalen. Laten we samen verdergaan. De tijd kan nu wel een lach in een nabijgelegen kamer zijn, toch moesten we haar maar niet verspillen.'

Vooral omdat het voelde alsof hun gesprek tot een einde was gekomen en niet zozeer omdat er een eenduidige conclusie was getrokken, bewoog meneer Kuschfeld zich terug tot achter de kruiwagen zonder de man uit het oog te verliezen.

Een lach in een nabijgelegen kamer, herhaalde meneer Kuschfeld zachtjes, terwijl hij zag dat de sterrenstelsels in aanbouw waren, want de steigers van de nacht torenden hoog boven hem uit.

2

De familie Kuschfeld woonde in Den Haag. Een uitgedunde duinlijn scheidde de Nederlandse kustplaats van de zee. Als de avondwind van zee kwam kon Victor het zout door zijn open slaapkamerraam ruiken en hij bedacht dat de vlagen zeezout het zweet van duizenden vissen moesten zijn, al had hij in de natuurlessen op school moeten leren dat zout geen geur heeft.

Victor lag wakker in zijn bed en staarde naar de sterren die aan het slaapkamerplafond waren bevestigd. De sterren hadden zich opgeladen aan het leeslampje boven zijn bed en gloeiden nu boven zijn hoofd. Hij vroeg zich af hoe hij zich toch in zo'n stomme situatie had weten te werken: had hij het zich echt niet gerealiseerd terwijl ze het portret naar het vuur hadden gedragen? Was het alleen maar om indruk te maken op Sicco? En had het gewerkt? En als het had gewerkt, was dat het dan waard geweest?

Als Victor ergens over twijfelde wilde hij het altijd voorleggen aan zijn jongere broertje. Niet omdat Benjamin de antwoorden had, maar zodat Victor kon bevestigen dat hij de oudere was; hij was degene met de onbeantwoordbare vragen.

Victor wachtte tot Moeder en Vader in slaap waren gevallen, kwam toen stilletjes uit bed en sloop naar Benjamins kamer. Victor was de enige die op de bovenverdieping sliep. Terwijl hij de trap af sloop probeerde hij niet het halletje in te kijken.

De deur naar Benjamins kamer stond op een kier. Benjamin lag op zijn rug, zijn armen boven de lakens gevouwen.

'Benjamin?' fluisterde Victor.

Benjamin opende zijn ogen om te zien of hij iets had gehoord.

'Benjamin?'

Benjamin tastte over het nachtkastje naar zijn bril en ging rechtop in bed zitten.

'Benjamin, hoe zit het met het portret?'

'Wat doe je? Waarom ben je uit je bed? Straks worden ze weer boos.'

'Ze worden niet boos. In ieder geval niet op jou. Maar daar gaat het niet om, ze hebben niks over het portret gezegd. Helemaal niks.'

'Ga weg, Victor.'

'We hebben het portret verbrand en ze zeggen er helemaal niks over.'

'Victor, ga terug naar je kamer.'

'Het spookte en het is waarschijnlijk beter zo maar toch, we hadden het niet moeten doen, maar...'

'Ik slaap.' Benjamin viel demonstratief terug op zijn bed, ogen stijf dicht, bril op z'n neus.

'Benjamin? Benjamin!'

'Victor,' brak Vaders stem vanuit zijn slaapkamer, en Victor herkende ogenblikkelijk de stem van de oude man in het portret dat in de hal had gehangen, 'laat me niet achter je aan komen.'

Moeders straf voor het maken van vuur was een oude en beproefde methode: ze bond Victors middel met een wintersjaal vast aan zijn keukenstoel. Het was te verwachten en het was meer een formaliteit dan een daadwerkelijke straf. Al was het al jaren geleden dat Moeder haar straf voor het laatst had uitgevoerd en voelde iedereen dat Victor eigenlijk te oud was geworden om zich nog vast te laten binden, toch durfde niemand iets tegen Moeder te zeggen. Ook Victor niet, bang Moeder te beledigen en daarmee iets bloot te leggen wat de familie als geheel schaamte zou toebrengen.

Toen Moeder nog vroeg naar haar praktijk moest en Vader nog dichter was en dus geen haast had in de ochtend, bond ze Victor en Benjamin geregeld aan hun keukenstoelen vast. Toen ze jong waren zorgde het ervoor dat ze niet van hun stoelen donderden.

Moeder gaf Victor een kus op zijn voorhoofd. 'Zo. En gedraag je verder vandaag, schat. Je vader heeft al genoeg hoofdpijn.'

Soms bond Moeder hen preventief vast. 'Ik heb zo'n voorgevoel dat jullie je gaan misdragen vandaag,' zei ze dan. 'En je weet, ik heb een geweldig instinct. Ik doe het niet voor mezelf, ik doe het voor jullie. Op een dag zul je me dankbaar zijn, als ik er al niet meer ben. En dan is het te laat en zeggen jullie tegen elkaar: had ze toch gelijk, al die tijd.'

Benjamin had zijn instinct overduidelijk van Moeder.

Moeder vroeg Vader of hij nog koffie wilde.

Vroeger droeg Vader een loshangende badjas tot ver in de ochtend en werkte hij de ene na de andere grote mok koffie weg, soms uren in de tuin staand met een krant onder zijn arm, wachtend op een verzetje van de tijd of een scheurtje in het gangbare. Op andere ochtenden, als het weer hem ervan weerhield de tuin in te gaan of als er slecht weer op komst was in zijn hoofd, las hij de titels van de boekruggen in wat Moeder hun bibliotheek noemde. Victor en Benjamin begrepen dat Vader dichter was en niet mocht worden verstoord.

Vandaag de dag verscheen Vader als eerste aangekleed aan tafel, want als schrijver was hij graag het eerste lichtje in de straat.

Vader had vannacht lang wakker gelegen en toen hij 's ochtends opstond dacht hij het begin van zijn boek te hebben. Het lag voor de hand: de verdwijning van het portret van zijn grootvader. Zelden kreeg je het opzichtiger voorgeschoteld. Misschien dat het wel een prachtige openingszin zou opleveren. Een zin waar Victor in voor kwam, en het idee dat de verhalen van de generaties voor hem wellicht met het verdwijnen van het portret heen waren gegaan. Vader was er niet zeker van of Victors bestraffing ook het boek ging halen.

Moeder controleerde de knoop achter op de rug van Victors stoel en vervolgde haar ochtendritueel zonder verder naar hem om te kijken. Vader vond Moeders methode succesvol. Benjamin vond de hele situatie maar ongemakkelijk en deed zijn uiterste best de blik van zijn broer te ontwijken. Want als de ander straf had moest je oppassen dat je niet begon te giechelen.

Moeder legde twee boterhammen op Victors bord en reikte met haar mes naar de boter. Victor volgde op het plafond het zonlicht dat ze met haar mes heen en weer sloeg. Toen vroeg hij zijn vader om de jampot die in het midden van de tafel stond.

Maar Vader zei, 'Ik vrees dat dat niet gaat, jongen.'

'Hoezo niet?' vroeg Moeder. 'Hij staat recht voor je.'

Vader was zich bewust van de plechtigheid van het moment. 'Ik geloof dat ik een tennisarm heb.'

'Ach, schei toch uit, hier,' zei Moeder, 'en gedraag je verder. Ik ben vanavond vroeg thuis. Ik zal proberen er rond vijven te zijn. Na het avondeten skypen we met Opa.'

School was voor Victor en Benjamin vroeg begonnen dit jaar, maar de laatste dagen van augustus deden waar de laatste dagen van augustus goed in zijn: de zomer vertragen, en dus konden de jongens best overweg met een vroeg begin van het schooljaar aangezien ze veel tijd buiten mochten doorbrengen. 'Benjamin? Vic? Horen jullie me? Probeer iets te bedenken dat je je opa wil vragen, afgesproken?'

'Ja, mama,' zei Benjamin.

Nadat Vader hem had losgemaakt om naar school te gaan, propte Victor snel zijn broodtrommel in zijn rugzak en wachtte in de keuken totdat Vader en Benjamin klaar waren met tandenpoetsen.

Het was eigenaardig; had het portret er nog gehangen dan had Victor nu in het halletje staan wachten, ongeduldig tegenover z'n broertje maar geïrriteerd als ze te vroeg naar school vertrokken, wiegelend het portret aanstarend zelfs als het hem een beetje beangstigde. Maar de afwezigheid van het portret durfde hij niet aan te kijken.

'Kom op, jongens,' zei Vader, 'anders komen we te laat.' Victor merkte op dat Vader hem niet recht in zijn ogen had aangekeken, nog niet één keer vanochtend.

Victor liep liever alleen naar school dan samen met zijn jongere broertje en zijn vader, maar hij durfde het onderwerp niet aan te snijden, bang dat hij iets in Vader zou breken wat hij herkende. Een deel van Vader dat nog kind was en zo gemakkelijk op de grond kapot kon vallen. ‘Vergeet je sportbril niet, Benjamin,’ zei Vader. ‘Je hebt gym vandaag.’

Benjamin had voor elke situatie een bril, net zoals Moeder en Vader. Victor had exceptioneel goede ogen.

Vader en Benjamin liepen het halletje door naar de voordeur. Victor volgde hen vlug. Napoleon bleef liggen waar hij de hele ochtend al had gelegen; de hond wist dat zijn kansen op ontbijt verwaarloosbaar waren voordat Vader de kinderen naar school had gebracht. En hij had lang geleden besloten dat hij geen poot verzette voordat hij ontbijt had gekregen.

Vlak voordat hij de deur achter zich dichttrok wierp Victor een vluchtige blik op de plek op de muur waar het portret van zijn overgrootvader had gehangen. Een spijker stak gewichtsloos uit de muur, en vlak onder de spijker had zich een vreemd, licht vierkant gevormd, alsof precies die plek op de muur was gebleekt. Het vestigde op overdreven wijze de aandacht op de afwezigheid van het portret, vond Victor. Hij wist ook wel dat het andersom was: de muur rondom de plek waar het portret had gehangen had stof gevangen en was vergrijsd. Maar nu Victor opkeek naar de afwezigheid kwam het toch meer op hem over als een plagend gat.

En hij wist dat het aan hem was om het gat te dichten. Dicht te gooien met verhalen. Verhalen die zo tot de verbeelding spraken dat een schilderij niet nodig was: Vaders grootvader zou een niet meer weg te denken persoon in de herinnering van de familie worden. De verhalen, die zouden Vaders opa vormen, het schilderij zou slechts een matige afspiegeling zijn.

Vanavond, als ze met Opa skypeten, zou Victor vragen naar de geboortedag van zijn overgrootvader. Daarna zou hij vragen hoe zijn overgrootvader als vader was en hoe als opa, en of daar verschillende gezichten bij hoorden, verschillende lachen en fronzen en glimlachen, en zo ja, welke gezichtsvouwen Victor voor Vader moest vasthouden in zijn hoofd.

Die middag veranderde er iets op school.

Zoals elke dinsdag vormde Victors klas een rij achter juffrouw Vrede om hand in hand van het schoolterrein naar de bibliotheek te lopen. Victor en zijn medeleerlingen pakten ieder de hand van een beste vriend en twee aan twee zouden ze de stoep aflopen. De bibliotheek stond pal naast het schoolgebouw maar van het schoolterrein af stappen voelde als ouderloos de binnentuin verlaten of tot voorbij je knieën de zee in gaan.

Terwijl de klas zich opstelde voor het raam van de directeur (Victor kon van buitenaf niet door het raam naar binnen kijken maar hij voelde de schooldirecteur vlak achter het raam staan), zorgde Sicco voor onrust: hij wenste niet langer de hand van zijn vriend Mischa vast te houden. Het leidde tot een onbekende beroering in de rij.

Victor herinnerde zich de tijd dat Sicco de enige was die over het stenen muurtje dat het schoolterrein begrensde heen kon kijken. Niet omdat hij de langste was, maar de sterkste.

'wat zie je, Sicco?'

'vertel dan'

'ja, vertel ons dan wat je ziet'

'nee, sorry jongens, jullie zijn nog niet groot genoeg'

'kom op, Sicco'
'doe niet zo flauw'
'jullie kunnen het nog niet aan'
'kijk Sicco, hier heb je Victors lunch'
'echt?' vroeg Victor.
'het dient het grotere doel' fluisterde de klas.
'het doel?'
'ja, het hogere doel zelfs'
'wat betekent dat überhaupt?'
'dat het ons allen aangaat'

En Victor herinnerde zich dat het altijd Sicco was geweest die iets teweeg had gebracht; hij was altijd degene die ervoor zorgde dat de klas nooit een perfecte groep van een onbelangrijk aantal mensen was.

Dat was omdat Sicco zichzelf belangrijk maakte. Het was belangrijk om bij Sicco te horen.

Victor hield de hand van zijn vriend Bram nog altijd vast, maar hij voelde hoe zijn hand opwarmde met een sensatie die hij niet eerder had ervaren. Hij voelde zijn eigen hartslag in Brams hand en Victor hoopte dat het Bram niet zou irriteren.

'Kom op, Sicco. Niet zo moeilijk doen,' zei juffrouw Vrede, die van de voorkant van de rij was afgegleden naar de plek in de rij waar het voorval plaatsvond.

Sicco trapte een steentje naar de andere kant van de straat, waar de stoep zich losmaakte van de schaduw van het schoolgebouw.

'Wat zit je dwars? Mischa is een van je beste vrienden.'

'Kunnen we niet gewoon gaan?'

'Je kent de regels, Sicco. We lopen hand in hand naar de bibliotheek, dat hoef ik je niet nog eens uit te leggen.

Of je pakt Mischa's hand of je kan je bij de directeur gaan melden. Denk ook eens na over hoe dit voor Mischa is.'

Mischa hield zijn blik op de stoep gericht en probeerde zijn aandacht te vestigen op het mierverkeer dat de wegen tussen de stoeptegels begon te verstoppen. Victor was altijd een beetje jaloers geweest op Mischa's zwarte krullen. Als de zon door de schoolramen viel terwijl de klas in stilte zat te lezen neigde Mischa's haar naar een grijzig verleden en stof leek uit zijn haar op te stijgen. Soms dacht Victor dat Mischa's haar al generaties lang werd gedragen en van grootvader tot grootvader was doorgegeven, totdat het op Mischa's hoofd was beland.

Omdat Sicco het gevoel had dat hij iets had gewonnen op de normale gang van zaken, al was het zo mager als tijd, gaf hij Mischa met tegenzin een hand en begaf juffrouw Vrede zich weer naar de voorzijde van de rij. Victor voelde nog altijd zijn hartslag in de hand van zijn vriend, kloppend in zijn plakkende palm. Het was de eerste keer dat enkele van zijn lichaamsdelen loskwamen van het idee van één lichaam en spontaan opwarmden en hij voelde hoe een schaamtevloed over hem heen kwam, een vlaag van schaamte die hij niet kon stoppen en die niet alleen zijn eigen schaamte met zich meebracht maar ook een schaamte die hij voelde namens anderen.

Terwijl ze naar de bibliotheek liepen, besefte Victor dat hij niet meer aan het portret of zijn vaders bestraffing had gedacht sinds hij op school was aangekomen, maar nu was het er weer. Misschien omdat zich een nieuwe situatie met handen had voorgedaan, of een situatie die je liever diep in je jaszak wegstopte. Er was niemand aan wie hij zou vertellen wat er thuis was voorgevallen; niet dat hij het portret had verbrand om indruk te maken op Sicco en niet hoe zijn vader de trap op was gekomen en zijn slaapkamer was binnengegaan. Was het de eerste herinnering in zijn leven waar hij nooit over zou praten?

Victor keek op naar Mischa en zag dat Mischa niet wist waar Sicco hem precies had geraakt, maar dat hij een pijn voelde die nieuw voor hem was. Niet als een hoofdpijn of buikkramp, maar een pijn die ouder was dan Mischa zelf.

Misschien, dacht Victor, misschien dat hij het er alleen met Mischa over zou kunnen hebben. Hij had het gevoel dat Mischa zulke dingen zou begrijpen.

Nadat Victor zijn geleende boeken had teruggebracht, slenterde hij door de hoge bibliotheekgangen. Hij hield ervan om de vele titels die hij nog niet had gelezen met schuingehouden hoofd af te gaan en de bevreemdende, buitenlandse namen op te lezen die ze hadden bedacht en die werelden opriepen die zich nu nog stilhielden, totdat hij ze opende. Toen draaide Sicco de boekengang in waar Victor zich ophield.

'Sicco,' fluisterde Victor, 'wat zei jouw moeder? Over gisteren.'

Sicco vertelde dat zijn moeder hem had gezegd het hele gebeuren te vergeten, maar nooit meer vuur te maken zonder toestemming, en dus kon Sicco het zich niet meer zo goed herinneren. Maar het was wel gaaf geweest, fluisterde Sicco, en Victor was verrast hoe snel hij zich weer aan Sicco's zijde voelde, aan de populaire kant, en hoe makkelijk het was om sterk te zijn met Sicco; had hij dan aan een andere kant gestaan en waren er daadwerkelijk kanten? Als dat zo was dan voelde het goed om aan Sicco's kant te staan, al bedacht Victor ook hoe eigenaardig het was dat een en dezelfde handeling zo beschamend was tegenover zijn ouders en tegelijkertijd iets was om trots op te zijn als hij voor Sicco stond.

'Hoe was het op school vandaag?' vroeg Vader terwijl Moeder Victors middel vastknoopte aan de keukenstoel.

Alle gezinsleden hadden zich voor het avondeten om de keukentafel geschaard. De deur naar de tuin stond open en Victor zag dat de vuurton was leeggeschept en schoongeveegd.

Napoleon lag in het hoge gras en staarde naar zijn oude metalen bench die in een verre hoek van de achtertuin stond opgesteld. De wind had de deur op een kiertje geduwd, maar Napoleon maakte geen aanstalten; de hond had een nieuwe bench, binnen, in de keuken, en hij wist dat zijn oude bench uit het materiaal van een bench bestond, maar niet langer als zodanig functioneerde.

'Is hij daar niet wat te oud voor?' vroeg Vader aan Moeder, naar de sjaal om Victors middel knikkend.

Ja, nu je het hardop hebt gezegd, verdomme, dacht Moeder, terwijl ze rood aanliep in haar nek. Ze ontknoopte Victor en borg de sjaal voorgoed op.

Vader wierp een vluchtige blik op Victor en Victor keek terug naar zijn vader; het zat weer goed tussen hen.

'Nou vertel, hoe was het op school vandaag?'

'Ik had een tien voor vermenigvuldigen,' zei Benjamin met voorzichtige stem.

'Een tien!' zei Moeder. 'Dat is iets om trots op te zijn, liefste!'

'Ja,' zei Benjamin, 'weet ik.'

'Ik ben trots op je, Benjamin. Dat je dat maar weet,' zei Moeder.

'Ja, goed gedaan, Benjamin,' zei Vader. 'Dat doet je vader je niet na.'

'Sicco wilde Mischa geen hand geven,' zei Victor, 'toen we naar de bibliotheek liepen.'

'O, wat raar,' zei Moeder, 'waarom niet?' Ze haalde een rechthoekig stuk kabeljauw uit de koekenpan en draaide hem links- en rechtsom om te zien of de vis al goudbruin was gebakken. 'Mischa is een schat van een jongen.'

'Hij wilde het gewoon niet.'

'Maar dat kan toch zomaar niet, ik weet zeker dat juffrouw Vrede er iets over te zeggen had.'

Vader verdeelde de hete aardappelen over de borden. 'Ach, wellicht worden ze groter. Of groot.'

'Wat bedoel je daar nou weer mee?' vroeg Moeder. Ze haalde vlug vier goudbruine kabeljauwgebrouwsels uit de tegensputterende boter en legde ze op een langwerpig koud bord. Daar begon ze de vis te ontgraten. 'Als je 't mij vraagt gedraagt die Sicco zich een beetje raar, de laatste tijd.'

'Helemaal niet,' schoot Victor Sicco te hulp, en plots keek hij zijn moeder geërgerd aan.

Napoleon draaide zijn hoofd half naar de keukentafel toe.

'Je bent het toch wel met me eens dat het niet aardig is om Mischa zo voor schut te zetten?'

'Wat bedoel je, voor schut?'

'Ik vind het niet oké, dat wil ik er maar mee gezegd hebben. Ik weet zeker dat Mischa er op een of andere manier door werd geraakt.'

Dat was waar, dacht Victor. Hij had het zelf gezien. Toch

voelde hij een vreemde aversie tegenover zijn moeder en haar heldere blik op de situatie. ‘Dat is niet Sicco’s schuld.’

‘Dat kan nooit overeind blijven,’ zei Benjamin.

‘Wat bedoel je, Benjamin?’ vroeg Vader.

Benjamin nam zijn bril van zijn neus en wreef over zijn gladde neusbot. ‘Dat wat Victor zegt simpelweg niet overeind kan blijven, want je kan het een niet los van het ander zien.’

‘Weet je überhaupt wel wat dat betekent?’ vroeg Victor.

‘Dat als je de gebeurtenissen bij elkaar optelt, je toch niet krijgt wat er is gebeurd,’ zei Benjamin, en hij zette zijn bril weer op zijn neus. ‘Dat hebben we vorige week met de plusklas Rekenen gehad.’

Victor herhaalde de woorden ‘plusklas Rekenen’ met een scheefgetrokken gezicht.

‘Hoorde je dat?’ vroeg Vader aan Moeder, terwijl hij zijn tienjarige zoon vol ongeloof aanstaarde.

Moeder groeide een beetje terwijl ze de kabeljauw over de borden verdeelde.

‘Hoe kan Sicco nou geen schuld hebben als Mischa wel pijn heeft door hem,’ vervolgde Benjamin. ‘Mijn juffrouw zegt altijd dat de dingen in hun simpelste vorm moeten kloppen, of ze kloppen niet.’

‘Ach, je weet niet waar je het over hebt,’ snauwde Victor.

Napoleon wendde zijn blik af en legde zijn hoofd te rusten in het zachte gras.

‘Goed, laten we het daarop houden,’ zei Vader. ‘Benjamin, niet beginnen als je moeder nog niet zit.’

Moeder knipoogde naar Benjamin voordat ze aan tafel plaatsnam. ‘Goed jongens, ellebogen van tafel.’

Plots stond Vader op en schonk zichzelf een glas water

in terwijl de tranen in zijn ogen sprongen. Hij wees op zijn keel. Een ongekauwde hete aardappel werkte zich uiterst traag door zijn keel en kroop als een log beest richting de bevrijding vlak boven Vaders maag.

'Het gaat, het gaat,' fluisterde Vader terwijl hij weer plaatsnam.

Moeder koos ervoor het voorval in zijn geheel te negeren. Hoe vaak had ze niet gezegd kleine hapjes te nemen en goed te kauwen en het vooral niet allemaal maar naar binnen te stouwen? 'Arme Mischa,' zei ze.

'Misschien begint Sicco het een en ander te begrijpen, dat is alles wat ik zeg,' overwoog Vader, nadat hij zich had herpakt. 'Gebeurt dat niet zo ongeveer op die leeftijd?'

'Begint wat te begrijpen? Het zijn kinderen die elkaars handen vasthouden als ze naar de bibliotheek gaan.'

'Ja, maar op een gegeven moment is het niet alleen maar dat, dan betekent het toch wat meer, toch?'

'Ze houden elkaars hand vast en dat is wat het is. Benjamin, hoe was jouw dag?'

'Ik heb een vraag voor Opa,' kondigde Benjamin aan.

'Goed zo,' zei Moeder. 'Heel goed, schat. We skypen Opa als jullie je tanden hebben gepoetst.'

Na het avondeten vroeg Moeder aan haar echtgenoot of hij koffie wilde. Een paar minuten later zou ze vragen of hij er melk in wilde.

Vader trok zich terug in een luie stoel omdat hij wist dat dat was wat romanschrijvers deden, zich terugtrekken in luie stoelen, maar hij hield het nooit lang vol.

Hij hoorde Victor boven op zijn kamer rondrommelen.

Hij was blij dat zijn zoon en hij weer op één lijn zaten. Hij hield te veel van hem om lang boos op hem te zijn. Of hij hield te veel van zichzelf als vaderfiguur, dat kon ook.

Nee, Victor was een lief mannetje, daar was het hem om te doen. Ja, bedacht Vader, ik ben een gelukkige vader, en dat is al heel wat.

Was hij ook gelukkig in de stillere lengte van zijn dagen? Als de kinderen er niet waren en de uren de dagen vertraagden? Hij dacht van wel, eigenlijk. Alhoewel hij ooit ergens had gelezen dat een ware schrijver niet gelukkig kon zijn omdat dat slecht voor het schrijven zelf was of voor zijn perspectief op het leven. Misschien dat zijn geluk hem daarom soms irriteerde. Zijn leven was rustig en overzichtelijk: hij wist precies wat hem gelukkig maakte en hij had geen idee hoe zijn geluk te ontwijken. Hij nam zijn bril van zijn neus en legde hem op het bijzettafeltje, naast de bloemloze vaas.

Hij vroeg zich af of hij Opa zou vertellen dat Victor het portret had verbrand. Misschien had Opa wel genoeg aan zijn hoofd, met de wilsverklaring en alles wat daarbij kwam kijken. Niet nodig hem nog meer stress te bezorgen. Bovendien wist Vader niet wat voor vragen er naar boven zouden komen.

Vader keek dwars door de woonkamermuur naar de plek in het halletje waar het portret van zijn grootvader had gehangen. Nadat ze hadden geskypet zou hij Napoleon lang uitlaten. Een flinke wandeling maken. En dan zouden hij en Evelien verstoppertje spelen. Hij hield van die vreemde spanning in hun huis, waar alles naar veiligheid neigde. En hij hield ervan om dichterbij te komen, en dichtbij. Het gevoel dat ze bang moest zijn voor wat haar naderde: het was opwindend en hij kon er geen genoeg van krijgen. Misschien was het een beetje verslavend. Nee, niet te veel gewicht aan hangen. Het was opwindend en het was een spelletje en zo simpel was het: een onschuldig en vluchtig staaltje verbeelding.

Soms staarde hij naar zijn vrouw terwijl ze geen verstoppertje speelden, totdat ze nerveus begon te bewegen, alsof haar lichaam doorhad dat het werd bekeken.

Nadat Victor zijn tanden had gepoetst liep hij de woonkamer in maar aarzelde toen. Hij zag Vader nooit zonder bril en een ogenblik beangstigde het hem, alsof hij al die tijd het verkeerde gezicht 'Vader' had genoemd.

3

Tot Victors opluchting zette Vader zijn bril terug op zijn gezicht.

Waren er gelijkenissen tussen de man in het portret en zijn vader zonder bril? Ja, dacht Victor, er waren gelijkenissen. Alsof dezelfde vragen zich in hun voorhoofd groeven. Alhoewel Vader gelukkiger scheen met die vragen.

'Skypen we Opa weer in het halletje?' vroeg Victor aan Vader.

Een paar maanden geleden, toen ze hadden besloten om voor de eerste keer als familie Opa te skypen, was de plek een punt van discussie geweest. De hele onderneming kon niet aan de keukentafel plaatsvinden, omdat de keukendeuren openden naar de tuin en de tuin elke vorm van verbinding wegnam. Ze kon ook niet worden opgezet in de bibliotheek, omdat Vaders energie niet verstoord mocht worden nu hij een romanschrijver was. Allen opperden een slaapkamer van een van de anderen en dus vonden ook de slaapkamers geen doorgang. In de woonkamer hingen nog altijd de slingers van Benjamins verjaardag (tweeënhalve maand geleden) en het gezin was het erover eens geworden dat de slingers nu de naderende verjaardag van Victor aankondigden (over precies een maand). De woonkamer fungeerde tevens als rusthuis voor twee dozijn stoelen en fauteuils in verschillende staat van decompositie. Of compositie, zoals Moeder zou zeggen nu zij een van haar oude hobby's had opgepakt: het restaureren van meubelstukken die oud en doorgezakt waren maar nog niet onder de noemer antiek konden worden geschaard. In de verre hoek van de woonkamer stond het bewijsmateriaal van haar voorgaande uit de hand gelopen hobby's en verzameldrang groots uitgestald: een lange lenige harp die vooral vorm was, de meubelstukken die aan haar ouders hadden toebehoord (haar vaders leesstoel, haar moeders naaimachine, hun drankkast) en verscheidene pogingen tot schilderen, beeldhouwen en borduren die, uiteraard, in plaats van het delicate van een kleine, therapeutische stilte opzoekend, hadden geresulteerd in de aanschaf van machinerie van de zwaarste orde. Dus nee, zo besloot de familie Kuschfeld unaniem, de woonkamer zou te veel prijsgeven.

Nadat ze de trap naar Victors slaapkamer en de bovenbadkamer hadden volgestouwd met sneakers, renschoenen en glimmende regenlaarzen die de familie had aangeschaft voor steeds specifiekere vakantiebestemmingen, kon de hal relatief leeg genoemd worden. 'Verwelkomend,' opperde Moeder, maar de familie bereikte overeenstemming in 'presentabel'.

De eerste keer dat ze met Opa hadden geskypet was de eerste keer in het slaperige bestaan van het halletje dat zijn onbeleefde ruimte het centrum van de familie had gevormd.

'Ja,' zei Vader, 'we skypen Opa in de hal.'

Victor en Vader hoefden het niet hardop te zeggen of erover te praten. Ze tilden het bijzettafeltje dat in de hal stond op en plaatsten het onder de lege plek op de muur zodat de afwezigheid van het portret onmogelijk te zien was vanuit de camera in de laptop.

En net zoals toen Victor met zijn vrienden het portret naar de vuurton had gedragen voelde het alsof ze met iets religieus bezig waren. Vader en Victor werkten samen voor het behoud van de familie en haar ongeschondenheid, en ze deden het in gewichtige stilte.

Opa was Opa, legde Moeder aan haar kinderen uit, hij werd al een dagje ouder en je wist maar nooit en voordat je het wist en als je het toen had geweten – dus nu was het moment om hem iets te vragen.

Opa had een verpleegster van het Reichsburger rusthuis gevraagd om hem te helpen opstarten en samen hadden ze ervoor gezorgd dat Opa een min of meer stabiele verbinding had.

'Dag Opa,' zei Victor, toen Opa op het laptopscherm verscheen.

'Nou ja zeg, dag! Is dat niet prachtig.'

'Wat, Opa?' vroeg Victor.

'Dat is het zeker, meneer Kuschfeld,' zei Moeder. 'Hoe voelt u zich vandaag?'

'Wat zeg je daar, lieve schat?'

'Ik vroeg hoe het met u gaat.'

Even ontnam een deel van de witte jas van de verpleegster hun het zicht op Opa, toen vroeg de verpleegster, 'Is het zo beter, meneer Kuschfeld?'

'Ja, ik geloof het wel. Evelien, hoor je mij?'

'We horen u, ja.'

'Ah, kijk aan.'

‘Hoe voelt u zich vandaag?’ vroeg Moeder nog eens.

‘Ach, met mij gaat het goed, hoor. Met slechte mensen gaat het altijd goed. En met jullie?’

‘Dag Papa,’ zei Vader. ‘Je ziet er goed uit.’

‘Dank je, dank je. Dat ben ik ook. Hoe gaat het met Benjamin daarzo? Kom eens dichterbij.’

‘Schuif maar een beetje op, Benjamin. Ja, goed zo. Zo kan Opa je zien.’

‘Ach, Benjamin. Daar ben je. Is het niet prachtig.’

‘Ik heb een vraag voor u, Opa.’

‘Is dat zo, jongen?’

‘Hij heeft een vraag voor u, meneer Kuschfeld,’ herhaalde Moeder.

‘Goed dan.’

‘Ik probeer erachter te komen hoe het werkt als je iets vergeet.’

‘Mein Himmel! Jongen toch, als je zo oud bent als ik is het al moeilijk genoeg om erachter te komen of er iets was dat je moest onthouden.’

‘Toe maar, Benjamin,’ moedigde Moeder haar jongste aan.

‘Nou, ik probeer erachter te komen hoe vergeten werkt en nu probeer ik het woord vertakking te vergeten. Meestal gaat het wel goed. Soms denk ik zelfs dat ik iets vergeet, zonder aan een tak te denken. Maar als ik bijvoorbeeld mijn tanden poets dan zie ik ineens overal takken en stammen en bomen en dan kan ik aan niks anders meer denken behalve aan dat ene woord en dan weet ik niet hoe ik mijn gedachten uit kan zetten.’

‘Ach ja, lieve jongen. Dat is me toch wat. Dat is toch wel buitengewoon.’

'Wat denkt u, Opa?'

'Als je 't mij vraagt doet het je geen goed actief te proberen iets te vergeten.'

'Het is echt irritant.'

'Ja, dat geloof ik graag. Maar er is een hoop voortgekomen uit frustratie, vergeet dat niet. Onthoud dat maar.'

'Goed dan, Benjamin. Meneer Kuschfeld, hier is Victor weer even.'

'Frustratie is de sleutel.'

'Dag Opa.'

'Daar zul je hem hebben.'

'Ik heb ook een vraag voor u.'

'Ga je gang, jongen.'

'Is het kwalijk, denkt u, als niemand u zich nog herinnert?'

'Als er niemand is die zich jou herinnert? Ach, dat weet ik niet, waarom vraag je dat?'

'Nou, ik dacht, ik weet niet echt iets van Papa's opa, uw vader?'

'Wat wil je van hem weten?'

'Bijvoorbeeld, kende Papa hem zoals ik u ken? Kwam hij bijvoorbeeld op verjaardagen of zoals wanneer wij met u gaan schaatsen over het bevroren meer? Had Papa een opa zoals ik u als opa heb?'

'Ach, Victor, dat weet ik niet zo. Niet zoals wij, nee, we waren niet zo dol op elkaar.'

'Maar hebt u helemaal geen leuke herinneringen aan hem? Misschien van toen u nog jong was?'

'Soms is het wel goed om niet herinnerd te worden, geloof ik.'

'Misschien hoe hij lachte of glimlachte of hoe er van die

vouwen in zijn voorhoofd kwamen als hij heel diep nadacht?'

'Zo is het mooi geweest, Victor,' nam Vader over, terwijl hij over het hoofd van zijn zoon aaide. 'Opa praat niet zo graag over zijn vader, weet je nog?'

'Het is wat het is,' zei Opa.

Maar Vader voelde een verantwoordelijkheid te bespreken waar zijn zoon hem naar vroeg. 'Opa's vader, mijn opa, moet toch een degelijke man zijn geweest, want hij zal op ons hebben geleken. We zijn immers familie. Hij moet nieuwsgierig zijn geweest naar de wereld en hij moet grote dingen hebben verlangd van dit leven. Maar soms gaat het verlangen iets groots te doen ten koste van een ander, en voor dat soort dingen betaal je een hoge prijs.'

'Wat voor prijs betaal je dan?' wilde Victor weten.

'Ach,' begon Vader.

'Dat dat het is wat men zich van je zal herinneren,' zei Opa.

'Nou, zo kan die wel weer,' greep Moeder in. 'Genoeg familiegeschiedenis voor vandaag. We mogen allemaal in onze handjes knijpen dat we niet in tijden leven die onze neigingen op de proef stellen. En jullie hebben nog meer om over te praten. Bovendien is het al laat, of laat aan het worden.'

'Ja,' zei Opa, 'we hebben inderdaad nog het een en ander te bespreken.'

Dat was waar. Opa had genoeg aan zijn hoofd met de wilsverklaring en daarna, verder richting het einde, de mogelijkheid van euthanasie.

'Vertel me eens hoe het op school was vandaag,' zei Opa.

'Leuk.'

'Vertel je opa wat er gebeurde tussen je vrienden,' opperde Vader.

'Ja, nou, misschien niet,' bracht Moeder in.

'Vertel,' besloot Opa.

'Vertel je opa maar wat er gebeurde,' zei Vader, die de kleine en overzichtelijke gevechtjes die al beslist waren graag nog eens in zijn voordeel beslechtte.

'Nou ja, oké. We gingen in de rij staan om naar de bibliotheek te gaan, maar toen wilde een vriend van school een andere vriend van school geen hand geven.'

'Kijk eens aan.'

'En onze juffrouw vroeg hem waarom hij dat niet wilde en hij zei daarom niet en het was best ongemakkelijk allemaal.'

'Dat is niet echt aardig van je vriend,' zei Opa.

'Nee, niet echt, nee,' zei Victor. Op een of andere manier was het makkelijker om het met Opa eens te zijn nu hij in abstractie over het voorval op school praatte in plaats van de namen hardop te noemen en de gezichten die bij de namen hoorden voor zich te zien.

'Goed dan, meneer Kuschfeld,' brak Moeder in. 'Als u het niet erg vindt, ze moeten morgen weer vroeg naar school.'

'Ja, ach ja.'

'Jongens, zeg Opa welterusten, Ben, Vic.'

'Dag Opa.'

'Slaap lekker, jongens. Ik zie jullie snel weer.'

'Tot ziens, Opa,'

'Zeg je opa maar gedag, jongens.'

'Dat hebben we net gedaan, mam.'

'Goed dan, naar boven, jongens.'

'Oké, jongen,' zei Opa tegen Vader toen Moeder zich

had teruggetrokken in haar werkkamer om nog wat werk doen. Ze had in haar hoedanigheid van dokter besloten zich niet te bemoeien met familiezaken die de grenzen van haar beroep oprekten. Het was beter als een derde partij Opa's levensklachten evalueerde, en dus hield ze zich afzijdig. 'Er is een aantal zaken dat we moeten bespreken, als je dat goed vindt.'

'Ga je gang, Papa.'

'Ik zal het een en ander aan papierwerk nodig hebben voor de wilsverklaring voordat ik naar Nederland afreis en het met de dokter kan hebben over eventuele verdere mogelijkheden.'

'Dat begrijp ik.'

'Von Kleinenleedt, een vriend van de familie, heeft een bevriende collega uit Den Haag aangeschreven. Ik geloof dat de dokter niet ver van jullie vandaan woont. We kunnen hem bellen en een afspraak maken en alle vragen stellen die we hebben. De wilsverklaring zelf heb ik geloof ik wel zo'n beetje op papier. Volgens mij heb jij nog als mijn vertegenwoordiger bewijs nodig dat je familie van me bent. Op het stadhuis zullen ze het wel hebben liggen, lijkt me zo.'

'Voor zover ik weet heb je geen bewijs of papierwerk nodig om mij als vertegenwoordiger aan te wijzen.'

'Ach, misschien niet, maar doe het maar voor de zekerheid. Laten we het hele gebeuren vooral niet vertragen. Anders ben ik slechts een man uit Duitsland en jij zou iedereen wel kunnen zijn.'

'Het lijkt me wel een gedoe om bij het stadhuis–'

'Wil je het gewoon even voor me doen, Karl?'

'Goed dan, Vader.'

'Voor de zekerheid.'

‘Als jij het zegt. Ik zal het navragen.’

‘Zodra de wilsverklaring geregeld is zal ik met de dokter de vervolgstappen bespreken.’

‘Goed dan.’

‘Is het niet vreemd? Als je niet langer behandeld wil worden mocht je onverhoopt iets overkomen dan moet je allerlei formulieren invullen. Maar als je een vredig einde zoekt hoef je alleen maar te praten met je dokter. En met een tweede dokter. Ze overtuigen.’

‘Het is wat merkwaardig, ja.’

‘Ach, ja.’

‘Heb je veel pijn, Papa?’

‘De pijnstillers doen hun werk. Tijd heeft zo zijn wijze van voorbijtrekken en uit zicht verdwijnen. Ik word niet meer ouder dan ik nu ben, alleen nog maar zwakker.’

‘Ja, ik begrijp het. En je weet het allemaal zeker?’

‘Ja. Het is goed geweest zo– Bovendien, ik– Maar niet–en–’

‘Papa, het scherm, ik geloof– het scherm is vastgelopen. Ik denk dat de verbinding slecht is.’

Een ogenblik staarde Vader naar de bevroren grimas van zijn vader. Sommige delen van zijn gezicht waren verder op weg dan andere. Beide ogen waren in een opwaartse beweging getrokken, zoekend naar woorden of antwoorden. Zijn open mond werd over het scherm gesleept, een eindeloze, stille schreeuw. Het gevangen moment leek een foutje in de tijd, dacht Vader, een tweedehands ervaring van de man die hem had grootgebracht.

‘Wat zei je, Vader? Wacht, ik probeer het opnieuw, goed? Maar zonder video. Dan hebben we misschien beter bereik. Wacht even.’

'Waar waren we, jongen? Kun je me zien?'
'Wacht even, Vader. Ik bel je opnieuw.'

'Kun je me horen?'
'Ik kan je horen.'
'Goed. Oké.'
'Waar waren we? Gaat het goed met je? En met Evelien, hoe vaart zij? Ze ziet er goed uit.'
'Het gaat goed. Ze heeft veel werk.'
'Goed zo. We moesten maar uit eten gaan volgende week, als ik langskom. Met Evelien en de kinderen.'
'Laten we dat doen, ja.'
'Goed dan, jongen. Goed je weer even te zien. En laat het me weten over dat papierwerk.'
'Zal ik doen. Dag, Papa.'
'Dag, jongen.'
Vader klapte de laptop dicht en zag dat het donker was geworden in het halletje en nog donkerder in de woonkamer.
Hij keek achterom door de keukendeur de tuin in. De tuin hield zich stil zoals tuinen zich stilhouden; als iets wat een leegstand probeert te verbloemen.
Vader wist niet zeker hoe hij erin stond: het idee van euthanasie. Omdat ze er zo zijlings over praatten dacht hij er ook zijlings over. Maar nu het dichterbij kwam wist hij dat hij een sterke of ondersteunende mening moest hebben. Of dat hij er überhaupt iets van moest vinden.
Leed zijn vader ondraaglijk? Niet lichamelijk, nee. Maar hij wist waar het einde zich ophield en dat het onderweg was. Het was zoals hij had gezegd, hij werd niet ouder, alleen nog maar zwakker. Had zijn vader een eventueel

levenseinde doordacht en gedurende een langere periode overwogen? Vader had geen reden hieraan te twijfelen. Hij wilde het al jaren. Opa wist waar hij begraven wilde worden en hij was ervoor teruggekeerd naar Reichsburg. Als een Kuschfeld erdoorheen zat, dan zat hij erdoorheen. Hij gaf zijn geest op voordat zijn geest hem opgaf. Er zat een voelbare vraag om vrede in. En om met een zekere genade heen te gaan. Vandaar dat het officieel goedgekeurd moest worden, dat was belangrijk voor zijn vader. Hij zou nooit uit het leven stappen zonder de instemming van een dokter. Zulke dingen kregen gewicht als je zonder religie was gebleven.

Goed dan, dacht Vader, tijd voor de hond.

Vader moest opschieten als hij de verraderlijke boomwortels nog wilde kunnen zien, in het kleine bos tegenover het huis. Hij stond op om Napoleon te zoeken maar hij merkte dat hij geen lichten aandeed.

Hij hoopte dat Evelien zich zou verbergen in de gordijnen of ergens in de woonkamer, zodat hij haar kon zoeken en vinden als hij terugkeerde van zijn loopje met de hond. De laatste tijd had hij een vreemde sensatie ervaren in dat onbewaakte ogenblik vlak voordat hij het gordijn opzijtrok of de deur openduwde, een gevoel dat alles kon gebeuren en dat hij iedereen kon zijn. Vader wist dat hij niet het type man was dat zijn familie ooit iets zou aandoen. Daar ging het hem niet om. Het was het idee dat hij dit kalm kabbelende leventje uit het niets op zijn kop kon zetten.

Soms, als ze elkaar in de ogen keken vlak nadat hij haar had gevonden, duurde het even voordat Vader weer Vader was.

het steegje van de geneesheer

vrijdag 17 november 1950, 21 uur

Ooit, lang geleden, of toch niet eens zo heel lang geleden, maar wel alweer vele levens terug zo leek het, was er eens een jongetje dat over een buitengewoon muzikaal talent beschikte, wat ertoe had geleid dat hij en zijn familie teruggetrokken leefden, dat wil zeggen: zij hielden er een zonderling bestaan op na. De familie praatte zelden of nooit met iemand en bewoog zich haastig en voorovergebogen over straat. Hoewel zij naar verluidt het grootste fortuin van Rheinland-Pfalz bezat, lette zij op de kleintjes. Want, zo leerden zij elkaar, *wie het kleine niet eert, is het grote niet weerd.*

Moeder zag erop toe dat in het huis alleen daar waar een familielid zat te lezen een kaars brandde.

Vader zette elke avond voor hij het bed in stapte zijn zakhorloge stil om tijd te besparen.

Beide ouders schoolden hun zoontje thuis op gedempte toon en met harde hand, en toen hij nog geen negen jaar oud was kende hij alle bloemen in de tuin bij hun Latijnse naam, kon hij de vogels die elke ochtend de oevers van de Moezel wakker maakten identificeren puur door naar hun karakteristieke gezang te luisteren, sprak hij de taal van de Kunsten, het Duits, en de taal van de Diplomatie, het Frans, was al een heel eind op weg het Latijn direct van de bladzijde te vertalen en kon hij met zijn kleine viool de oude meesters oproepen alsof zij met hun opiumstemmen op hem inpraatten.

Uren achtereen repeteerde hij de meest gecompliceerde composities, en in de zomer, als de luiken van de muziekkamer op de tweede verdieping van hun statige huis waren opengeslagen om de wind vrij spel te geven, zetten de inwoners van Reichsburg hun boodschappen en levens voor eventjes neer op de scheve trottoirtegels onder het open raam, en luisterden. Luisterden naar de jeugdige interpretatie van de kleine jongen, die met gepaste naïviteit eeuwen Romantiek ten gehore bracht. Hij groeide al snel uit tot een begrip in Reichsburg, en zijn talent liet ook de omstreken van Reichsburg niet onbewogen.

En dus groeide deze jongen op om voor koningen en koninginnen en de behoevende aristocratie te spelen; een glorieuze toekomst lag voor het oprapen.

Maar dat was lang geleden, en in een ander leven, dat wist Dokter Von Kleinenleedt maar al te goed. Hij schikte en herschikte zijn strik in de spiegel, nam zijn hoed van de hoedenplank in de hal en liep naar de voordeur.

Vandaag de dag nam de Dokter een bescheiden positie in binnen het Reichsburg Philharmoniker in de hoedanigheid van derde violist, een positie die er bijna in slaagde de niet-ingeloste belofte te doen vergeten.

De Dokter opende de voordeur en beende naar het enige sociale Philharmoniker-evenement van het jaar, de samenkomst van de orkestleden in de Gutsschänke Keller, waar de wijnproeverij zou plaatsvinden.

De Dokter haastte zich over straat, maar toen daar plots de brede rug opdoemde van mevrouw Brandt-Barole, de mezzosopraan van het Reichsburg Philharmoniker, kromde de Dokter zijn rijzige gestalte en vertraagde hij zijn pas.

Von Kleinenleedt zorgde ervoor dat de afstand tussen hem en de mezzosopraan verkleinde noch vergrootte, want hij wilde niet gelijktijdig met haar de bar binnenkomen, maar ook niet veel later. Op deze wijze kon hij gemakkelijk binnenglippen terwijl de andere aanwezigen nog bezig waren mevrouw Brandt-Barole te begroeten.

Mevrouw Brandt-Barole ontweek een zojuist gelegde, nog dampende hoop paardenpoep, forceerde zichzelf ook de laatste stappen naar de Gutsschänke Keller te nemen, duwde de deur van de Keller met speels gemak open, kwam de korte trap af, hing haar mantel van konijn en ander toevallig wild aan een haakje onder aan de trap en verontschuldigde zich voor de afwezigheid van haar man, meneer Sommerbrandt, 'met de sneeuwval die elk ogenblik, enzovoorts, enzovoorts', en met een zwaai van haar krachtige linkerhand kwam een zweem geparfumeerde pols vrij. 'Nu dan, wie bied ik hier een glas aan?'

'Bier voor mij, mevrouw,' ontwaakte een gast van de Keller die de bar tot zijn regulierenklooster had gemaakt, waarop de overige vaste gasten aan de bar ja-knikkend opkeken wie er binnen was gekomen en of zij wellicht van de zielenzorg was, of desnoods van lichte zeden.

'Geef mij maar wat hij heeft.'

Maar het Reichsburg Philharmoniker schoot haar snel te hulp. 'Ach nee hoor, mevrouw Brandt-Barole. Neemt u mijn arm. We zitten daar, achter in de Keller.'

Sommige stamgasten van de Gutsschänke Keller maakten deel uit van het Reichsburg Philharmoniker en alle leden van het Reichsburg Philharmoniker waren Gutsschänke Keller-stamgasten, maar een keer per jaar, op hun sociale evenement, hadden de leden van het Reichsburg Philharmoniker een plek voor zichzelf achter in de bar die zij dagelijks aandeden, en zij beschouwden het als een religieus recht.

'Goedenavond, dank u. Gaat het u goed?'

'Het is goed u weer te zien, mevrouw Brandt-Barole.'

'Ja, lang geleden alweer. Een jaar, neem ik aan, dat we elkaar voor het laatst spraken,' zei mevrouw Brandt-Barole, gezien het feit dat hun maandelijkse repetitie normaal gesproken voorbijging zonder dat er een gesprek werd gevoerd, de formaliteiten daargelaten.

Nadat mevrouw Brandt-Barole haar dochter aan een hongerige zomergriep had verloren, had zij zich een publieke houding toegeëigend, een gespeeld voorkomen dat haar in de gelegenheid stelde het zware verlies te dragen achter een gezicht van marsepein zoals gewenst en verwacht van een mezzosopraan, en het kwam haar voor als gunstig en diep verdrietig; het ging haar gemakkelijk af en het beangstigde haar dat dat de realiteit was.

De Dokter was vlak na mevrouw Brandt-Barole binnengekomen en zocht naar de veiligheid van een gesprek, hoewel het idee van iemand aanspreken hem minstens zo ongemakkelijk maakte.

Hij pauzeerde halverwege de vijf treden tellende trap om even in het vuur achter in de bar te staren, dacht vluchtig aan meneer Kuschfeld die in het vuur kleine vlammetjes van dolfijn zou herkennen, haastte zich toen verder de trap af en kwam de kelderbar binnen, waar hij ogenblikkelijk tegen de vier torenhoge Glass-broeders aan liep, die allen de wagnerhoorn bespeelden en bovendien vorm en vaas van glas bliezen in de werkplaats onder de winkel waar hun moeder voorzichtig om de glazen objecten en de afwezigheid van haar man heen stofte, hun vader, de voormalige dirigent van het Reichsburg Philharmoniker, terwijl ze eventjes, als niemand keek, haar schoen van haar pijnlijke voet liet glijden om haar hiel te warmen aan de opwarmende stenen van de winkelvloer en aan de gedachte van haar vier zonen beneden aan het werk, totdat haar voet kriebelde.

'Wat geeft uw moeder u toch te eten?' vroeg de Dokter de gebroeders Glass, zoals hij hen altijd vroeg wanneer hij hen op een repetitie zag, en toen de vier broers elkaar aankeken om te zien of een van hen het antwoord wist, draaide Von Kleinenleedt zich naar hun moeder, 'Wat zijn uw jongens toch groot en sterk.' Hij kuste haar hand en snoof vlug aan de precieze vingers van de harpspeelster van het Reichsburg Philharmoniker, en hij zag van onder zijn wenkbrauwen dat moeder Glass instemde met de manier waarop haar zonen hoog boven de rest uittorenden.

Achter de familie Glass zat meneer Lurv, wijdbeens. Meneer Lurv was Reichsburgs leerlooier, paardentemmer en zowel Gutsschänke Keller-stamgast als lid van het Philharmoniker, want elke keer weer bleek hij de basviool te beheersen. Hij stond op om de Dokter de hand te schudden, 'Aangenaam weer', en liet zich terug in zijn stoel vallen, terwijl hij zijn bovenbenen bewerkte met zijn sterke duimen.

Het samenkomen van het Philharmoniker was ongemakkelijk en vertrouwd, een niet-enerverend evenement tot grote opluchting van alle aanwezigen. Het voltrok zich gestaag en langzaam totdat het voorbij was en niemand kon geloven hoe snel het voorbij was gegaan en dat het evenement van het jaar alweer achter hen lag.

Toen de nacht aan de stamgasten werd teruggegeven en de meeste Philharmoniker-leden huiswaarts waren gekeerd of hun rol van stamgast oppakten, hervond de Dokter zich in een toestand aan de bar, drinkend op zijn eigen naam nu de rekening van het Philharmoniker was gesloten, en hij probeerde zich te herinneren wie hij had gesproken.

Meneer Groß, die nog geen flintertje muzikaal talent bezat maar elke maand een van zijn lege fabriekshallen aan het Reichsburg Philharmoniker beschikbaar stelde om te repeteren, zag de Dokter aan de bar zitten, liep op hem af en bestelde tweemaal wat er gedronken werd.

'Als u erop staat, meneer Groß,' zei de Dokter.

'De volgende is voor uw rekening.'

'Dat dacht ik al.'

Een ogenblik zaten Von Kleinenleedt en Groß gebroederlijk naast elkaar op hun barkrukken terwijl ze hun evenwicht probeerden te vinden en vast te houden, alsof zij oude vrienden waren die niet langer hoefden te praten om een gesprek te voeren. Toen verbrak meneer Groß de stilte.

'Laat ik het zo zeggen, ik krijg hem niet uit mijn gedachten sinds hij zo joviaal bij ons binnenwandelde.'

'Juist, ja,' beaamde de Dokter.

'Ik heb er nog eens goed over nagedacht en ik ben er wel uit, geloof ik.'

‘O ja?’ vroeg de Dokter, terwijl hij zijn glas in één teug achteroversloeg.

‘Ach, laat ik het zo zeggen, ik neem aan dat het u ook bezighoudt.’

‘Is dat zo? Wat drinkt u daar?’

‘We drinken hetzelfde.’

De Dokter staarde naar zijn lege glas en deed zijn uiterste best terug te halen wat hij zojuist achterover had geslagen. ‘Nee, geen flauw idee, werkelijk.’

‘Nog twee van deze,’ beval meneer Groß de barman. ‘En zet ze op zijn naam, wil je. Goed, zoals ik al zei.’

‘Zei u al iets?’

‘Ja, en het gaat u net zo goed aan. Het gaat ons allen aan, maar u zeker.’

‘Wellicht, wie weet.’

‘Hij is nog jong, te jong voor dit werk. Hij is te zelfverzekerd voor zo’n delicate situatie, dat heeft hij wel bewezen.’

‘Hoe gelukkig de onschuldigen, de wereld gemeden, door de wereld vergeten.’ Met zijn linkerwijsvinger en -duim volgde de Dokter het verloop van zijn borstelige wenkbrauwen. Hij probeerde zich te herinneren waaruit hij citeerde.

‘Voorzichtig nu, Von Kleinenleedt. Het vuur van de schuldigen behoeft geen vestaalse zorg.’

De Dokter proefde het woord *vestaalse* op zijn lippen maar vond geen ingang in het woord en richtte zich op het woord *schuld*. ‘Ach, ik durf mijn leven wel op de weegschaal te leggen. Het werk van een dokter kan beide kanten op vallen.’

‘Ik denk toch dat een aantal van uw methoden in de Vogezen anders zou worden uitgelegd.’

'Goed dan, meneer Groß. Ter zake. Hoofdpijn heb ik al.'

'Ach, ik weet het ook niet. Het is niet dat ik over de antwoorden beschik, ik denk dat we simpelweg de juiste vragen moeten stellen, dat is het.'

'En wat zouden die vragen zijn?'

'Wellicht kunnen we hem tegemoetkomen, als u begrijpt wat ik bedoel.'

'Wie tegemoetkomen?'

'De Afgevaardigde, bent u er wel bij met uw gedachten?'

'Ach, juist ja. Ik weet niet zeker of ik u volg.'

'Het is een pijnlijke situatie, en we moeten ons zo spoedig mogelijk van deze nieuwe Afgevaardigde ontdoen. Daar hebben we allemaal mee ingestemd, in de conferentiekamer.'

'Is dat zo?'

'Werk een beetje mee, wilt u? Wat als hij nog altijd doet waar hij goed in is? Wat als hij achter het oude stadsbestuur aan zit? Hij heeft zo ongeveer alle kopstukken gezien vanavond.'

'Ach, we zijn weer waar we begonnen.'

'Goed dan. Waarom zouden we de man niet geven wat hij wil?'

De Dokter staarde langs een paar likeurflessen in de spiegelwand achter in de drankkast totdat hij de contouren ontwaarde van iemand die zomaar de Dokter zelf had kunnen zijn, of was.

'Gaat u me niet vragen wat ik denk dat de Afgevaardigde van ons zou willen?'

'Wat denkt u dat hij van ons wil?'

'Juist ja. Goed dan. Ik denk dat we de hele situatie als een kans voor ons gehucht moeten zien. Een kans om het geweten van dit gehucht op te schonen. Voorgoed.'

‘Het geweten opschonen. Een behoorlijk grote abstractie, vindt u ook niet?’

‘Ik zal u een voorbeeld geven. Laten we zeggen, het is willekeur, maar goed, waarom niet, meneer Kuschfeld bijvoorbeeld, hij is een eenzaam man voor zover ik weet, en hij heeft het juiste verleden. Niet te belangrijk, maar toch ook geen lichtgewicht. Geschikt en doelmatig.’

De Dokter rommelde wat met zijn strikje totdat hij genoeg ademruimte had gecreëerd, ‘Bijvoorbeeld.’

‘Uiteraard.’ Meneer Groß keek even op naar de stamgasten die onderuitgezakt aan de andere kant van de bar hingen en verzekerde zich ervan dat zij hun relatieve afwezigheid continueerden. ‘Als we een manier vinden om iemand als meneer Kuschfeld aan te geven, als gehucht bedoel ik dan, demonstreren we dan niet dat we een collectief zijn hier en dat we er alles aan doen om ons geweten schoon te houden, dan wel te zuiveren?’

‘Zou het moment van dit alles geen argwaan wekken?’

‘Die gok durf ik wel te nemen, hoe twijfelachtig het ook moge zijn. Als het maar overtuigt. Als dat ervoor nodig is om ons gehucht met rust te laten, dan ben ik bereid zo ver te gaan.’

Verder en dieper in de nacht bediscussieerde een aantal ongespotte vogels de huidige zilverstand. Zij leken op een keerpunt in hun discussie af te stevenen, maar niet per se op een overeenkomst.

‘U heeft het vrij goed doorgedacht allemaal, nietwaar?’

Van de andere kant van de bar steeg een aantal schorre hoera’s op; elke avond om klokslag middernacht gaf een stamgast van de Gutsschänke Keller toe aan een nieuw jaar, een oude en moeilijker wordende traditie aangezien er nog maar zeven weken aan stamgasten in Reichsburg over waren. Vandaar dat enkele inwoners van Reichsburg bijna twee keer hun leeftijd telden. Zij woonden in het oude centrum, de Altstadt, boven of nabij de bar, en zij waren overwegend ongetrouwd. De schorre hoera's waren tevens een indicatie dat Hendrick Schinken, de Kellers uitbater en barman, zojuist de metalen armen van de zware stationsklok boven de bar een uur vooruit had geduwd en op twaalf uur 's nachts had gezet, want de oude stationsklok telde de uren niet langer op eigen kracht.

'Ach, het hield me bezig en dit schoot me te binnen,' zei meneer Groß. 'Hij is geen groot spreker, evenmin een man van uiteenlopende ideeën. Je zal hem niet betrappen op het voordragen van een gedicht of het afwegen van het een tegen het ander. In feite is meneer Kuschfeld het best te begrijpen door alles wat hij niet is. Zo'n man is het, in mijn ogen.'

'Een blad op de rug van een snelle stroom, ja. En hij wil er nog een einde aan maken ook.'

'Wat bedoelt u?'

'Ach,' twijfelde de Dokter. Het gesprek zat hem plots als een krappe jas. 'U begrijpt vast wel... De geest geven of iets dergelijks. Alhoewel het vertrouwelijk is, dat begrijpt u wel.'

'Daar kijk ik van op, Von Kleinenleedt. Dat is buitengewoon interessant.'

'En vertrouwelijk.'

'Wellicht kunnen we er ons voordeel mee doen.'

'Moet u eens goed luisteren.'

'Ga maar na, Von Kleinenleedt. U heeft de sleutel in handen. De geest willen geven, dat klinkt toch echt alsof zijn geweten kraakt en knarst. Nu u het zegt, ik denk niet dat ik eerder een betere bekentenis heb gehoord, al is het nog zo zijdelings.' Meneer Groß draaide zich naar de barman. 'Zijn volgende is van mij, maar zorg dat het zijn laatste is. Denk erover na,' kwam meneer Groß bij Von Kleinenleedt terug, terwijl hij zijn eigen rekening betaalde, 'we zullen elkaar spoedig zien, schat ik zo in.' Toen stond hij op en liet de Gutsschänke Keller voor wat het was.

'Denk erover na, denk erover na,' mompelde de Dokter. 'Wat valt er na te denken?'

Hendrick Schinken zette een nieuw glas op de bar en schoof de rekening van de Dokter onder zijn ogen. De Dokter keek op naar de barman en zei, 'Alhoewel hij wel de geest wil geven, dat zal ik niet ontkennen. Maar dat zeg ik ook helemaal niet.' Daarop sloeg hij zijn drankje in één teug achterover, legde een handvol wisselgeld op de bar, strompelde van zijn barkruk en trok zichzelf de trap op.

Eenmaal buiten leunde hij met zijn hand een ogenblik tegen de ruïnes van de Romeinse muur om iets van zijn balans te hervinden. Het viel de Dokter op dat het steen een bepaalde kou bezat, niet de scherpe kou van de nacht, maar een kilte van binnenuit, de eeuwenoude kilte van versteende dromen.

wachtkamer

zaterdag 18 november 1950, 6 uur

'Adem nog eens diep in, en houd uw adem vast.' Dokter Von Kleinenleedt legde de koude stethoscoop halverwege meneer Kuschfelds rug te luisteren.

Meneer Kuschfeld had moeite de kou van de stethoscoop te voelen, of de gegeven warmte van zijn eigen aanwezigheid.

Von Kleinenleedt kon op zijn beurt meneer Kuschfeld maar met moeite beluisteren, omdat een schedelscheurende hoofdpijn overal doorheen denderde. Zo nu en dan keerde zijn maag zich om.

'Ik ben wanhopig, Dokter,' fluisterde meneer Kuschfeld. 'Ik geloof dat ik de controle over mijn gedachten kwijt begin te raken.'

'Rustig aan nu,' zei de Dokter. 'Laat me naar u luisteren. Haal nog eens diep adem. Juist ja, en adem inhouden.'

In de verre hoek van de behandelkamer wervelde een plaatselijk verzetje, een kleine lus van lucht die z'n best deed afwezig te blijven.

'Goed, blaas maar uit en haal nog eens diep adem.'

'U moet begrijpen, Dokter,' zuchtte meneer Kuschfeld, 'mijn gedachten lopen van me weg en het zal niet lang meer duren voordat ik al mijn grip op de werkelijkheid heb verloren.'

'Goed dan, meneer Kuschfeld. U kunt zich weer aankleden.'

'Het moment is aangebroken, Von Kleinenleedt.' Meneer Kuschfeld knoopte gestaag zijn hemd dicht. Hij had echter niet door dat hij de onderste knoop in het een-na-laagste knoopsgat van zijn hemd had gestoken.

Plots pakte de Dokter meneer Kuschfeld bij zijn schouders, 'Hoe lang kennen wij elkaar nu al, Kurt? Of hoe goed hebben wij elkaar gekend, en hoe lang geleden was dat dan wel niet?'

'Ach, ik denk dat we vrij ver teruggaan in de tijd, toch?' Meneer Kuschfeld probeerde terug te denken aan iets wat diep opgeslagen zou moeten liggen.

'Ja. Nee, uiteraard.' De Dokter liet meneer Kuschfeld los en keerde terug naar zijn hoofdpijn. 'U heeft de longen van een paard, meneer Kuschfeld, dat is het niet. Maar u ziet er afgetakeld uit. Ik neem aan dat u de hele nacht heeft doorgewerkt, met de sneeuw zo dichtbij?'

'Ik geloof het wel.'

'En u heeft ze alle honderd in één nacht weten te vervangen?'

'Alle lantaarns langs de hoofdstraat, ja.'

'Ongelofelijk.' De Dokter ging achter zijn bureau zitten en masseerde zijn slapen. 'Echt ongelofelijk.'

Nu een helder gegeven van de nacht ineens zo eenvoudig en ongeschonden op tafel lag voelde meneer Kuschfeld de handen van een zware slaap op zijn schouders, en hij begon te trillen. 'Von Kleinenleedt, ik weet niet wat ik u moet zeggen of hoe het uit te leggen, maar ik heb uw hulp nodig en het moment is daar.'

'Ik begrijp het, meneer Kuschfeld. Ik begrijp het.'

De doorlopende lus van lucht begon onrustig te wervelen. Het was belangrijk voor de man die zich in het luchtledige verscholen had dat meneer Kuschfeld zijn tijd uitleefde. Een vroegtijdig vertrek zou meneer Kuschfelds gedachtegang onvoltooid achterlaten. En er was de man veel aan gelegen dat hij meneer Kuschfeld in zijn volledigheid kon afsluiten. Anders zou meneer Kuschfeld zijn gedachten blijven bestieren en bespoken; nee, meneer Kuschfeld moest en zou alle tijd die hem was gegeven uitdenken, zodat de man hem in zijn volledigheid tegen zijn eigen overwegingen zou kunnen ophouden. Want de man was ervan overtuigd dat meneer Kuschfeld verantwoording moest afleggen, in welke vorm dan ook, zodat de man zijn eigen beslissingen kon verantwoorden. Alleen dan zou de man zelf rust kunnen vinden.

Meneer Kuschfeld dwong het een-na-laatste knoopje door het bovenste knoopsgat, maar bleef op de rand van de behandeltafel zitten. Zijn benen bungelden ongemakkelijk. 'Mijn vader leerde me dat elk mens recht heeft op zijn eigen mislukking.'

De Dokter nam zijn bril van zijn neus en probeerde de situatie te overdenken. Hij beet op een ivoren pootje en probeerde zich zijn eigen vader voor de geest te halen. 'En het recht om te veranderen, lijkt me,' zei hij. Terwijl hij medicijnen studeerde, had zijn vader hem de basisprincipes van het recht bijgebracht, hoewel hij nooit verder was gekomen dan een inleiding tot het vroegste gedachtegoed.

'Dat geldt niet voor mij, Von Kleinenleedt. Ik ben wie ik ben en daar valt niets op af te dingen.'

'Ach,' probeerde de Dokter, terwijl hij zijn armen de lucht in zwaaide om er wat nadruk op te leggen, wat hij vrijwel direct betreurde aangezien zijn hoofdpijn achter elke onverwachte beweging aan leek te stampen.

'Ik ben moe, Von Kleinenleedt.'

'Dat zijn we allemaal.'

'Nee, dit is anders. Ik ben moe van dit alles. Bekaf van de bühne, als u begrijpt wat ik bedoel.'

'Goed dan, genoeg nu.'

De Dokter kwam achter zijn bureau vandaan maar moest zich ogenblikkelijk aan de rand van de tafel overeind houden. Toen de pijnscheut enigszins was gaan liggen liep hij naar de behandeltafel en legde de achterzijde van zijn hand op het hoge voorhoofd van meneer Kuschfeld. 'Ziet u wel. U voelt warm en klam aan en u bevindt zich in een dusdanige toestand. U moet uzelf wat rust gunnen na het werk dat u vannacht hebt verzet. Ga toch even liggen, al is het maar voor een paar uur. Belooft u me dat? Wilt u me beloven dat u een paar uur zal proberen te slapen?'

Meneer Kuschfeld staarde naar de harige, hartelijke handen van de Dokter. 'Een heel ander soort moe, alles welbeschouwd. Mijn gedachten gaan er met me vandoor. Ze zijn op de loop gegaan en ik kan het niet bijbenen. Ik verwacht niet dat u het begrijpt, ik denk dat ik het zelf niet eens begrijp, maar u moet het wel doen verdwijnen. Vergeef me dat ik zo aandring, maar u zult het toch echt moeten inzien. Ik ben bang voor mezelf geworden.'

'Goed,' zei de Dokter, terwijl hij terugliep naar zijn bureau.

'Dus. Hoeveel langer nog?'

'Juist, ja. Moeilijk te zeggen.'

'Moeilijk te zeggen?'

'Het hangt ervan af.'

‘Waarvan?’

‘Het hangt ervan af,’ herhaalde de Dokter, terwijl hij door zijn opschrijfboekje bladerde zonder zich het bestaan van opgeschreven antwoorden aldaar te herinneren.

‘U had er in de Vogezen minder moeite mee, zo heb ik vernomen.’

‘Meneer Kuschfeld.’

‘Mijn excuses. Dat had ik niet mogen zeggen. Luister Dokter, we hebben het lang genoeg besproken. Wat valt er nog aan toe te voegen? Het is allemaal zo gecompliceerd niet. Ik zou u simpelweg dankbaar zijn als u een einde maakte aan deze martelgang. Dat is alles. Help me toch, Von Kleinenleedt. Voordat het te laat is.’ Meneer Kuschfeld schoof voorzichtig van de behandeltafel af en liep op de deur toe.

De opmerking over zijn tijd in de Vogezen had iets in de Dokter gelokaliseerd. Iets wat een stem had en tot hem sprak: zie je nou wel, Von Kleinenleedt, dit is wie je bent en hoe je herinnerd zult worden, ongeacht het aantal wonden dat je omwikkelt of de hoeveelheid baby’s die je ter wereld brengt.

‘Wat zei u daar, Dokter?’ Meneer Kuschfeld draaide zich half naar hem om.

‘Maandag. Kom maandag maar terug, in mijn lunchpauze. Ik zal het papierwerk voorbereiden. U zult uw handtekening moeten zetten, zodat het niet op mij valt te verhalen als het hele gebeuren zich heeft voltrokken. Alhoewel dat het toch wel zal doen, mij achterhalen.’

‘Ach, Dokter.’ Op meneer Kuschfelds gezicht maakte een diepe bezorgdheid plaats voor een gepaste angst voor al wat komen zou.

De man in de verre hoek van de behandelkamer voelde hoe het relatieve briesje van zijn aanwezigheid veranderde in een storm die geen kant op kon.

'Ach, wacht u even, meneer Kuschfeld,' zei de Dokter.

'Wat is er?'

'U heeft uw hemd verkeerd dichtgeknoopt.'

Meneer Kuschfeld drukte zijn kin tegen zijn borst en keek langs de rij knopen die zijn hemd dichtte. 'Ja, ik geloof dat u gelijk heeft, Dokter.'

4

Hoewel Vader Benjamin net naar school had gebracht en Victor een afscheidszoen op zijn hoofd had gegeven nog voor het schoolterrein in zicht was gekomen, voelde hij zich meer zoon van zijn vader dan vader van zijn zonen.

Hij keek naar zijn typemachine in de hoek van wat Evelien de bibliotheek noemde en besloot dat zijn boek kon wachten of dat niemand wachtte op zijn boek. Hij had belangrijkere dingen aan zijn hoofd. Toen hij op de voordeur toe liep, tilde Napoleon nauwelijks zijn hoofd op; de hond wist van tevoren door de schoenen die Vader aantrok wanneer ze voor een dag naar het strand gingen of wanneer Vader alleen de stad in ging. Vaak wist de hond zelfs waar ze wel of niet heen gingen nog voordat Vader een beslissing had genomen of schoenen had aangetrokken.

Het regende niet in de stad maar het was ook niet droog toen Vader de voordeur achter zich dichttrok en zijn fiets van het slot haalde. De meeste mensen in de straat waren al naar hun werk. Hij wist eigenlijk niet zeker wat voor werk zijn buren deden en hij kende ook lang niet al zijn buren.

Achter een enkel raam viel vitrage vlug terug op zijn plaats terwijl Vader langsfietste.

Den Haag was de stad waar de zee aan land kwam en waar de overheid zetelde, maar het was ook een stad van buurten waar ouders een of twee bakkers van hun volwassen kinderen vandaan woonden; mensen waanden zich hier gelukkig in het claustrofobische comfort van familie en vrienden van de familie.

Vader stalde zijn fiets tussen de dichte rij fietsen voor het stadhuis en liep op de receptie af. De receptioniste keek op van een vel papier. 'Goedendag, meneer. Heeft u een afspraak met ons?'

'Een afspraak niet, nee. Maar ik–'

'Ach, goed dan. Geen afspraak, dus.' De receptioniste begon met wat leek op een lang en weloverwogen essay op haar computer te tikken.

'Ik ben hier om te bewijzen dat ik de zoon van mijn vader ben, Gerhard Wilhelm Kuschfeld.' Het was er wat ceremonieel uit gekomen, maar Vader vond de plechtigheid ervan niet onaardig.

'Heel fijn, meneer. Maar zoals u zich kunt voorstellen is het erg druk en daarom vragen we u altijd van tevoren een afspraak met ons te maken.'

Vader wierp een blik over zijn schouder. Hij zag een vrouw op leeftijd met de nodige moeite een paraplu inklappen. Verderop in de stadhuishal wiegde een vrouw, verscholen achter een met verpakkingsvouwen doortrokken boerka, een kinderwagen heen en weer. Een andere vrouw in boerka hief het gewaad dat het geheim van haar gezicht bewaarde een ogenblik omhoog om zichzelf bloot te geven aan de cameralens die van achter een stadhuisbalie naar haar toe werd geschoven.

'Mag ik uw identiteitsbewijs zien, alstublieft?'

'Maar natuurlijk.'

'Goed dan. Dus u bent op zoek naar documenten over uw vader?'

'Dat klopt, ja.'

'Is de veronderstelde vader hier vandaag met u aanwezig?'

'Voor zover ik weet niet, nee.' Vader keek demonstratief om zich heen.

'Ja, ja. Moeilijk, meneer. Moeilijk.'

'Is dat zo?'

'Ik zie niet in waarom het niet moeilijk zou zijn, meneer. U begrijpt wat ik bedoel.'

'Juist, ja.'

'Goed dan, meneer. Dit is wat we gaan doen. We zullen u van dienst proberen te zijn. Als uw nummertje op het grote scherm verschijnt, begeeft u zich dan naar de corresponderende balie. Daar zullen we u verder helpen.'

De verandering van toon en mogelijkheid verraste Vader, maar hij wist wel beter dan het te bevragen. 'Dank u, ik waardeer het zeer.'

'Geen dank, volgende.' Vader keek nog eens om naar de lege hal en liep toen naar de zitplaatsen voor de balierij en het grote scherm. De weer zorgvuldig bedekte vrouw stond op met nieuwe documenten in haar hand en nam de kinderwagen over van de vrouw die haar vergezelde. Toen ze Vader passeerde, knikte Vader vriendelijk, en hij voelde hoe een glimlach zich in het kleed voor haar gezicht vouwde.

Hij keek naar het kaartje in zijn hand, A712, en toen naar de getallen op het scherm. A707 – BALIE 19, A708 – BALIE 2, A709 – BALIE 5. Redelijke getallen die correspondeerden met een eindeloze gang van balies. Het stelde Vader op z'n gemak. Hier heerste de redelijkheid. Het herinnerde hem aan het ogenblik van opwinding wanneer hij op de middelbare school niet alleen het juiste antwoord op een wiskundig vraagstuk wist te formuleren, maar het ook nog eens voor zich zag. Dat hij het patroon doorzag, en de wonderlijke structuren uit de formules zag opdoemen: de gebouwen en de bruggen en het menselijk gedrag.

Maar toen dacht Vader aan het gidsende licht van dode sterren en het moment dat wetenschappers de precisie van het π-getal in zowel de vaste baan van planeten rondom de zon als in het ademritme van een pasgeboren baby ontwaarden, en toen realiseerde hij zich weer dat hij het geheim meer liefhad dan de oplossing. Hij hield ervan om de dingen om hem heen niet in hun volledigheid te kunnen vatten.

A710 – BALIE 19. Een man in een grijs pak met een bos gele tulpen onder zijn arm geklemd rende de hal door en nam plaats aan balie 19. Nog geen vijf minuten later stond hij weer op, stak een papieren zekerheidje in de binnenzak van zijn jasje en snelde weer naar buiten. Zijn nieuwe pakschoenen plakten aan de geboende stadhuistegels.

Vader keek in afwachting naar het scherm. A711 – BALIE 1. Goed, dacht Vader, en hij stond op om naar balie 19 te lopen. Toen toonde het scherm drie getallen met bijbehorende bestemmingen in vlugge opvolging: D44 – BALIE 19, E136 – BALIE 4, Z2 – BALIE 161 (1E VERDIEPING). Vader keek om zich heen. Niemand. Niets, maar dan ook helemaal niets, zette zich in beweging. Maar zoveel bewegingloosheid had een eigen dynamiek. Er leek een irritatie in de lege hal te kruipen, alsof er iets tikte of telde, zoals een tijdelijk koelsysteem in de nieuwe stilte van een oude woonkamer. Op het eerste gezicht leek de gangplant tussen de receptie en balie 1 niets meer of minder dan een gangplant; stoïcijns en formeel in zijn voorkomen, met gele nerven over zijn blad. Maar hield Vader zichzelf voor de gek of voelde hij dat de gangplant moeite had zijn gegiechel in zijn wortels en de potgrond te houden?

Vader liep terug naar de receptie.

'Er is een probleem. Mijn nummer verschijnt niet op het scherm.'

'Dat is zeer onwaarschijnlijk, meneer. Hoogst onwaarschijnlijk zou ik zelfs willen zeggen.'

'Waarom is dat zo onwaarschijnlijk, als ik vragen mag?'

'Omdat dit,' de medewerkster maakte een weids gebaar met haar armen, 'een systeem is.'

'Een systeem.'

'Ja, een systeem.'

'En wie controleert het systeem?'

'Het heeft een ingebouwd controlesysteem.'

'Wat dus ook een systeem is?'

'Technisch gezien wel, meneer.'

'Een groot zelfvoorzienend systeem. En dat is het dan?'

'Dat is het, meneer. Niets wat we eraan kunnen doen.'

Vader nam met tegenzin weer plaats op het bankje in de stadhuishal en trok aan zijn broek die aan zijn schenen en dijbenen begon te plakken. B12 – BALIE 9, Z3 – BALIE 149 (1E VERDIEPING), A713 – BALIE 19. Vader staarde het getal A713 vijandig aan. Systeem of geen systeem, iemand was een spelletje met hem aan het spelen, en Vader had geen tijd voor spelletjes. Hij stond op, gereed om serieuze schade toe te brengen aan het systeem of aan wat voor systeem dan ook, toen A712 op het scherm verscheen, gevolgd door BALIE 2. Een ogenblik was Vader bereid alles op te geven om het menselijk belang te verdedigen tegenover al het abstracte dat hem tegenwerkte, maar toen dacht hij aan de technische kant van zo'n ingreep en aan zijn vrouw die het lokale middagnieuws volgde.

'Goedendag, meneer. Mijn naam is Cindy. Waarmee kan ik u van dienst zijn?'

'Ja, goedendag. Ik ben op zoek naar documenten die uitwijzen dat ik de zoon van Gerhard Wilhelm Kuschfeld ben.'

'Ah, oké. En wat is uw relatie tot deze persoon?'

'Dat heb ik u net gezegd, hij is mijn vader.'

'Ja, dat weet ik, meneer. Maar ik moet de vragen in de volgorde beantwoorden zoals ze op mijn computerscherm verschijnen, begrijpt u,' Cindy leunde naar voren in de richting van Vader zodat ze iets in zijn oor kon fluisteren, 'anders maken we straks nog iets wakker in het systeem. En dat moeten we niet willen, nietwaar?'

'Nee, we willen niets in het systeem doen ontwaken, nee.'

'Dus,' de medewerkster keerde terug naar haar officiële positie, 'zou ik uw identiteitsbewijs even mogen zien?'

'Vanzelfsprekend.'

'Karl Arendt Kuschfeld. En u bent op zoek naar officiële documentatie aangaande uw vader, zei u.'

'Dat klopt, ja. Mijn vader heeft het bewijs nodig.'

'Juist, ja. Wat is zijn volledige naam, alstublieft?'

'Gerhard Wilhelm Kuschfeld.'

'Gerhard Wilhelm Kuschfeld. Ah, kijk eens aan. Ach, nou dat is me ook wat. Is dat niet gek? Ja, dat is wel een beetje vreemd, ja. Wanneer zei u dat u meneer Kuschfeld voor het laatst gesproken had, meneer Kuschfeld?'

'Dat is gisteravond geweest.'

'Ach, ja. Kijkt u zelf maar even.' De medewerkster draaide het computerscherm net niet ver genoeg naar Vader, zodat Vader ver over het bureaublad heen moest leunen. 'We hebben een aantal documenten van Gerhard Wilhelm Kuschfeld geregistreerd staan. Maar deze springt meteen in het oog, ziet u. Het ziet ernaar uit dat, hoe zal ik 't zeggen, dat is een overlijdensakte. Een Duitse. Hier, kijkt u maar. Het is de overlijdensakte van Gerhard Wilhelm Kuschfeld, gestorven in 1945. Uw vader is dood in Duitsland, dat is alles wat we voor u kunnen betekenen vandaag, voor zover het ons systeem aangaat.'

'Wat bedoelt u? Ik bedoel… dood, als in?'

'Gerhard Wilhelm Kuschfeld is officieel gestorven, als in dood op papier, en dat is al een tijdje zo, onveranderd dood, meneer, als u 't niet erg vindt dat ik het zo zeg.'

'En waar is dan…' zocht Vader naar woorden en toen naar vragen, 'de doodsoorzaak…?'

'Begrijpt u, dat bedoel ik nou juist.'

'Wat bedoelt u?'

'Dat dat is wat we niet weten.'

'En wie zijn "wij" precies?'

'Wij als in allen die het niet weten, meneer.'

'En wat staat mij nu te doen?'

'Dat weten we niet, meneer, ik kan u alleen vertellen dat uw vader officieel dood is. En u kunt niet meer dood zijn dan dood op papier. Als u eenmaal voor dood in het systeem bent ingeschreven dan is het zeer moeilijk om daar nog van terug te keren, dat is een ding dat zeker is. Wilt u misschien een kopietje?'

'Er is dus een versie van mijn vaders leven waarin hij al dood is? In Duitsland?'

‘Ik geloof niet dat ik u volg.’
‘Ik heb hem gisteravond nog gesproken, ziet u.’
‘Moeilijk, meneer. Niet ondenkbaar, maar moeilijk.’
‘Maar in Duitsland is hij dood?’
‘Precies.’
‘Dat kan toch met geen mogelijkheid overeind blijven.’
‘Precies. Kan ik verder nog iets voor u betekenen?’
‘Wat heeft u verder nog over mijn vader?’
‘Wat bedoelt u, meneer?’
Vader dacht een ogenblik na, en zei toen: ‘Ik zou graag willen weten wat er verder nog over mijn vader in het systeem is opgeslagen. En over zijn vader, mijn grootvader.’ Het voelde belangrijk om zijn grootvader ook te noemen; iets zei hem dat de twee niet los van elkaar konden worden begrepen.
‘Maar dat gaat zomaar niet, meneer. Dat begrijpt u toch?’
‘Wat gaat niet?’
‘Dat zijn zulke grote vragen... dat zou een nieuwe aanvraag betreffen.’
‘Wat bedoelt u?’
‘Dat u een nieuw nummertje bij de receptie moet trekken en achter aan de rij zal moeten aansluiten.’
‘Dat meent u niet.’
‘Zeker weten, meneer. Ik kan niets in het systeem aanklikken waar u niet eerst voor geregistreerd staat bij de receptie.’
‘U kunt er niets aan doen.’
‘We kunnen er niets aan doen, meneer.’
Vader overbrugde de tien meter van balie 2 naar de receptie zonder toe te staan dat de windstoten aan gedachten in zijn hoofd zich verenigden tot een intacte storm.

‘Goedendag, meneer. Heeft u een afspraak met ons gemaakt?’

‘Nee, ik heb geen afspraak. Dat hebben we zojuist besproken.’

‘Ach, goed dan. Geen afspraak, dus.’ De receptioniste begon wederom een lang en weloverwogen essay op haar computer te tikken. Vader probeerde het gegniffel van de gangplant te negeren.

‘En waar kunnen we u mee van dienst zijn?’

‘Goede vraag.’

‘Meneer?’

‘Juist, ja. Goed dan. Ik zou graag willen weten wat u allemaal opgeslagen heeft in uw systeem aangaande mijn vader. En mijn grootvader.’

‘Dat zijn wel hele grote vragen, meneer. Om te beginnen... de volledige naam van uw grootvader, alstublieft?’

‘Geen flauw idee.’

‘Pardon?’

‘Ik zou het niet weten.’

‘U weet de naam van uw grootvader niet?’

‘Alleen dat hij mijn grootvader moet zijn. De familienaam is Kuschfeld.’

‘Er zitten meerdere Kuschfelds in ons systeem, meneer. Een geboortedatum, wellicht?’

‘Dat zou ik ook wel willen weten, als u dat kunt toevoegen.’

‘U helpt ons niet echt op weg, meneer. Het systeem zal het niet leuk vinden. Heeft u iéts voor ons? U moet specifiek zijn.’

Vader dacht aan de namen en de geboortedatum die op een van de kruisbalken achter op het schilderij waren geschreven. 'Hij is mijn grootvader, meneer Kuschfeld. Dat is wat ik weet.'

'Goed dan, een ogenblik, alstublieft.' De receptioniste drukte toets 2 in op haar telefoon, drukte vervolgens de hoorn tegen haar oor en maakte een kommetje met haar hand rondom de microfoon. Ze lachte en lachte nog eens en wachtte geduldig tot haar lach was verzonden naar balie 2, wachtte toen op een antwoord van lach en zei dat ze het begrepen had. 'Goed dan, meneer. Dank voor uw geduld. Bij hoge uitzondering maken we voor u een uitzondering. U kunt direct doorlopen naar balie 2.'

'Goedendag, ik ben Cindy,' zei de vrouw achter balie 2. 'Wat kan ik vandaag voor u betekenen, meneer?'

'Ja, Cindy, dag. Waar waren we gebleven?'

'U zult uw vraag moeten verkleinen, meneer.'

'Pardon?'

'Uw vraag, meneer. Het is te groot voor het systeem.'

'Om te beginnen zou ik graag willen weten wanneer mijn grootvader geboren is, en wanneer hij is gestorven, als u zo vriendelijk wilt zijn.'

'Uw grootvader, goed, eens even kijken. Ach, ja hoor. Kijkt u maar mee. Uw grootvader, Kurt Victor Karl Kuschfeld, werd in 1899 geboren, te Reichsburg, Duitsland.'

'Kurt Victor Karl Kuschfeld, dat is waar ook, ja.'

'Dat is inderdaad waar, ja. En hij had één zoon.'

'Gerhard Wilhelm Kuschfeld, ja. Mijn vader.'

'Even kijken, hoor, ja. Uw grootvader stierf waar hij werd geboren, in Reichsburg. 1970. En voor zover ik kan aflezen is dat ook waar uw vader naartoe terug is verhuisd, naar Reichsburg, nadat hij hier een poos heeft gewoond, in Den Haag, een kleine twintig jaar zelfs.'

Vader dacht aan een stamboom die mensen met takken en takjes verbond op een vlak heldere lucht. Het zag er overzichtelijk uit in zijn hoofd, als een georganiseerde zolder of een schone binnentuin.

'Dat is alles, meneer, en het is al meer dan waar u naar vroeg, kunt u nagaan.'

'Nou moet u me toch eens uitleggen, hoe kan mijn vader verhuizen naar de plek waar mijn grootvader is gestorven, Reichsburg dus, nadat hij jaren in Den Haag heeft gewoond, als u me zojuist nog vertelde dat hij officieel in 1945 gestorven is?'

'Dat is interessant, meneer. Dat is zeer interessant.'

'En dus?'

'Ik geloof niet dat ik u volg.'

'Hoe kan iemand in 1945 overlijden en pakweg twintig jaar later terugkeren naar Duitsland?'

'Moeilijk, meneer. Niet ondenkbaar, maar moeilijk. We zijn het systeem nog aan het bijwerken, dus misschien dat de twee documenten aangaande het leven van uw vader nog niet aan elkaar zijn gekoppeld.'

'Wat bedoelt u, het bijwerken van het systeem?'

'Ze zijn alle verschillende Europese systemen aan het samenbrengen om een duidelijker beeld te verkrijgen, begrijpt u. Sinds de laatste ontwikkelingen omtrent de EU en zo. Maar het zou jaren kunnen duren voordat alle documenten zijn samengevoegd, meneer. Momenteel zorgen we er slechts voor dat alle rondzwervende documenten in ieder geval bij elkaar in één systeem terechtkomen.'

'Er zijn dus meerdere documenten over mijn vader, verschillende versies?'

'Ah, precies. Ik denk het wel, ja. Wilt u een kopietje?'

'Waarvan precies?'

'Dat is aan u, meneer.'

'Een uitdraai waarop staat dat mijn vader al dood is in uw systeem? Officieel dood, en toch nog op deze aarde ronddoolt, op zoek naar een vredig einde? Hoe zit het eigenlijk met mij? Wat heeft uw systeem over mij te melden? Nee, nee, ik weet het, nieuw nummertje. Laat maar zitten.'

'Kan ik verder nog iets voor u betekenen?'

'Nee hoor, ik ga ervandoor. Dank u vriendelijk. Of wacht even. Misschien is het nog van belang, al is het voor de vorm... je kan dus niet nog eens dood, in uw systeem?'

'Dat hebben we hier niet eerder meegemaakt, meneer. En mijn collega's en ik hebben alles al eens meegemaakt, daar zijn we erg trots op.'

'Juist, ja. Een fijne dag verder.'

'Goed dan, meneer. Een ogenblik geduld, alstublieft.'

'Pardon?'

'U kunt op uw weg naar buiten nog aangeven hoe u vindt dat we u vandaag hebben geholpen, als u zo vriendelijk wilt zijn. En dan wens ik u nog een fijne dag verder.'

Vader fietste gehaast door Den Haag. Hoe sneller hij fietste, hoe meer zijn oren zich vulden met lege storm.

Wat had het voor zin om het niet te zien? Officieel overleden in 1945 betekende zoveel als vermist sinds 1945. En waar kon het verdwijnen van zijn vader anders op wijzen dan op het overduidelijke? En dat terwijl Vaders opa al die tijd in Reichsburg was gebleven, tot aan zijn dood.

Vader herinnerde zich de dag dat zijn vader hem het portret van zijn opa had gegeven.

Tegen de tijd dat Opa de brief had ontvangen waarin

meneer Kuschfelds overlijden werd bericht, was meneer Kuschfeld al lang en breed begraven. Vader was tien toentertijd. Het kon Opa allemaal niet zoveel schelen; ze hadden elkaar jaren niet gesproken. Maar Opa ging wel terug naar Reichsburg om het testament uit te voeren en hij was met het portret teruggekomen. Hij wilde het eigenlijk weggooien, had zijn vader gezegd bij zijn thuiskomst.

'Of neem jij het maar,' zei hij. 'Ik wil er niet naar kijken, maar om het langs de kant van de weg te zetten is ook weer zoiets.'

Vader had het portret in een hoek van zijn slaapkamer gezet, gezicht-naar-de-muur. Het schilderij was altijd met hem meeverhuisd en toen hij met Evelien trouwde hadden ze het in de hal gehangen en er verder niet meer naar omgekeken.

'Hé Karl!'

Vader keek gedesillusioneerd op.

'Karl, jongen, hé! Hoe gaat het ermee?' Het was Stefan, de vader van een van Benjamins klasgenoten. Maar van welk klasgenootje ook alweer?

'Ja, lang niet gezien,' zei Vader.

'Heb je het gehoord?'

'Ja. Nee, wat precies?'

'Er schijnt een walvis in de haven te zwemmen. Een bultrug.'

'Echt waar? Hier?'

'Ik denk dat we de kinderen mee naar het strand nemen, ergens dit weekend. Kijken of we hem kunnen spotten.'

'Ja, goed plan.'

'Ja. Met jou gaat het allemaal goed verder?'

'Ja, ja.'

'Goed, leuk je even tegen te komen zo.' Stefan gaf hem een joviale beuk tegen zijn schouder en trapte er weer vandoor.

Toen Vader zijn fiets op slot had gezet en voor de plek stond waar hij het grootste gedeelte van zijn leven doorbracht, en zijn familienaam op een bronzen plaatje naast de deurbel gegraveerd zag, voelde hij een kleine opwelling om aan te bellen en te kijken wie de deur beantwoorden zou.

5

Terwijl Vader in het stadhuis was, wachtte Benjamin op de schoolbel.

Vandaag was een dag waar Benjamin lang naar had uitgekeken. Elke vrijdag tijdens de lunchpauze speelde Victors klas (8a) een potje voetbal tegen de parallelklas (8b), en Victor was de keeper van zijn klas. Benjamin miste geen enkele wedstrijd en hij had besloten dat hij vandaag voor het eerst mee ging doen. Toen hij zich vanochtend aankleedde verborg hij zijn scheenbeschermers onder zijn spijkerbroek en stopte hij zijn voetbalschoenen diep weg in zijn rugzak. Hij had zelfs aan zijn sportbril gedacht, die hij vaak vergat als hij gym had. Aan de pootjes van de bril was een touwtje bevestigd dat om zijn nek leidde zodat zijn bril niet van zijn gezicht zou vallen. Dit kwam goed van pas als Benjamin deed waar hij in uitblonk: tackelen.

Benjamin zette te pas en te onpas tackles in, en vaak nam hij de bal in zijn sliding mee. 'Ik zorg er altijd voor dat ik de situatie getackeld heb nog voordat het een situatie wordt,' legde hij met enige regelmaat de ouders van zijn voetbalclub langs de kant van het veld de reden voor zijn handelen uit.

Als je het wist, begon je het te zien.

Maar hier op school was Benjamin vooral zenuwachtig om een veld te betreden met jongens die allemaal ouder waren dan hij, iets wat nog nooit eerder was gedaan: het voetbalveld behoorde toe aan de hoogste groepen van de school. Maar Benjamin wist dat hij belangrijk kon zijn. De afgelopen weken had hij 's nachts in bed elk mogelijk scenario door zijn hoofd laten gaan, en elke situatie eindigde met zijn beslissende sliding. Hij kon simpelweg niet wachten om alles te geven voor de klas van zijn broer, en voor zijn broer. Na vandaag zouden ze Benjamin voor elke vrijdagmiddagwedstrijd vragen, daar was hij van overtuigd. En dan konden Benjamins vrienden misschien ook wel meedoen. Zijn klasgenoten hadden het er al jaren over, maar ze wisten dat je de oudste klas niet voor de voeten mocht lopen. Maar Benjamin had Victor, dat was het grote verschil.

Benjamin had altijd al een kleine voorsprong op zijn klasgenoten gehad. Althans, op de onderwerpen die Benjamin kon overzien. Er waren ook zaken die Benjamin te boven gingen. Soms verzamelden groepen meisjes – het laatste jaar waren ze begonnen zich in groepen te bewegen, had Benjamin opgemerkt: dichte eenheden die zich niet openden – zich achter een schoolpleinboom of rondom de schommels, en dan giechelden ze en ze fluisterden en hingen met hun heupen tegen de metalen armen van de schommel, maar schommelen deden ze nooit. Soms werd een jongen bij hen geroepen, en als hij uit de groep terugkeerde was hij een veranderd man. Benjamin kon hier zijn vinger niet op leggen en het was ook niet waar zijn prioriteiten lagen.

Benjamin had een kleine voorsprong op het gebied van rekenen en begrijpend lezen. Hij begreep dat jongens verstoppertje speelden maar dat meisjes iets verborgen hielden dat niet zomaar gevonden kon worden. Hij voorzag een situatie tussen de jongens en de meisjes die uitvergroot leek tijdens gym en hij voorvoelde dat alle geheimen van de wereld zich ophielden achter de deur van de lerarenkamer. Ook had hij al door dat moed voor overvoede jongens was die snel moe werden en vermenigvuldigingen voor mensen die de nabije toekomst konden overzien: een groepje meisjes in zijn klas, en Benjamin. Een van die meisjes, Beatrice, die zich overigens niet in een groepje bewoog, was heel erg goed in vermenigvuldigen, beter dan Benjamin, en zij stond elke vrijdag aan de zijlijn van het voetbalveld om de wedstrijd te bekijken en de uitkomst te voorspellen. Ze had het altijd goed.

Benjamin had Beatrice gevraagd wat ze van het idee vond om met Victors klas mee te voetballen vandaag, en ze had gezegd dat er kansen lagen maar dat de uitkomst niet te overzien zou zijn, en Benjamin had het mysterieus genoeg gevonden om het plan door te zetten.

De schoolbel ging: lunchpauze.

Benjamin schoof zijn schriftje in zijn bureaula, griste zijn rugzak onder zijn tafel vandaan en wilde zich naar buiten haasten toen de juffrouw zei: 'Wacht even, Benjamin. Ik wil even met jou praten.'

Benjamin herkende de toon van zijn juffrouw niet en ging daarom aan het voorste tafeltje zitten. Haar stem had geklonken alsof wat ze ging zeggen tussen hen diende te blijven.

Benjamins klasgenoten verlieten traag het klaslokaal.

Toen al zijn klasgenoten buiten waren, ging juffrouw Raadsma op een hoek van haar grote bureau zitten. 'Zo, Benjamin. Hoe vind je dat we het doen?'

‘We?’

‘Jij. Hoe vind je dat je het dit jaar doet? We zijn nu bijna een maand onderweg.’

Benjamin drukte zijn bril steviger op zijn neus en realiseerde zich toen dat hij nog van bril moest wisselen. ‘Het gaat goed, dank u, juffrouw.’

‘Goed?’ Juffrouw Raadsma kwam van haar bureau af. ‘Het gaat uitstekend, jongeman.’

Benjamin wierp een vluchtige blik op de klok boven het schoolbord. Victors klas zou nu de opstelling wel duidelijk hebben en de laatste lijnen uitzetten.

‘Je doet het erg goed, nietwaar, wel heel erg goed, dat weet je toch?’ vroeg juffrouw Raadsma.

‘Ja, juffrouw.’

‘Er is alleen één klein probleempje.’

‘Ja.’

‘Er zijn ook nog andere kinderen.’ Juffrouw Raadsma ging op de hoek van Benjamins bureau zitten. ‘En zij verdienen ook aandacht, vind je ook niet?’

‘Ja.’

‘Zij verdienen ook een kans om te leren, net zoals jij die kans krijgt. Heb je daar weleens over nagedacht? Hoe het voor je klasgenoten is als jij altijd antwoord geeft en vragen stelt?’

‘Ja.’

‘Pardon?’

‘Ja, juffrouw.’

‘Het is ontmoedigend voor je vrienden, Benjamin. En dat is niet goed.’

Dit raakte Benjamin. Het laatste wat hij op z’n geweten wilde hebben was dat hij zijn vrienden in de steek liet.

'Dus misschien moet je iets minder vragen stellen en anderen de ruimte geven om aan de les bij te dragen, lijkt je dat ook een goed idee?'

Benjamin begreep niet helemaal wat zijn juffrouw bedoelde behalve dat hij voelde dat ze het serieus meende. Hij wilde zeggen dat hij soms juist vragen stelde voor de andere klasgenoten, als hij voelde dat de klas zelf te snel ging. Maar hij was net nog gevraagd niet zoveel in te brengen, en Benjamin besloot naar zijn juffrouw te luisteren. 'Ik begrijp het, juffrouw Raadsma.'

'Goed dan.' Juffrouw Raadsma wipte van Benjamins bureau en ging weer achter haar eigen bureau zitten. 'Heel goed, Benjamin. Ik ben blij dat we het met elkaar eens zijn. Nou, kom op, naar buiten nu.'

Benjamin sprong op en haastte zich het klaslokaal uit.

Hij wist dat hij moest opschieten als hij de voetbalwedstrijd nog wilde halen. Hij schoot de wc in. Hij opende zijn rugzak en haalde zijn voetbalschoenen tevoorschijn. Hij voelde dat hij moest huilen. Niet omdat hij geen vragen meer mocht stellen, maar omdat hij voelde dat hij terecht was gewezen voor iets waarvan hij dacht dat hij het ook voor zijn vrienden deed. Hij drukte zijn bril steviger op z'n neus. Hij begreep wel wat zijn juffrouw bedoelde. Er waren een paar klasgenoten die moeite hadden om bij te blijven. Benjamin had het ook door. Het waren allemaal jongens en hun beoordelingen waren niet al te goed. Maar ze waren wel erg goed in sporten, realiseerde Benjamin zich. Dat was wat hij voor hen kon betekenen: hij zou een plek voor ze winnen in Victors voetbalteam. Op het voetbalveld zouden ze de beste zijn, wellicht was dat wat ze nodig hadden.

Vlug trok Benjamin zijn voetbalschoenen aan en rolde zijn spijkerbroek omhoog zo ver als hij kon, zodat zijn scheenbeschermers duidelijk zichtbaar waren.

Toen Benjamin bij de zijlijn van het voetbalveld aankwam, stond Victors klas op het punt om af te trappen.

'Waar bleef je?' vroeg Beatrice.

'Juffrouw Raadsma,' zei Benjamin, en Beatrice wist genoeg.

Hij trok z'n trui uit en stopte hem in z'n rugzak.

'Vergeet je sportbril niet,' zei Beatrice.

Benjamin glimlachte. Het voelde alsof Beatrice haar vertrouwen in hem had bevestigd.

Victors klas trapte af en de bal raakte ogenblikkelijk verstrikt in een wervelwind van geschreeuw en aanwijzingen en lange ballen die het niet haalden.

Benjamin drukte zijn sportbril nog eens stevig op zijn neus en rende het veld op juist toen Victor de bal vlak voor zijn doel oppakte.

'Vic!' riep Benjamin uit. 'Ik ben er, het is me gelukt!'

Vanwege al het rumoer en getouwtrek op het veld hoorde Victor zijn jongere broertje niet en hij trapte de bal met een boog diep het veld in.

Benjamins klasgenoten zagen Benjamin wel, maar wisten niet zeker welke houding aan te nemen.

Benjamin kwam bij zijn oudere broer aan en terwijl hij zijn spijkerbroek nog iets verder oprolde, zei hij, 'Vic, ik help je verdedigen.'

Victor keek verschrikt op en zijn gezicht verbleekte. 'Wat doe je hier, debiel?'

'Ik hoor bij jouw team,' zei Benjamin. 'Kijk, ik heb m'n

voetbalschoenen meegebracht, en mijn scheenbeschermers.'

Victor wierp een vluchtige blik richting Sicco en gaf Benjamin toen een harde duw. 'Rot op voordat ze je zien.'

In zijn val voelde Benjamin hoe zijn sportbril naar zijn nek cirkelde en brak onder zijn gewicht toen hij hard op de grond terechtkwam.

De bal hield zich nog altijd op aan de andere kant van het veld. Benjamin pakte stilletjes zijn gebroken sportbril van de grond en liep terug naar de zijlijn. Zijn klasgenoten kozen ervoor het voorval niet te hebben gezien; het was te pijnlijk.

'We moeten je bril repareren,' fluisterde Beatrice. 'Kom, ik weet waar plakband ligt.'

de slaap

zaterdag 18 november 1950, 6.30 uur

Meneer Kuschfeld sjokte terug naar huis, probeerde het briesje in zijn kielzog te negeren, opende de brievenbus van de stationstoren met een sleutel die aan een koordje om zijn nek hing, keek vluchtig in het kreukelige blik, controleerde nog eens met zijn hand, sloot de brievenbus weer, nam de stenen torentrap stapje voor stapje en zakte diep weg in de verfomfaaide fauteuil naast zijn bed.

Hij had de hele nacht doorgewerkt en eindelijk had hij de Dokter aan zijn zijde en nu was meneer Kuschfeld zo moe dat het hem niks meer kon schelen. Hij was gebroken en geradbraakt en hij liet zijn gedachten de vrije loop: hij moest en zou slapen.

Toch staarde meneer Kuschfeld nog lange tijd voor zich uit, naar een vervagende aanwezigheid of een onaantoonbare afwezigheid, bang om zijn ogen voor alles te sluiten. Als hij zijn ogen samenkneep dacht hij de contouren van de man die exact op hem leek te kunnen ontwaren. Even vocht meneer Kuschfeld nog tegen zijn slaap, totdat hij niet langer wist waartegen hij zich verzette.

Toen zijn ogen eindelijk dichtvielen trad de man die zich tussen de luchtdelen had opgehouden meneer Kuschfelds slaap binnen. Het was nog niet te laat. Als hij meneer Kuschfeld wist te overtuigen dat er nog altijd iets was om voor te leven, dan zou hij op z'n minst tijd winnen. En in zekere zin was het hem om tijd te doen.

De man dacht dat hij wist hoe hij meneer Kuschfeld zou kunnen overtuigen, omdat hij maar al te goed wist wie hem in zijn eigen leven gaande hield: Livna Eleonore Winter.

Mevrouw Winter eerst. Toen, Livna. Eleonore zelfs: Eleo, of Nore. Maar uiteindelijk zijn Livna en zijn Livna in al die jaren daarna.

De vrouw met wie hij was getrouwd en de vrouw die meneer Kuschfeld had verzuimd te trouwen. Zij zou het argument moeten worden om te blijven leven nu meneer Kuschfeld zichzelf niet langer als bestaansreden zag.

Al wat meneer Kuschfeld had gekozen om te onthouden, bewust of onbewust, ontvouwde zich tot in de kleinste details, van het ontwerp van elk individueel grasblad tot de precisie in mensen, zoals de drie propperige aderen op de handen van zijn grootmoeder die blauwig om haar knokkels kronkelden en droogvielen daar waar haar oude vingers begonnen.

Meneer Kuschfeld had nooit het genoegen gehad zijn grootmoeder te ontmoeten.

Op het moment dat de man zichzelf in meneer Kuschfelds droom had vastgesteld begon hij de droom te sturen. Hij dirigeerde meneer Kuschfelds slaap naar zijn tijd met mevrouw Winter. De tien jaar die zij samen waren geweest waren door meneer Kuschfelds geheugen teruggebracht tot een enkelvoudige dag en nacht, en het was deze decenniumlange dag en nacht die de man aan meneer Kuschfeld wilde laten zien.

De droom ontteugelde de dag dat meneer Kuschfelds leven opnieuw begon: de eerste dag dat hij voelde dat nog zo'n dag als alle voorbije dagen niet langer genoeg zou zijn.

De dag dat hij in de liefde viel.

Zij aan zij keken meneer Kuschfeld en de man in zijn droom toe, gebroederlijk bijna.

En zij zagen een jonge Kurt aan het werk in de haven van Hamburg, de *Tor zur Welt*, waar de Elbe lang de tijd neemt om gewicht en momentum te winnen, alvorens in de Noordzee uit te monden.

Zij zagen een jeugdige groep vrienden rond de kade hangen na een dag eerlijk werk. Heinrich was er, en Reinhard. En natuurlijk ook Friedrich. Havenarbeiders en kameraden. Verankerd broederschap.

Ik heb ze al zo'n lange tijd niet gezien, fluisterde meneer Kuschfeld, en de man in zijn droom bevestigde, Nee, ik ook niet.

Friedrich haalde zijn tabak uit de bovenzak van zijn hemd, plukte beweeglijke zeegroene bosjes van het dikke tabaksmos af en legde de plukjes voorzichtig in de wieg van zijn sigarettenpapier.

Heinrich stak een voorgerolde sigaret op toen hij de goede tabak rook.

In het slordige schuim van een golf dicht bij de kust sprongen tien, twintig, vijftig kleine zilveren visjes op naar het idee van een collectief.

Toen bulderde Heinrich plots, 'De tering! Recht voor onze neus!'

'Krijg nou wat, inderdaad!' riep Friedrich uit. 'Hoe kan je 'm over 't hoofd zien, niet te missen!' En hij wees naar een deinend stoomschip dat aan de lineaalrechte horizon opdoemde.

De haven kwam holderdebolderend tot leven. Zeemeeuwen vlogen op, kakelend en klakkeloos, hele kolonies tegelijk, anticiperend op de stroom van vis in het kielzog van het schip. Koppige kettingen werden over de kade getrokken, ankerloos, om het naderende beest in de baai te houden. Touwen werden geprepareerd, dikke en harige touwen, touwen waarmee een Cycloop zich van de rand van de hemel kon verhangen. En de nachtdienst kwam uit zijn wachtruimte, trok zijn broek op, stopte zijn hemd in, trok zijn riem aan om hem daarna snel weer een gaatje terug te laten vieren. In een zijsteeg werd een rode lantaarn stilletjes ontstoken.

'Het plompe afmeren van de statige Kaiserin,' verzuchtte Friedrich zoutig. 'Wat weten we wel, hè?'

'Ze is het allemaal waard, wat dacht je daarvan,' zei Reinhard.

'Wat je zegt ja, wat je zegt,' wist ook Heinrich.

De S.S. Kaiserin stond erom bekend dat zij haar scheepshoorn niet luidde bij binnenkomst; zij wist dat zij niet onopgemerkt voorbijging.

Ze was de eerste in haar soort, de eerste die een volk en haar nieuwe dromen kon optillen en meevoeren, van Hamburg naar New York en terug. En bij haar aan boord, binnen in haar ruime romp, zo ging het gerucht, voelde men dat alles mogelijk was, de maan, liefde, een groots afscheid, wellicht zelfs een leven.

Het duurde zeven sigaretten, herinnerde meneer Kuschfeld zich. Zeven sigaretten vanaf haar eerste deinende aanzicht aan het randje van hun jonge wereld tot aan het moment dat ze in de haven aangemeerd lag.

Vanaf haar glimmende romp daalde een loopplank af naar de kade. En over die loopplank kwamen mensen, nieuwe mensen, mensen met koffers en handparasols en kinderen met petten en bolhoeden die voor hun ouders uit de boulevard op renden. Onvermoeibare moeders en alleenstaande vaders keken elkaar glimlachend aan, in het gelijk gesteld door de onbevangenheid van hun dochters en zonen. Dat was het ogenblik dat de goedgebouwde groep zich van de boulevardreling losmaakte. Heinrich, Reinhard, Friedrich en Kurt sprongen over de metalen reling de kade op en sprintten naar de loopplank, de mensenmassa afschuimend naar een terughoudende dame met twee koffers die stiekempjes om zich heen koekeloerde van onder de rand van haar hoed, op zoek naar een beschaafd voorval.

De vrienden droegen koffers, parasols en kinderen, zij droegen levens de kade op naar open, gechauffeerde wagens, en zij boden aan om te rijden. En de dames van hun galopperende dromen bedankten vriendelijk maar nee, misschien een ander keertje, wie weet.

'... en waar woont u, neemt u mij niet kwalijk hoor, als ik 't vragen mag?' wilden de nieuwe moeders nog wel weten.

'We wonen hier vlakbij, Fräulein,' wees Kurt aan, 'achter die pakhuizen daar, het is er best aardig, u zou het kunnen waarderen en ik kan het weten.'

'O ja, ja natuurlijk, ik zou het zeker kunnen waarderen, op z'n tijd. Kom kinderen, kom, blijf maar hier.'

Of, '... en heeft u al kinderen van uzelf, als u 't mij niet kwalijk neemt?'

'Nee, nog niet, Fräulein, maar op een dag zal ik een zoon krijgen en hem grootbrengen en ik zal hem alles van de zee leren en haar worsteling laten zien en hij zal sterk worden en uitgroeien tot een waardig zeevaarder, klinkt dat niet mooi, net als zijn vader, met sterke armen en handen en ogen en longen, ziet u wel?'

'Ja ja, natuurlijk ja, zou dat niet mooi zijn. Kom kinderen, kom, dichtbij blijven nu.'

'Het zou prachtig zijn, Fräulein.'

En de vrienden liepen naar huis met belangrijke beelden in hun hoofd, toekomstbeelden waar ze zich in hun slaap aan vastklampten. De volgende ochtend werden ze wakker met het eerste licht en deden ze het dunnetjes over, en niemand hoefde hen uit te leggen hoe gelukkig zij waren.

Tot de dag dat zij ontscheepte.

De vriendengroep keek toe hoe zij de loopplank met zeebeensoevereiniteit af schreed, een bleke hand langs de koude reling, in haar andere hand een bruine koffer. Af en toe schouderde ze de koffer omhoog.

Kurt sprong van de boulevardreling en rende op haar af. 'Daar gaat hij,' zei Friedrich, en meneer Kuschfeld fluisterde, daar ga ik. Watervlug door de mensenmassa totdat hij voor haar stond, een denkbeeldige hoed in zijn handen.

Haar scherpe kaaklijn dwong haar gezicht tot een rotsachtig reliëf en haar lange, geduldige benen leidden de weg en ze glimlachte, 'Ach.'

Kurt nam de koffer van haar over en zag hoe zij een zeebriesje dat in haar gecompliceerde haar vast was komen te zitten met de gratie van haar hand bevrijdde. Het briesje, lichtvoetig en kwajongensachtig, cirkelde een tijdje om haar heen uit dankbaarheid.

En net als toen, vijfentwintig jaar geleden, werd meneer Kuschfeld overdonderd door haar weidse schoonheid en haar historische onafhankelijkheid. Zo uit een Klimt-portret gestapt, zie je nou wel? fluisterde meneer Kuschfeld tegen de man in zijn droom, en de man zei dat hij het zich precies zo herinnerde.

Toen vroeg hij de zeewaardige vrouw wat haar bestemming was.

Ze lachte een onverlegen lach. 'Ach, ik ben moe van de reis. En ik moet een trein halen.' Ze verborg haar handen in haar jaszakken om te laten zien dat ze gewillig mee zou gaan.

En dus droeg Kurt haar koffer naar het treinstation, waar een conducteur een karretje voortduwde met thee, koffie, een aantal bussen suiker en een gemompelde droom: op een dag, op een dag zal de trein voor mij komen en dan kan ik eindelijk de boel de boel laten.

Kurt propte haar koffer in het bagagerek en stapte de trein uit, 'Ik heb uw naam nog niet, Fräulein?'

En wederom lachte ze ten gunste van de aangewaaide situatie zelf, 'Waarom kom je niet langs om daarachter te komen?'

Ze schreef een adres op een papieren wikkeltje. Het was een adres in Trier, een gehucht in de elleboog van de Moezel. Trier was zo'n anderhalve dag reizen vanaf Hamburg, als de treinen gunstig zouden aansluiten. Het gehucht aan de Moezel lag ook maar honderd kilometer ten zuiden van Reichsburg, waar Kurt was grootgebracht.

'Mijn zuster exploiteert een bar in Trier,' zei ze. 'En ze heeft uitzicht op de Moezel vanuit haar slaapkamer.'

'En hoe was het in het beloofde land?' vroeg Kurt.

'Ach, ik zou er kunnen wonen, in New York, geloof ik, als de tijd me vriendelijk verzoekt.' Ze overhandigde meneer

Kuschfeld het papieren wikkeltje en bleef in de deuropening van de vertrekkende trein leunen. 'En wat doet u voor de kost?'

'Ik werk me een ongeluk in de haven,' zei Kurt, terwijl hij met haar mee begon te rennen.

En ze vroeg Kurt wat hij dan van het leven zou willen, en hij antwoordde, 'Ik wil iets gedenkwaardigs doen', en met haar lange wijsvinger cirkelde ze uit een ooghoek een stofdeeltje dat haar in de weg zat.

De uit lucht opgetrokken man observeerde meneer Kuschfeld en hij zag dat het hem niet onberoerd liet zijn jonge zelf verliefd te zien worden op het leven en op Livna, en op het idee van een leven met Livna.

Goed, dacht de man, dat is waar ik hem hebben wil.

De man dirigeerde meneer Kuschfelds droom dieper zijn tijd met mevrouw Winter in, en zij aan zij, gebroederlijk bijna, keken zij verder.

Sluipenderwijs, en toch, toen het eenmaal zover was, onverwachts, waren Livna en Kurt samen, aanvankelijk wanneer Kurt naar Trier afreisde om Livna op te zoeken, en uiteindelijk omdat Kurt niet meer opzocht hoe laat de trein terug naar Hamburg vertrok.

Liever bleef Livna Eleonore Winter in bed liggen, met naderende naaktheid, in een poging een ebbend gevoel in zich op te bergen. Toch rolde ze op haar zij, nam haar ochtendjas van de luie stoel die aan haar bedkant stond, dacht: *haar* kant, en bedekte haar schouders met het bedarende zijde. Ze vergat met een glimlach een losse knoop te leggen in het koord dat om haar heupen hing en haar diende af te sluiten.

Ze liep naar de kachel, blies een kalm vuur wakker en zette de ketel op de kookplaat. 'Misschien komt mijn zuster langs, vandaag. Als ze iemand kan vinden die een paar uurtjes op de bar kan passen.'

Kurt stapte uit bed en verdween in de badkamer. Hij vormde een kom met zijn handen en gooide een plens koud water in zijn gezicht. Toen viel zijn oog op een schilderij dat boven een ongebruikte gietijzeren badkuip hing. Het was een schilderij van een schip met witte zeilen. De zeegolven stapelden zich hoog op in een poging zich te bevrijden van hun geverfde impasse. Kurt probeerde het schilderij te verhangen tot een rechtlijnige horizon en een georganiseerde wirwar van golf en schip, maar hoe hij het schilderij ook draaide – misschien was het de gekantelde positie van het schip, of wellicht was het de zee van badkamertegels zelf die de ruimte in beweging bracht – op een of andere manier lukte het Kurt niet om het schilderij recht en naar waarheid te verhangen.

Hij nam het schilderij van het haakje en zette het op de grond, voor de toiletpot. Toen hij doortrok kon hij de golven op het schilderij zien bewegen, maar een zee was het niet.

Toen brak Livna's stem vanuit de woonkamer binnen. 'Wil je de krant nog lezen? Anders gooi ik hem weg.'

En Kurt antwoordde, 'Ja.'

'Wat ja?'

'Ik wil hem nog lezen.'

'Die van vandaag of gisteren?'

'Van gisteren.'

'En die van vandaag?'

'Ja.'

'Dan gooi ik hem weg.'
'Is goed.'
'Wat?'
'Ja, is goed. Gooi vandaag maar weg.'
'Het is toch zondag.'

Dit weet ik allemaal nog, mijmerde meneer Kuschfeld, en de man beaamde, dit is alles wat je nog weet.

Kurt tilde Livna's haar op en legde een parelketting om haar hals. Ze zagen hoe de baai van haar sleutelbeenderen oplichtte, en ze zei dat ze het prachtig vond, en Kurt vroeg, 'Vind je hem mooi?' en ze zei, 'Echt schitterend.'

Livna en Kurt ontkleedden elkaar om ontkleed te worden, en met de parelketting om haar hals was Livna meer Livna dan ooit tevoren. Toen ze Kurt in zich opsloot en haar dijen en ribben en schouders-die-dragen-en-verdragen-konden door haar huid heen leken te breken, dansten de parels losjes op de plek waar haar borsten begonnen, en Eleonores borsten klampten zich vergevingsgezind aan haar lichaam vast toen Kurt ze naar zich toe bewoog.

Eleo zelfs, fluisterde meneer Kuschfeld, of Nore. Hier waren we gelukkig en zo had het moeten zijn. Ik werkte in de bescheiden haven van Trier en we waren samen, en dat was genoeg.

En de man fluisterde dat hij het zich ook zo herinnerde.

Ze zagen hoe Kurt op zondagochtend naar de bakker liep, als het weer een goede bui had en de ochtend zonder kleerscheuren verliep, en de bakkersvrouw begroette hem, 'Krijg nou wat!'

En Kurt zei, 'Ach ja.'

'Kijk wie we daar hebben!'

‘Hoe gaat het hier?’
‘Wie had dat gedacht.’
‘Alles goed? En met uw echtgenoot?’
‘Lang niet gezien.’
‘Goed om u te zien.’
‘Hoe gaat het toch met u? En met haar?’
‘Hoe is het al die tijd geweest?’
‘Al die tijd, hè. Waar gaat het heen?’
‘Wie zal het zeggen.’
‘Alles z’n gangetje.’
‘Ach, ja.’
‘Wat kan ik voor u betekenen?’

Het duurde niet lang voordat de bakkersvrouw hen groette buiten haar diensturen om. Zij waren nog kinderloos toen, de bakker en zijn vrouw, en zij gingen om de beurt naar de kerk.

Rond het middaguur dacht Kurt dat hij nog heel de dag voor zich had, in de namiddag begreep hij niet waar de dag was gebleven. Het was goed zolang hij er niet over nadacht.

‘Kurt, we komen te laat bij m’n zuster.’

‘Ik ben klaar om te gaan.’

‘Wat? Waarom zeg je dan niks? Ik ben op jou aan ’t wachten.’

‘Dat kan niet waar zijn. Ik was een halfuur geleden al klaar.’

‘Waarom zeg je dan niks?’

‘Ik wil je niet opjagen.’

‘Hoe kun je me opjagen als ik al klaar ben?’

‘Laten we gaan.’

‘Wacht even, ik ben bijna klaar.’

'Goed, dan wacht ik hier.'

'Nee nee, ga maar vast. Ik haal je wel in.'

'Goed dan.'

'Bijna.'

De bar die Ida Brunhilde Winter beheerde was een degelijke bar. Het was precies zoals je een bar aan iemand zou uitleggen die onbekend was met het middeleeuwse concept: zware biergeur opstijgend uit een vochtige houten vloer, boerende bisschopsbuiken aan de bar, luie vliegen rondom geopende likeurflessen, weinig gesprek maar weids begrip.

'Waar is Liv?' vroeg Ida.

'Onderweg.'

'Hoe gaat het met haar?'

'Goed, geloof ik. En met jou?'

'Met slechte mensen gaat het altijd goed, schat.'

'Ze zeggen het.'

'En met jou?'

'Z'n gangetje. Jij?'

'Ja, hetzelfde hier.'

Tegen de tijd dat Livna en Kurt thuiskwamen waren ze hongerig, gespreksloos en gelukkig. Als ze de liefde bedreven overwogen ze kinderen. Als ze het over kinderen hadden, overwogen ze hun liefde.

Het leven was goed zoals het ging, zie je wel? vroeg de man, en meneer Kuschfeld wilde hetzelfde zien en toch voelde hij een jeuk die hij ook toen had gevoeld, die verborgen plaaggeest, de tikkende tijd die almaar luider werd.

De dag zat losjes in zijn pak en hun bui was goed, en dus wandelden ze naar Barmundo's kapperszaak, Barmundo's Baard en Bakkes.

De deur van zijn barbierzaak was open, een gewoonte die Barmundo had meegeëmigreerd uit het land van de liefde van zijn ouders. Gewoontegetrouw kon een klant 's nachts nog binnen komen voor een knipbeurt of een sigaar.

Kurt vroeg om een opbeurende scheerbeurt en Livna kwam met Barmundo overeen dat haar haar slechts een herschikking behoefde. Barmundo stond alleen zichzelf toe zijn klanten – die keurig langs de spiegelwand waren opgesteld – te knippen en te scheren, en niet zelden bewerkte hij meerdere klanten tegelijkertijd. Hij danste zijn buik behendig om Livna en Kurt heen, het mes van de meester langs Kurts kaaklijn halend, dan weer zijn handen schikkend door Livna's haar, en terwijl hij gewichtig waggelde, neuriede hij, '... knipperdeknip schipperdeschip, schipper mag ik overvaren, jaoftenee, knipperdeknip knapperdekop...'

Kurt voelde de zachte deining van Barmundo's buik door het hemd van de barbier en elke keer accepteerde hij het als een verzoek om vriendschap.

'... knipperdeknip, schipperdeschip...'

Totdat Livna verzocht, 'Barmundo, alsjeblieft zeg.'

'Scheper– zeker, zeker weten.'

Kurt voelde zijn gezicht straktrekken van de scheerbeurt, en gevoelsmatig bewoog meneer Kuschfeld zijn kaak op en neer om zijn gezicht te ontspannen. Zo nu en dan viel er een zware klodder scheerschuim op Kurts schort, waaronder zijn handen beleefd op zijn dijen rustten. Niemand was beter in een scheerbeurt van het opbeurende soort dan onze lieve Barmundo, mijmerde meneer Kuschfeld tegen de man in zijn droom, en de man bewoog zijn hand instemmend langs zijn kaaklijn.

Het bracht een zekere voldoening om opnieuw te mogen

beginnen, dacht meneer Kuschfeld, terwijl Kurt zijn kin omhoog en zijlings in de spiegel beoordeelde.

Barmundo huppelde zwaar op Livna af en herschikte wat plukjes en bosjes en onwillig gestruik, zoals een bloemist zijn bloemen herschikt tot er een boeket ontstaat, en alles leek goed en wel, totdat hij Livna's haar van haar nek optilde en uitriep: 'Wat zeg je me daarvan!'

'Wat zeg je me waarvan, wat is er?' vroeg Livna.

'Wat bedoel je, Mundo?' vroeg Kurt.

'Wat zeg je me daarvan zeg, als het niet... waar zijn je parels gebleven? Die prachtige halsketting. Hij viel zo mooi van je schouders.'

'Ach, die moet nog thuis liggen.'

'Maar je hebt hem nog nooit niet om gehad, liefje,' wist Barmundo, en meneer Kuschfeld fluisterde dat ze de parelketting inderdaad nog nooit had afgedaan.

En zelfs nu nog deed het kwijtraken van het sieraad meneer Kuschfeld pijn.

Ja, hij was boos over de verdwijning an sich. Voor de jaren dat hij geld opzij had gelegd om de halsketting bij elkaar te sparen. Maar het pijnigde meneer Kuschfeld meer dat het hem daadwerkelijk zoveel deed, dat hij er zo op stukliep. Waarom zouden zijn levensherinneringen zich scharnierend rangschikken naar de onbenulligheden van zijn bestaan? Nergens voor nodig.

Wat konden hem die godgeklaagde parels nou schelen? En toch bekroop hem weer dat gevoel van rusteloosheid.

Zie je dan niet hoe onbezorgd je leven hier was, zei de man, en dat je hier oneindig af was?

Maar meneer Kuschfeld antwoordde niet.

Op dat moment verloor de uit lucht opgetrokken man een ogenblik de controle over meneer Kuschfelds droom. Hij kon niet voorkomen dat meneer Kuschfelds gedachten afdwaalden naar de dagen dat Kurt alleen thuis was en zijn tijd telde. Dagen die jaren waren.

Het was laat in de namiddag maar nog niet vroeg op de avond. De dag al afschrijven zou wat voorbarig zijn, maar het was wel al te laat om nog iets van de dag te maken.

Zij aan zij zagen ze hoe Kurt de krant terugvouwde.

Hij keek naar de Zwitserse koekoeksklok die aan de woonkamermuur hing. Vier uur. Te vroeg om de gordijnen dicht te trekken. Kurt vroeg zich af wanneer hij voor het laatst de klok daadwerkelijk had horen 'koekoeken'. Toen hoorde hij de metalen slag van de hanger. Elke seconde gewogen. *Tik, tak.* Getikt werd hij ervan, en als hij zou doorslaan zou het de lokale krant niet eens halen. Hij vroeg zich af hoe het zijn vrienden in Hamburg verging.

Toen hoorde hij Livna thuiskomen. Ze had Ida geholpen in de bar, iets wat ze vaker deed, de laatste tijd.

Kurt ontvouwde vlug de krant.

'Dag liefste.'

'Ach, daar ben je al,' zei Kurt.

'Hoe is je dag tot dusverre?'

'Het regent bijna, dus.'

'Hmm.'

'Je bent net op tijd binnen.'

'Wil je koffie?'

'Ja, waarom ook niet.'

Meneer Kuschfeld schaamde zich dat hij zich geen houding wist te geven ten opzichte van Livna, maar Kurt kon het niet helpen.

'Ida vroeg nog naar je.'

'Ach.'

'Ze maakt overuren in haar bar. Ik denk dat ik haar ga helpen. Op vaste basis. Ze kan wel een handje gebruiken, dus.'

'Goed dan.'

'En het doet me ook deugd, daar werken.'

'Ja.'

'Je bent in een bepaalde stemming.'

'Hoe bedoel je?'

'Ik weet het niet. Je hebt een vreemde bui.'

'Ik weet niet waar je het over hebt.'

'Is er iets?'

'Nee, er is niets. Dat is nu juist het probleem.'

'Wat bedoel je daar nu weer mee?'

'Ach, besteed er geen aandacht aan. En ik zou heel graag een kop koffie willen.'

Die avond begaven Livna en Kurt zich ieder naar hun eigen bar.

Livna wenste een onderhoud met haar zuster in Ida's bar.

Kurt dronk en bralde in de bar aan de overkant met zijn voormalige collega's en vrienden, die bij wijze van uitzondering uit Hamburg waren overgekomen.

En zij aan zij hoorden ze Livna's zus zeggen:

'... ach Livna, neem het toch niet zo hoog op...'

En Livna wuifde haar loslippige hand bij wijze van antwoord:

'... neem het niet te hoog op zegt ze, neem het vooral niet te hoog op...'

De dienstdoende barman, een stamgast van Ida's bar die

haar nog het een en ander was verschuldigd, streek twee servetjes glad op de weerbarstige bar, zette de glazen bier voor de zussen neer en mat bedachtzaam met twee vingers de dikte van de schuimkraag.

'Loop je niet te hard van stapel, Eberhard,' sprak Ida haar stamgast toe, maar ze voelde hoe een glimlach zich aan haar opdiende.

En meneer Kuschfeld en de man in zijn droom hoorden Kurt raaskallen in de bar aan de overkant van de straat, terwijl hij priesterlijk met zijn grote armen zwaaide:

'En zo is het en niets meer en niets minder. Voor pampus in een dode stroom!'

Heinrich, Reinhard en Friedrich leunden zwaar op hun sterke ellebogen.

'Er verdrinken er meer in het glas dan in de zee, schenk ons bij!' beval Friedrich de barman.

De barman tapte vier stroperige bieren en zette de pullen met hufterige hoffelijkheid op de bar.

'Ach, ik zit hier vast en ik verlang terug naar de zee of naar iets zo groot als de zee. Ik kan geen kant op en ik vang het gefluister op de straathoek ook al niet meer op. Het gaat allemaal aan me voorbij.' Kurt staarde naar de vliegen die af en toe opdwarrelden om zich vervolgens te herschikken rondom de plakkerige halzen van de likeurflessen in het drankenkabinet.

'We weten waar je 't over hebt, ouwe reus,' zei Reinhard, en allen proostten plechtig op een gedeeld gedachtegoed binnen een door vriendschap afgebakend gezichtsveld.

'Een jaar of tien, en toch al een heel leven,' verzuchtte Kurt.

En zij aan zij hoorden ze Livna verzuchten tegen haar

zus, '... ja ja, maar... je weet hoe het gaat, je weet hoe het gaat en verloopt en uit de hand loopt...'

En Ida wist hoe het ging en verliep en ze zei, '... en zo gaat het toch met alles... een diamant, een vlam, leven, liefde, al dat alles glimt-en-dimt... het is zoals het gaat, Liebling.'

Maar Livna zei, '... een parel niet, zusje, niet bij een parel... misschien vervormt een parel, maar zij verliest nooit haar glans – terwijl wij toch echt... elk jaar schonere schijn, en ik kan het weten!'

'Ach Liebling, laten we er nog een nemen...'

En Kurt zei, 'Ik heb het gevoel dat alles de mist in gaat, of nee, dat ik de mist in ga en er iets groots voorbijtrekt. Iets zo groot als geschiedenis.'

'Tja, als je 't zo stelt.'

'De pleuris en voor pampus, en dat is het dan ook wel. Hoe staat de wind er trouwens voor?'

En Friedrich zei, 'Ach, er gaat altijd water waar al water is geweest, daar kun je de donder op zeggen. Voor zover ik weet... ik voel iets opkomen en aanzwellen.'

'Momentum?' vroeg Heinrich.

'Als je 't mij vraagt.'

'Goed dan, laten we daar op drinken.'

'Wat je zegt.'

'Au quay.'

'Prost!'

'Proost ja, en toch. Ik heb 't gehad, ik ben er ziek van. Ik zou niet eens weten hoe ik mezelf zou herinneren.'

'Er zijn mogelijkheden,' zei Friedrich. 'Veel werk en nieuwe banen.'

'Waarom men zich mij zou moeten herinneren. Al sla je

me dood, ik zou het echt niet weten.'

'Ik heb gehoord dat ze mensen zoeken in transport en dat soort zaken. Je moest je oude contacten in Reichsburg maar eens aanspreken, ze hebben grote plannen daar, heb ik vernomen.'

'Ik moet leven, me levend voelen, Brüder. Schenk me nog 'ns bij. Heel goed. Luister. Zelfs op een windstille dag is de zee met zichzelf in de weer, worstelt, beweegt tegen zichzelf in, de oude vijand in de spiegel. Dat wil ik weer voelen! Mijn ziel zet het op een zuipen als ik geen stroom in een mensenzee ben. Ik moet weer leven, het vreet aan me dat ik mijn leven al kan uittekenen, dat ik er alles al van heb gezien. Nee, het is me duidelijk nu, ik moet me weer levend voelen – Leef, meine Brüder!'

En zij aan zij luisterden meneer Kuschfeld en de man in zijn droom naar Livna, die het ene tegen het andere afwoog:

'... en ik ben het verloren, ik ben die parelketting kwijtgeraakt en hij wordt woedend – of liever gezegd, hij valt volledig stil, lijkt naar antwoorden in zichzelf te zoeken, als je 't mij vraagt.' Livna leunde haar zeezieke hoofd op de rotsige schouder van haar zus.

'... dat is 't 'm juist!' riep Ida uit. 'Hij geeft om je! Hij geeft zoveel om je dat het hem niet loslaat, waarom zou hij er anders zo mee zitten?'

Maar Livna ging door, '... en het beangstigt me wat hij daar eventueel aantreft. Daarbinnen, bedoel ik. In zichzelf.'

'... en dat is hoe hij erin staat. Hij geeft om je. Je hoeft niet bang voor hem te zijn, hij is niet naar zichzelf op zoek daarbinnen, maar naar jou.'

'... Ach Liebling, wat hou ik toch van je. Wat zouden

we toch zonder elkaar moeten? Hoe vaart jouw leven, overigens?'

En aan de overkant:

'Wellicht, wie zal het zeggen, maar ik sluit niks uit.' Op Friedrichs gezicht ontvouwde zich een gedachte waarop hij had zitten broeden.

'Voor de draad ermee!'

'Er is mij ter ore gekomen dat ze een heel gebeuren willen opzetten in de Vogezen. En alles wat ze daar gaan produceren zal per trein door Reichsburg moeten komen. Wat dat betreft ben je goed beslagen, dat lijkt me duidelijk. Je hebt je hele leven niets anders gedaan dan transport. Eerst in Reichsburg, toen in Hamburg, nu hier in Trier.'

'Goed dan. Barman, nog vier.'

Heinrich, Reinhard, Friedrich en Kurt proostten en beklonken rinkelend en klotsend wat er besproken was en lieten het lauwe schuimgekraagde kastanjebruin zijn verdrinkende werk doen.

'Wat denk je d'r van?' wilde Friedrich weten.

'Ik zou niet weten waarom niet.'

'De tijden zijn zo slecht nog niet. We komen in beter vaarwater, als je 't mij vraagt.'

'Zet je het ook door?' vroeg Friedrich.

'Ik zal het anker van mijn leven lichten! Welja, waarom ook niet.'

'Laten we erop drinken,' zei Heinrich.

'Verdommeja! Laten we erop drinken.'

En Kurt dronk op een roeping die vanaf de bar alle antwoorden leek te hebben.

En de barman aan Livna's straatkant wist wat hem te doen stond, en dus zei hij zachtjes, 'Het is de hoogste tijd, dames.'

Maar Livna zong, '... en liefde en leven en de hele wellustige wanorde...'

'... wat je zegt – nog eentje dan...' zei Ida.

Maar de barman had het allemaal al eens gezien, omdat hij het allemaal al eens was geweest. 'Echt dames, het is de hoogste tijd.'

'... en wat dan nog...'

'Uw jassen – nee, steek uw arm door dit gat, zo ja.'

'... we zijn een korte schittering, dat is alles...' Livna grimaste, terwijl de barman een stofdeeltje van haar schouder blies.

'Goed dan, dames,' drong de barman aan, 'goedenacht, ja, ja, u ook, goedenacht. Let op uw passen, goedenacht dames. Blijf in het zicht van het straatlicht – de maan is geen betrouwbare hond vannacht. Slaap zacht. En Ida, kom maar wat later morgen. Ik open de bar wel, maak je daar vooral geen zorgen over.'

Nadat Livna en haar zus de nacht in waren gestrompeld, vouwde de barman zijn handen eerbiedig om de kaarsvlammen boven de cafétafels en langs het barplateau om geen kaarsvet te morsen terwijl hij de stompjes een voor een uitblies. Een ogenblik later was hij niet langer van de fauteuils en het raamwerk van zijn veelvuldig bezocht bestaan te onderscheiden, een bestaan waarin hij, na morgenochtend, het bezoek weer zou zijn.

En meneer Kuschfeld en de man in zijn droom zagen nog net hoe Livna Ida's arm nam, op haar inleunde en in haar oor fluisterde, '... gewoontegetrouw, als hij in bed stapt, doe ik alsof ik slaap.'

En haar zus wist, '... het is de wet van de natuur, Liebling, de wet van de natuur.'

Zie je wel, fluisterde meneer Kuschfeld, ik had het gevoel dat het hier-en-nu tussen ons verloren was gegaan, alsof ik mijn toekomst al had opgeleefd.

De uit lucht opgetrokken man had met terneergeslagen ogen naar de jonge, gefrustreerde Kurt gekeken. Terugkeren naar deze momenten in het leven van meneer Kuschfeld had de man droeviger gemaakt dan hij zich had voorgesteld. Hij moest oppassen dat het zijn eigen herinnering aan zijn begintijd met Livna niet zou beïnvloeden. Maar hij realiseerde zich terdege dat het van doorslaggevende betekenis zou kunnen zijn als meneer Kuschfeld concludeerde dat zijn leven met Livna een gelukkig leven was. Of in ieder geval een gelukkiger leven.

Ik denk dat je gelukkig was daar, meneer Kuschfeld, zeer gelukkig, zei de man. Je hebt er eenvoudigweg voor gekozen het niet te zien.

Nee, zo eenvoudig liggen de zaken niet, fluisterde meneer Kuschfeld.

Je was zwak, meneer Kuschfeld. Het was een zwaktebod haar zo in de steek te laten.

Ach, donder toch op.

Het was een armoedige beslissing.

Dat is niet hoe ik het mij herinner. Het was meer een voortdurende strijd. Bescheiden gevechtjes die de ene of de andere kant op vielen. Het lijkt misschien alsof het een grote beslissing was, maar dat was het allerminst. Verdomme, wat weet jij er nou van?

Ik ben met haar getrouwd, meneer Kuschfeld. Ik ben getrouwd met Livna Eleonore Winter, dus ik kan het weten. Ik ben de meneer Kuschfeld die bij haar is gebleven. Je hebt een beslissing genomen, en je had het mis.

Voordat meneer Kuschfeld er iets tegenin kon brengen kantelde de man zijn droom naar het moment dat Kurt vertrok.

Ze zagen hoe Kurt de badkamer in strompelde. Hij bleef lang in de spiegel rondfrommelen met z'n das. Wellicht viel er iets in zijn ogen te lezen. Wellicht lag er iets in zijn ogen besloten waar hij zelf nog niet uit dacht te zijn. Maar het enige wat hij zag was een onbeschoft gebrek aan interesse.

Livna was inmiddels ook thuisgekomen en ze vroeg Kurt of hij melk in zijn koffie wilde. 'Nee, hè, ik geloof van niet. Je hebt geen melk in je koffie, toch?'

'Ik denk dat ik ervandoor ga.'

'Pardon?'

'Ik ga ervandoor.'

'Is dat zo?'

'Ja, ik vertrek.'

'Waarheen?'

'Er is werk voor me in Reichsburg. Belangrijk werk.'

'Je kan vertrekken zonder mij te verlaten.'

'Zou je met me meegaan?'

'Ik werk in Ida's bar, dat weet je. Ik laat haar niet in de kou staan. En Reichsburg is zo ver nog niet, in ieder geval emotioneel niet.'

'Het is net te ver.'

'Wat? In uren of voor jou?'

'Voor mij.'

'Je zou de weekeinden over kunnen komen.'

'Als jij bij je zus werkt? Ik denk dat we alleen maar zouden uitstellen wat er al lange tijd aan zit te komen.'

'Goed dan,' besloot Livna.

'Goed dan?'
'Hmm?'
'Dat is het dan?'
'Als jij ervandoor gaat wel, neem ik aan.'
'Je legt me geen strobreed in de weg?'
'Als ik je niet aan het twijfelen kan brengen, dan zou ik niet weten wat ik zou moeten bevragen.'
'Meer niet?'
'Ik zal je wel missen, als je dat bedoelt.'
'Goed dan.'
'Ja, goed dan, Kurt.'
Toen Kurt nog een keer naar mevrouw Winter omkeek zag hij hoe ze het hout in de kachel herschikte, en hij zag ook dat ze al lange tijd zonder hem was. Op het moment dat hij de deur achter zich dichtdeed had hij al moeite zich de intiemere details die haar definieerden te herinneren.
Hij was alleen in de nacht nu, en alleen. En meneer Kuschfeld herkende zichzelf, min tijd.

Opnieuw voelde meneer Kuschfeld zich beschaamd dat zo'n belangrijke beslissing, een beslissing met verstrekkende gevolgen, door mevrouw Winter werd weggewuifd als iets dat was wat het was als het niet gemakkelijk uit de weg kon worden gegaan. Toen draaide hij zich naar de man in zijn droom.
Je bent met haar getrouwd.
Inderdaad, meneer Kuschfeld.
En je bent bij haar gebleven.
Ik heb haar nooit verlaten.
Hoe is het met haar?
In mijn leven is ze waar ze wil zijn.

Ik wil weten hoe het haar vergaat.

Dan moet je daar wellicht achter proberen te komen, zei de man. En op dat moment stuurde de man meneer Kuschfelds droom naar de tijd dat hij de verantwoordelijkheid droeg voor het treinverkeer van en naar Reichsburg, in zijn hoedanigheid van Hoofd Transport van Reichsburg en Omstreken. Kurt had de positie dankbaar aangenomen en hij had zijn taken met een groots verantwoordelijkheidsgevoel uitgevoerd. Hij inspecteerde hoogstpersoonlijk de gesteldheid van de treinwagons en hij overzag elke trein die van zijn perron vertrok. Hij beschouwde het niet alleen als zijn verantwoordelijkheid het vuur in de stoomlocomotieven een halfuur voor vertrektijd te controleren, maar hij klom vaak zelf de locomotief in om een scheplading kolen toe te voegen aan het blakende vuur. En belangrijker nog, men kon erop vertrouwen dat Kurt verstilde menigten in ongepland veetransport wist te dirigeren. Men kon ervan op aan dat deze treinen in de vroege ochtenduren vertrokken richting het werkkamp dat de familie Groß in de Vogezen had opgezet.

En ze zagen hoe Kurt tien, twintig, vijftig mensen tegelijk delegeerde. Vijftig onvast geraakte levens, een vijftigtal dat een enkele, stille menigte diende te worden. Een onbelangrijk aantal mensen dat onder zijn bevel het hoofd liet hangen en naar het werkkamp werd vervoerd. En meneer Kuschfeld realiseerde zich dat het hem toentertijd met een vreemd soort trots had vervuld goed te zijn in wat hij deed.

Het duurde even voordat meneer Kuschfeld zichzelf had teruggevonden in zijn luie stoel. Hij wilde de slaap uit zijn ogen wrijven maar hij kon zijn lichaam nog niet in beweging krijgen.

'Ik weet dat je daar bent. Ben je daar?'

'Als jij het denkt.'

Meneer Kuschfeld had het zich hardop afgevraagd en toch joeg het hem schrik aan dat er iemand antwoordde. Hoewel hij zich inmiddels ook afvroeg of hij niet banger zou zijn als er geen antwoord zou komen.

De droom sloop terug in meneer Kuschfelds gedachten in de vorm van zijdelingse zinspelingen en verdachtmakende vingerwijzingen, en één gedachtegestalte stond vastig in de dunne hersenmist: de man in zijn torenkamer was met Livna getrouwd, en zijn naam was evenzeer Kurt Victor Karl Kuschfeld.

'Je moet begrijpen dat ik moest gaan.'

'Dat begrijp ik niet. En ik denk dat jij het ook niet begrijpt.'

'Maar jij trouwde met haar.'

'Je nam de verkeerde beslissing en ik weet dat het diep vanbinnen ook zo voelt.'

'Jij trouwde met haar en bleef bij haar.'

'Dat is waar.'

'En dat is alles wat ertoe doet?'

Meneer Kuschfelds vraag ontstemde de man. 'Waarom denken mensen als jij altijd dat ze iets gedenkwaardigs moeten doen? Waarom ben je zo bang om niet herinnerd te worden? Waarom is het niet genoeg een simpel leven te leiden en herinnerd te worden als een vredig gehucht of een vredelievende generatie? Waarom is kinderen krijgen niet goed genoeg?'

'Wat bedoel je met kinderen krijgen?'

Dit bracht de man even van zijn stuk.

'Heb je een kind?' drong meneer Kuschfeld aan.

'Ik heb een zoon, ja.'

Meneer Kuschfeld voelde dat er iets verschoof in het karakter van hun conversatie: hij was degene met vragen nu. 'Een zoon?'

'Ja, ik heb een zoon.'

'Hoe heet hij, en hoe oud is hij?'

'Zijn naam is Gerhard Wilhelm Kuschfeld, en hij is midden twintig, nu.'

'Gerhard Wilhelm Kuschfeld,' herhaalde meneer Kuschfeld en hij moest zich bedwingen onwelkome tranen de vrije loop te laten. 'Je bent met haar getrouwd en je hebt een zoon, en zijn naam is Gerhard Wilhelm Kuschfeld.'

'Zo is het gegaan, ja.'

'Denk je dat... ik bedoel, indertijd? Een zoon? Denk je dat ik een zoon had kunnen hebben, meneer Kuschfeld?' Het was de eerste keer dat meneer Kuschfeld de man in zijn torenkamer aansprak met meneer Kuschfeld.

'Omdat ik een zoon heb?'

'Ja.'

'Ik zou niet weten waarom niet.'

'Ergens in zijn twintiger jaren, zeg je?'

'Gerhard is vijfentwintig nu.'

'Vijfentwintig,' herhaalde meneer Kuschfeld, terwijl hij terugviel in zijn stoel. 'Dus Livna werd zwanger niet lang nadat jullie elkaar ontmoetten?'

'Gerhard werd een jaar nadat ik Livna ontmoette geboren, ja.'

'Voordat alles gebeurde?'

'Je bent niet de enige die geschiedde, meneer Kuschfeld.'

'En toch. Nog voor het land in beweging kwam.'

'Het belangrijke is dat Livna er nog is. Je leven met haar is er nog, ergens.'

'Ja, wellicht wel,' zuchtte meneer Kuschfeld. 'Wat als ik mijn leven met haar had aanvaard? Het simpele geluk dat elke ochtend, wat er ook gebeurt, met haar begint. Een leven dat in een kleine envelop past.'

'Er is nog tijd.'

'Misschien moet ik haar zien.'

'Dat denk ik ook.'

'Livna. Mijn Livna.'

Goed, dacht de man. Een wens in het leven hebben betekende een wil om te leven an sich.

'Maar ik kan niet zomaar haar leven binnenstormen. Verdomme, stormen kan ik al zolang als ik me kan heugen niet meer. En waar weet ik haar überhaupt te vinden?'

'Waar vinden mensen zichzelf terug als alles in diggelen lijkt?'

'Ik geloof niet dat ik je volg.'

'Voor zover ik weet wilde ze altijd al in de bar van haar zus werken.'

'Ida's bar. Maar dan nog kan ik daar niet zo binnenlopen. Niet zoals ik haar ooit verliet. Misschien moet ik haar eerst schrijven. Haar uitnodigen. Haar de tijd geven om te overwegen of ze me nog eens zou willen zien. Dat lijkt me meer dan redelijk. En ik zal op haar wachten. Hier, op het station. Ik zal elke ochtend op haar wachten totdat ik niet langer denk dat ze zal komen. Dan leg ik mijn lot in de handen van Von Kleinenleedt en dat zal het dan zijn.'

De man besefte dat meneer Kuschfeld niet lang in de perronkou zou staan wachten. Een paar dagen en hij zou de geest al geven. Hij zou met spoed op deze vluchtige geestverlichting moeten handelen.

'Wellicht kan ik naar haar afreizen en haar de brief geven. Of de brief in haar rok verbergen wanneer ze ligt te slapen.'

'Wellicht, ja.' Nu ze de praktische ingewikkeldheden bespraken was meneer Kuschfeld plots onzeker over het hele gebeuren. 'Wat zou ik haar in hemelsnaam moeten schrijven?'

'Vraag haar hoe het haar vergaat. Maak het vooral niet te zwaar.'

'Ja, nee. Goed dan. Ik zal haar schrijven. Mijn Livna. Mijn dierbare Eleonore. En ik zal haar vragen hoe ze vaart, en of ze me wellicht zou willen zien.'

Dit was waar hij voor was verschenen, dacht de man. Meneer Kuschfeld moest zijn tijd uitleven totdat het oordeel over zijn leven geveld zou zijn. Wat bracht hem dan aan het wankelen?

Was zijn zoon geboren nog voor hij een leven met Livna had voorgestaan? In dat geval was zijn beslissing bij Livna te blijven niet door hemzelf genomen, maar door de geboorte van zijn zoon. Hij had dan niet zozeer een andere beslissing genomen, maar vooral geen beslissing. En dat betekende dat besluiteloosheid ten grondslag lag aan hun wezenlijke verschil. En hoe onderscheidde hij zich dan van de meneer Kuschfeld aan wie hij was verschenen?

Of was het de opmerking van meneer Kuschfeld die hem aan het wankelen bracht, dat hij had moeten instemmen met een bescheiden leven met haar? Een leven dat in een kleine envelop paste.

En terwijl meneer Kuschfeld naar pen en papier zocht,

begon de uit lucht opgetrokken man zich af te vragen of zijn leven nog altijd in een bescheiden envelop paste, en wat dat over zijn leven zei.

zitkamerdiplomatiek

zaterdag 18 november 1950, 23.30 uur

Terwijl de genodigden in de salon zich rondom het haardvuur schaarden, porde meneer Groß het vuur open met een metalen pook, stond toe dat de vlammen hun keurig gelid verlieten en schoof twee houtblokken gekruist het hart van het vuur in. Het vuur tongde voorzichtig om het droge, onberoerde hout, totdat ze zich ervan verzekerd had dat het hout het doodsbange dier was en zij de dresseur. Meneer Groß hing de pook terug aan een haak die uit de haardmantel stak en wendde de leren blaasbalg met zulke bovenarmkracht aan dat er al na drie brute luchtstoten hoge vuurvingers in de schoorsteen opstaken en een gretig vergadervuur was opgelaaid.

Toen meneer Groß de blaasbalg teruglegde op de stenen haardrand en zich langzaam omdraaide naar zijn moeder, naar de familie Unterrichter en in het bijzonder naar de nieuwe Afgevaardigde, wenste hij stilletjes dat hij zich had omgedraaid naar een brede schare kleinkinderen. Dan had hij ze een verhaal verteld dat in de loop der jaren in detail en apotheose was gegroeid. Maar in werkelijkheid zag hij de portretten van zijn vader en ooms boven de open haard, en de schots en scheef hangende portretten van hun vaders en de vaders van zijn grootvaders aan de eiken muren van de salon. Hij kon hun namen uit zijn hoofd opdreunen en hij wist precies op welke dag en in welk jaar zij geboren waren.

Meneer Groß voelde hoe zijn geportretteerde voorvaderen er een wenkbrauwerig afkeuren op nahielden, soms zelfs gedecideerd de andere kant op keken, en toch elke beweging die hij maakte nauwlettend gadesloegen. Hij voelde het volle gewicht van zijn familienaam op zich drukken. Nadat zijn vader was geëlektrocuteerd voor het in gang zetten en exploiteren van het Nachtglanz-project, een werkkamp hoog in de Vogezen dat de productie van gloeilampen danig had opgekrikt, zaten zijn voorvaderen allesbehalve te wachten op een volgende pijnlijke episode in hun familiegeschiedenis. Zeker niet nu meneer Groß toch al had gefaald de familienaam voort te zetten als gevolg van zijn liefde voor een man met mooie armen die Reichsburg lang geleden al was ontvallen, een gegeven dat zijn moeder plechtig deed beloven nooit meer met haar zoon te praten, behalve dan als zij zich in gezelschap bevonden, maar zelfs dan was haar er alles aan gelegen haar zoon niet direct aan te spreken.

De nieuwe Afgevaardigde van het Kiesdeel Rheinland-Pfalz gloeide nog na in zijn wangen en onderbuik van het uitgebreide diner dat de familie Groß hem had voorgeschoteld en trachtte nu tevergeefs het verwerkingsproces in zijn maag en darmen te versoepelen door zijn jeugdige linkerbeen over zijn rechterbeen te zwiepen, dan weer zijn jeugdige rechterbeen over zijn linkerbeen. Toen het vuur standvastig flikkerde trok hij zijn broekspijpen op tot vlak onder zijn knieën zodat de hitte van zijn schenen kon glijden.

‘Wat denkt u, zitten we al te diep in november om het Allerseelen nog te zingen? Als het ooit al te laat zou zijn om diegenen die we onderweg verloren zijn zachtjes toe te zingen, uiteraard,’ vroeg mevrouw Groß, moeder-op-zijn-tijd van meneer Groß, aan de genodigden rondom het haardvuur, terwijl ze de whisky bijschonk.

‘Ach, dat weet ik ook zo precies niet, moeder,’ zei meneer Groß.

‘Was mevrouw Brandt-Barole nou maar hier, wat zegt u me d’r van?’ vroeg mevrouw Groß de Afgevaardigde.

Meneer Vögel herhaalde de naam om te proeven waar of wanneer hij de naam Brandt-Barole eerder had opgevangen, maar er schoot hem niks te binnen, op een glas van de Nebbiolo-druif na, en zijn bittere bezinksel dat hij nu droogjes achter op zijn tong voelde liggen.

Mevrouw Groß had elke vorm van redelijkheid verloren na de executie van haar echtgenoot, een jaar na de oorlog. Ze was bereid om het aantal slachtoffers dat het werkkamp van haar echtgenoot had gemaakt te lezen en te begrijpen als een afgerond krantgetal, maar de ochtend dat haar man in een geïmporteerde stoel was gezet kon niets anders zijn dan een zaak van groots juridisch geblunder, bedoeld om haar familie te gronde te richten. En omdat meneer Vögel indirect en dus abstract genoeg verantwoordelijk was voor de jacht op haar man, en hij een naam voor zichzelf had gemaakt in de Moezelstreek door de Amerikaanse elektrische stoel in het lokale rechtssysteem te introduceren, kostte het mevrouw Groß geen enkele moeite al het leed dat haar familie ooit ten deel was gevallen aan meneer Vögel toe te schrijven, in het bijzonder de dood van haar echtgenoot. Hoewel ze kalmeerde van het idee dat ze haar verlies een duidelijke richting kon geven, was ze toch ook bezorgd dat haar zoon hetzelfde lot beschoren zou zijn gezien het feit dat hij al op jonge leeftijd zijn vader had bijgestaan om het reilen en zeilen van zijn werk te leren, en hij het financiële plaatje van het werkkamp gedurende de laatste jaren had overzien.

De zaak-Groß ging echter volledig aan meneer Vögel voorbij, die slechts de gewichtigste zaken had overzien maar was weggebleven van de vele lokale successen; voor zover het de Afgevaardigde aanging was Reichsburg een gehucht dat al eeuwenlang relatief onaangeraakt was gebleven, een illusie die voornamelijk werd gevoed door de imponerende aanwezigheid van de hooggeheuvelde, middeleeuwse burcht, waaromheen Reichsburgs Altstadt zoomde. De Afgevaardigde was naar Reichsburg afgereisd om de politiek van het gehucht te bestuderen en hij had zichzelf beloofd er de aardigheid van in te zien, en dus zonk meneer Vögel jeugdig weg in zijn luie stoel, een houding die op de zenuwen werkte van de andere aanwezigen rondom het haardvuur.

'Hadden we mevrouw Brandt-Barole maar tot onze beschikking,' mijmerde mevrouw Groß. 'Zij zou weten hoe ze het lied recht moest doen.'

'Ik zeg dat we het lied inzetten!' riep meneer Unterrichter uit. Meneer Unterrichter was een politiebeambte die onopgemerkt in de gelederen was opgeklommen, totdat hij op een ochtend zijn bed uit stapte als het nieuwe Hoofd van de Politie in Reichsburg en Omstreken ten tijde van de gloriedagen van het oude comité. Vanaf die dag was meneer Unterrichter er heilig van overtuigd dat belangrijk zijn zoveel betekende als het volgen van de uitgestippelde richtlijnen en dagtaken in zijn zakagenda, en het was heus zo'n kwade kerel niet, want de meeste zaken gingen volledig aan hem voorbij. Wat hij zich echter niet realiseerde was dat hij als Hoofd Politie in Reichsburg en Omstreken wel degelijk de verantwoordelijkheid droeg voor alles wat hij zag en niet zag, ongeacht het feit dat hij er ongestoord en breeduit van sliep.

'Ja,' bracht meneer Unterrichter nog in, 'ik heb van horen zeggen dat u zelf een behoorlijke stem bezit.'

'Ach, dat weet ik zo net nog niet, hoor.'

Mevrouw Unterrichter boog zich naar haar echtgenoot en fluisterde in zijn oor, 'Morgen is het weer vroeg dag, dat hoef ik je niet uit te leggen. Rustig aan met die slaapmutsjes.'

Maar meneer Unterrichter blèrde vanuit zijn onderbuik dat dat het geval niet kon zijn met de sneeuw en zo, 'morgen niet hoor, als je 't mij vraagt blijft morgen het hele dorp de godganse dag in bed liggen stinken', en zijn robuuste lach greep naar de vrouwelijke gestalten in het haardvuur, die haastig hun vurige rokken wegtrokken.

'Meneer Sommerbrandt verkeerde toch in de veronderstelling dat de sneeuw ons niet voor het sluiten van het weekeinde zou bereiken,' overwoog meneer Groß.

'Goed dan. Laten we gezamenlijk zingen, het is er de juiste gelegenheid voor,' besloot mevrouw Groß.

Meneer Vögel vroeg zich af hoe hij zijn stem het beste kon inzetten. Hij wilde graag laten zien dat hij niet bang was om voor relatief onbekenden te zingen. Er stond hem een bevriende rechter voor de geest die zich op veertigjarige leeftijd nog bij een lokaal jongenskoor had gemeld toen het aan hem was geopenbaard dat eenieder kon zingen en toon kon houden als hij maar zijn stem inzette zonder enige vorm van schroom, en dat dat was waar echt talent verborgen lag. Maar op het moment dat hij het eerste vers wilde inzetten begon mevrouw Groß te zingen. Haar stem was zo breekbaar dat het leek alsof het vocale beginpunt opvallend ver van haar lippen vandaan viel, alsof de woorden verderop zweefden, tussen hen in, en zij alleen maar de afstand hoefde te overbruggen met haar bestorven adem, opdat allen rondom het haardvuur met haar mee konden varen.

Stell auf den Tisch die duftenden Reseden,
Die letzten roten Astern trag herbei,
Und laß uns wieder von der Liebe reden,
Wie einst im Mai.

Gib mir die Hand, daß ich sie heimlich drücke
Und wenn man's sieht, mir ist es einerlei,
Gib mir nur einen deiner süßen Blicke,
Wie einst im Mai.

Es blüht und duftet heut auf jedem Grabe,
Ein Tag im Jahre ist den Toten frei,
Komm an mein Herz, daß ich dich wieder habe,
Wie einst im Mai.

'Laten we onze glazen heffen, heren,' besloot haar zoon.
'En zo is het.'
'Op hen van gisteren.'
'Op de doden.'
'Hun vrije dag.'
'Mogen zij in vrede rusten.'

‘Vroeg of laat.’

En allen staarden in de vlammen van het vuur waar zij diegenen zagen dansen die hen waren ontvallen, vroegtijdig of na een lang en allesomvattend samenzijn.

‘Sigaar?’ vroeg meneer Groß, zodat de genodigden zich een houding wisten te geven in de salon van het hier en nu. Om eventuele ongemakkelijkheid rondom gewichtige stiltes voor te zijn, pakten alle aanwezigen een sigaar uit de zilveren sigarendoos die meneer Groß voorhield.

‘Het is een eer dat u ons gehucht aandoet, meneer Vögel. Ik kan me niet herinneren dat we ooit iemand met uw staat van dienst hebben mogen ontvangen.’ Meneer Groß produceerde een ietwat verkrampt vlammetje, een klein, ongetalenteerd dansertje op de balk van zijn lucifer, en hij wachtte totdat zij haar balans vond.

Toen hij het vuur aanbood was het vlammetje uitgegroeid tot een Degas-danser op het hoogtepunt van haar bestaan. Eventjes brak ze uiteen in twee dansers, drie kleine zusjes zelfs, totdat ze zich weer groepeerden tot een enkele danser aan het einde van haar oefening. Toen de sigaar van de Afgevaardigde rood opgloeide, boog meneer Groß zich naar hem toe en zei, ‘Het zijn mijn zaken niet, begrijpt u, maar ik zou u toch willen zeggen dat wij uw manier van werken ten zeerste bewonderen. We hebben onszelf uw werk tot voorbeeld gesteld en wellicht zouden we u een paar vragen kunnen stellen. U begrijpt, we zijn niet onaangeraakt gebleven het afgelopen decennium, als gehucht. Sterker nog, u komt niet geheel ongelegen. Er staat ons een zaak te wachten waar we graag met u over van gedachten zouden wisselen, en, ach, vergeeft u mij u hiermee te overvallen op dit toch al late uur.’

Meneer Groß bewoog het krimpende oude dansertje terug van meneer Unterrichters sigaar. Meneer Unterrichter moest alles op alles zetten om een bonkige hoestbui niet door zijn grote, vriendelijke neusgaten te laten ontsnappen.

'Als het u zorgen baart, meneer Groß,' zei de Afgevaardigde.

'Ach ja, meneer Vögel. Het is belangrijk voor ons, als gehucht.'

'Zeer belangrijk,' herhaalde meneer Unterrichter, terwijl hij aan zijn sigaar zoog en een vettige rookwolk losliet die het Hoofd van de Politie in Reichsburg en Omstreken een ogenblik geheel van het toneel deed verdwijnen.

Meneer Vögel wisselde van been.

Meneer Groß stak een eigen sigaar op met het strijken van een nieuwe lucifer en zei, 'Meneer Unterrichter, als u zo vriendelijk wilt zijn.'

'Ja, ach ja, ahum, ziet u, meneer Vögel,' meneer Unterrichter kneep zijn ogen samen terwijl hij in het moment groeide, 'het comité is deze zaak al even aan het voorbereiden, en het bewijsmateriaal is zowel evident als moeilijk boven tafel te krijgen, maar dat hoef ik u uiteraard niet uit te leggen. Nu is ons ter ore gekomen dat de verdachte die we op het oog hebben en geen moment uit het oog verliezen, volgens officiële kanalen bereid is een einde aan zijn leven te maken, wat natuurlijk uiterst verdacht is en buitengewoon verboden, bovendien.' Nadat hij zijn zorgvuldig ingestudeerde zegje had gedaan, rechtte het Hoofd van de Politie in Reichsburg en Omstreken das en rug en viel hij gewichtig terug in zijn stoel, maar bedacht zich toen dat hij vergeten was zijn sigaar tussen duim en wijsvinger op en neer te zwaaien om het algemene belang te benadrukken.

‘We zouden het ten zeerste waarderen uw mening over de zaak te vernemen, meneer Vögel,’ nam meneer Groß over. ‘We zijn maar een geringe politieke mogendheid, maar onze behoefte aan rechtvaardigheid is er niet minder om.’

Meneer Unterrichter wees met het uiteinde van zijn sigaar herhaaldelijk naar de borst van meneer Groß om zijn goedkeuren te tonen.

Meneer Vögel haalde diep adem. ‘Goed dan, heren.’

‘ach, het gerucht gaat dat hij de geest wil geven’

‘ruchtbaarheid wil geven aan een gebrek’

‘de wil om te leven ingeleverd’

‘de papieren zijn al bijna getekend’

‘de Dokter is trouw aan zijn methoden’

‘zag dat hij zijn leeftijd vooruit was’

‘de tijd ingehaald’

‘hij kan het simpelweg niet meer dragen’

‘of verdragen’

‘het valt hem zwaar’

‘wat valt hem zwaar?’

‘dat is de vraag’

‘een bezwaarde geest’

‘wat kan de gewetenslast zijn?’

‘van een gewicht dat je uitholt’

‘en uitdunt’

‘z’n jas als een zwaar gordijn van zijn schouders’

‘het kan maar één ding betekenen’

‘je kunt er simpelweg niet omheen’

‘het is een uitgemaakte zaak’

‘zoiets kan niet onbesproken blijven’

‘laat staan onbestraft’

‘ach, het is wat het is’

‘een zielig geval’
‘dat is het dan’
‘een uitgemaakte zaak, inderdaad’
‘wat u zegt’

het steegje van de geneesheer 2

zondag 19 november 1950, 2 uur

'Het is allemaal een geestelijke aangelegenheid!' riep de Dokter uit, voordat hij de inhoud van zijn glas achteroversloeg. 'Speelt zich allemaal in het hoofd af.'

Sommige stamgasten hieven halfslachtig hun glas. Een van hen tikte instemmend met zijn wijsvinger tegen zijn slaap. Het was het enige tikkende element in de Gutsschänke Keller; de tijd had altijd iets achtergelopen in de kelderbar, maar nog niet zo lang geleden had de zware stationsklok die boven de bar hing het urentellen volledig opgegeven. Niet dat tijd er ooit een rol had gespeeld, laat staan een rol van betekenis.

Toch plaatste Heindrick Schinken, de uitbater en barman van de Keller, telkens als er bij benadering een uur voorbij was, een krukje onder de klok boven de bar, nam hijgend de twee treden omhoog, tilde de klok van zijn haak en draaide de moegestreden arm van de klok een uur vooruit. Heindrick was geen man van grootse dromen, maar het idee dat hij iets over het concept van tijd in de melk te brokkelen had gaf hem het aangename idee dat hij een niet onbelangrijke schakel was in een groter geheel, en dus koesterde hij zijn kleine ritueel met plechtig plichtsbesef.

Hoe Heindrick wist wanneer er een uur voorbij was werd begrepen noch bevraagd.

'En zo is het, Schinken! Zeg ze maar hoe het zit! Het is twee uur en dat is alles wat erover valt te zeggen.' Heindrick keek niet op naar de Dokter maar bewoog zich terug tot achter de bar en schonk de Dokter bij.

De aanwezige stamgasten verkeerden in een gecontinueerde gemoedstoestand aangezien allen op rekening van de Dokter dronken. Een aantal stamgasten had zich rondom een kaartspel geschaard. Anderen hadden hun levens als een pet op de bar gelegd en prevelden zo nu en dan wat onverstaanbaars, maar raakten tot ieders opluchting nooit echt aan de praat. De Dokter vroeg zich af of hij een lid van het Reichsburg Philharmoniker was dat nu eenmaal geregeld de Gutsschänke Keller bezocht, of dat hij een stamgast van de Gutsschänke Keller was die zo nu en dan zijn oude viool ter hand nam om het lokale Philharmoniker bij te staan.

Heindrick vernieuwde het varkensvet in de potten op de bar en legde nieuwe plakken gebarsten roggebrood op de schotels. Hij schraapte met zijn duim wat klontige vetresten uit een oud potje, warmde het varkensvet op tussen zijn dikke handpalmen en plakte zijn haar met weerbarstige halen vast aan zijn schedel. Toen verzamelde hij de vieze potten en schotels en verdween naar achter terwijl hij mompelde, 'binnen tien minuten terug.'

'Niet dat we het tegen je kunnen gebruiken,' lachte de Dokter op de klok wijzend.

Een enkele stamgast hief zijn glas.

'Nu dan... medebewoners van Reichsburg – van Reichsburg en Omstreken welteverstaan!' De Dokter veerde iets op van zijn barstoel en wees een hoger gelegen macht aan. ‘U kunt van uw Dokter op aan, hij weet wat goed voor u is en wat niet, wat zegt u me d’r van!’

‘Ach, ja.’

‘Hij ook al.’

‘Proost.’

‘Wat zei u daar?’

‘Proost.’

‘Ik durf te stellen dat ik weet hoe ik ons gehucht moet genezen.’

‘Het is waar u voor gestudeerd hebt, nietwaar Dokter.’

‘Ja, ja. Nee, wacht even. Dit is anders. Dit is, ahum, dit gaat ons gehucht als geheel aan.’

‘Is er een of andere gemene epidemie op komst, Kleinenleedt?’

‘Ach ja, in die richting moet u het zoeken, ja. Maar niks om u zorgen over te maken hoor, uw Dokter heeft het allemaal onder controle. Voordat u het weet…’

Een aantal stamgasten draaide de afwezigheid van ijsblokjes rond in hun korte glazen.

‘En voor u het goed en wel doorheeft zal alles weer zijn zoals het was, wat zegt u me daarvan? Alles weer het oude.’

Daar konden ze hun glazen wel op heffen, al keken sommigen de Gutsschänke Keller rond om te zien wat er dan zo anders was geweest, al die tijd.

‘Ach, wat fijn voor u, Dokter.’

‘Ja.’

‘Het zal mij benieuwen.’

‘Moeten we ons wapenen?’

‘Nee, nee. Geen reden tot zorgen. Ik heb al te veel gezegd.’

'U heeft nog niks gezegd.'

'Ik heb het onder controle,' besloot de Dokter.

'Goed dan. Wat fijn voor u dat u het onder controle heeft.'

'En voor u!' riep de Dokter uit. 'Ik werk me de pleuris voor jullie, vergeet dat niet!'

'Ach, ja.'

'Dat weten we toch, Dokter.'

'Dat weten we.'

'Op de Dokter.'

Allen hieven hun glas naar de Dokter.

'Op uw gezondheid, Dokter.'

'Ja, op uw gezondheid.'

Godallejezus, dacht de Dokter, gezondheid, ook dat nog.

'Op de Dokters gezondheid.'

'Je schopt het nog eens tot Burgemeester.'

'Burgemeester, hoe vind je die?'

'Wie weet, hè, wie zal het zeggen?' zei de Dokter.

'Op de Dokter.'

'Op de toekomstige Burgemeester.'

'Ach ja,' zei de Dokter terwijl hij zijn glas hief, en toen hij de inhoud van zijn glas achteroversloeg dacht hij nog zijdelings: wie zal het zeggen, Burgemeester, wat een geouwehoer, en toch, het zou me niet misstaan, Jawel!

6

Vader zat in de tuin, vastbesloten in de zon te blijven, alhoewel zijn voorhoofd begon te steken en zijn zwarte spijkerbroek aan zijn schenen brandde. Hij bedacht hoe moeilijk het moest zijn om het Paradijs te accepteren als het op een perfecte zondag al moeilijk was om aan de zon toe te geven en erin te blijven zitten; in het Paradijs zou alles Paradijs zijn.

Wel kon Vader zich hier, in de achtertuin, een ogenblik aan zijn leven onttrekken. Iets wat hij met enige regelmaat deed. Hij hoorde zijn familie rondrommelen in de keuken en hij registreerde dat Benjamin thuiskwam van zijn voetbalwedstrijd, maar het speelde zich allemaal af in een nauwelijks-dichtbij, in een verte met een open raam.

Was zijn vader dan toch fout geweest in de oorlog? Was dat de conclusie die hij moest trekken? Het was zo irritant simpel. Of in ieder geval in zijn feitelijkheid. Het was een stuk moeilijker om die feiten ook daadwerkelijk te verwerken. Het lukte Vader niet om in gedachten grip op de situatie te krijgen. Het was frustrerend dat hij niet op een intelligentere conclusie of ongeziene connectie kon komen. En wat te denken van zijn grootvader? Was het waar dat zijn grootvader fout was geweest in de oorlog, zoals zijn vader hem had doen geloven? Als zijn vader loog over zijn eigen verleden, waarover loog hij dan nog meer? Het was zo overzichtelijk geweest: zijn grootvader, de man die hij niet kende, was fout geweest in de oorlog, en dus hoefde hij zich niet te schamen dat hij hem nooit had gekend. Hij was op veilige afstand gebleven, in tijd en in gelijkenis. Maar nu leken die vertrouwde feiten zich tegen hem te keren.

Zijn vader was dus verdwenen en voor dood verklaard, zoals velen toentertijd als dood werden geregistreerd, in de nasleep van de oorlog. Maar Vaders opa was in Reichsburg blijven wonen. Geregistreerd en onbevreesd. Of zonder iets te hoeven vrezen. Nee, degene die uit angst halsoverkop was vertrokken en in lucht leek opgelost, was zijn eigen vader, de opa van Victor en Benjamin.

Een zeemeeuw sloeg zijn vleugels uit en klapwiekte over de tuin, luidkeels kakelend. Hij weet meer, dacht Vader, die heeft nieuws. Toen bedacht Vader dat dat geen slechte zin voor zijn roman zou zijn en hij klopte op de borstzak van zijn hemd op zoek naar pen en papier.

'Karl!' riep Moeder vanuit de keuken. 'Ik zeg het niet nog eens, we zitten aan het ontbijt.'

Toen Vader de keuken binnenkwam was zijn gezin inderdaad al vrij ver met ontbijten, en het ontbijt op zondag was een aangelegenheid van de familie als geheel.

'Jullie zijn al begonnen,' zei Vader, terwijl hij zich afvroeg of hij het een vraag wilde laten zijn.

Niemand keek op van zijn of haar bord, en evenmin van het idee van een valse familiestart.

'Mijn god, liefste. Hoe kon je me nou niet horen? Wil je koffie? Benjamin is net thuisgekomen van zijn wedstrijd.'

Benjamin keek niet op maar staarde naar zijn hardgekookte ei.

'Ik ben naar het stadhuis geweest, afgelopen vrijdag,' zei Vader, terwijl hij aan tafel plaatsnam. Hij vouwde zijn servet keurig over zijn knieën en herschikte zijn mes en vork.

Op zondagen voelde Vader zich altijd alsof iemand hem toestond opnieuw te beginnen, met een schone lei, en hij probeerde zo lang als hij kon 'foutloos' te blijven. Met grootse precisie vouwde hij zijn laken terug om exact zeven uur. Hij plaatste twee voeten gelijktijdig op het meegevende slaapkamertapijt, stond in één perfecte zwiep op, liep naar de badkamer en schoor zijn kaaklijn in de spiegel met gecontinueerde lange halen; hij maakte een grote mok koffie, liep de bibliotheek met de klok mee rond, pakte af en toe een boek van de plank om er vluchtig doorheen te bladeren, lachte hartelijk om een bepaalde passage die hij zich inderdaad nog wist te herinneren en plaatste het boek keurig terug tussen twee andere boeken van dezelfde schrijver. Dan trok hij zich terug in de tuin, sloeg in één klap de krant open en bestudeerde aandachtig de recensies in het boekenkatern. Hij kon zijn foutloze gedrag tot ver in de ochtend volhouden en als hij het grootste gedeelte van de dag in de tuin bleef kon hij zelfs aardig dicht bij de namiddag komen, maar hij kon ook zijn geduld verliezen als het douchegordijn tegenstribbelde of als Evelien haar kant van het bed niet opmaakte. Dan moest hij weer een week wachten om het opnieuw te mogen proberen.

Deze zondagochtend echter, voelde het alsof Vader precies moest zijn in de plaatsing van zijn mes en vork omdat hij iets aan de dag moest repareren.

'Ik ben naar het stadhuis geweest en heb naar m'n vaders papieren gevraagd.'

'Ja,' zei Moeder, 'hoe ging het? Wil je koffie?'

'Moeilijk te zeggen. Ja, lekker.'

'Wat heb je daar dan gedaan, Papa?' vroeg Victor.

'Ik denk dat ik erover ga schrijven.'

'Waarom schrijven?'

'Misschien dat ik dan op betere vragen kom. En jij, Benjamin, heb je gewonnen?'

'7-1,' zei Benjamin, zonder op te kijken van zijn hardgekookte ei.

'Wat is er toch, lieverd?' vroeg Moeder.

'Heb je nog een doelpunt gemaakt?'

'Ja.'

'Goed zo.'

'Ja,' zei Benjamin, terwijl hij de schaal van zijn ei brak met een lepel en wijselijk zijn mond hield over welke van de acht doelpunten hem toebehoorde.

'Wat is er met je bril gebeurd, Benjamin?' vroeg Moeder plots.

Victor liep rood aan.

Benjamin raakte even de brug van zijn sportbril aan. Beatrice had een halve rol plakband gewikkeld om de plek waar zijn bril in tweeën was gebroken. Hij dacht hard na over wat hij wilde antwoorden, en zei toen: 'Iemand van het andere team heeft hem gebroken. Het was een ongeluk en we hebben er allemaal van geleerd.'

'We moeten er mee naar de opticien, dit soort dingen moet je wel zeggen, lieverd. Heb je je geen pijn gedaan?'

'Ik heb geen blauwe plekken.'

'Gelukkig, schat.'

Victor wist niet waar hij moest kijken. Zijn jongere broertje had ervoor gekozen om te verzwijgen wat er echt was gebeurd. Om Victor niet in de problemen te brengen. Zou hij hetzelfde hebben gedaan voor Benjamin? Victor hoopte het, maar hij kon het niet met zekerheid zeggen. Wel had hij het gevoel dat hij iedereen in het gezin de laatste tijd in verlegenheid bracht.

'Ik kwam Stefan nog tegen toen ik het stadhuis verliet,' zei Vader. 'Hij wist me te vertellen dat er een walvis in de haven zwemt. Een bultrug.'

'Echt, een walvis? Een échte walvis?'

'Misschien kan je de kinderen meenemen naar het strand,' opperde Moeder. 'Strakjes, of later op de dag? En de hond, voor een zondagmiddagwandeling?'

'Ja!'

'Misschien zien we de walvis dan wel!'

'Nee, niet vandaag. Maar morgen, wellicht.'

'Waarom niet vandaag?'

'Het is zondag.'

'Ja?'

'Alleen op doordeweekse dagen kan je een hond meenemen naar het strand voor een zondagse wandeling.'

7

'maar wat was het nou, liefste?'
'wat was wat?'
'wat je niet kunt zeggen maar wel wil opschrijven'
'ach, de familie en haar bochten'
'waar ben je dan achter gekomen?'
'dat sommige takken anders afbraken'
'oh, oké'
'ach ja'
'is dat slecht?'
'niet met zekerheid te zeggen'
'oh'
'hmm'
'hoe gaat het schrijven?'
'het gaat'
'ja?'
'het komt, het kan niet lang meer duren'
'heb je een beginnetje gevonden?'
'zit er dicht tegenaan'
'liefste?'
'ja?'
'wil je dat ik het doe?'

‘wat doe?’
‘mezelf aanraken’
‘hier?’
‘we liggen in bed’
‘waarom zou je dat willen?’
‘en jij mag me niet aanraken’
‘helemaal niet?’
‘alleen luisteren’
‘alleen luisteren’
‘ja’

Toen alle lichten in het huis waren uitgedaan op het buitenlantaarntje bij de voordeur na, wisten zij waar zij elkaar konden vinden, uit lust en uit schaamte iets te stoppen waar ze al mee begonnen waren. Achter het huis keerde de tuin zich binnenstebuiten en wendde zich stilletjes tot zijn innerlijke donkerte.

moedervlekken

zondag 19 november 1950, 4 uur

Mevrouw Winter staarde in de roestsproetige chevalspiegel en herkende precies de gelaatstrekjes die haar zo tegen waren gaan staan bij haar moeder. Of misschien zag ze in de spiegel hoe de regels van haar moeders gezicht doorbraken, terwijl haar vijf jaar jongere zusje uit haar verschijning begon weg te sluipen.

Haar moeders lachlijnen waren verschenen, alhoewel mevrouw Winter wist dat die lijnen niet van het lachen kwamen. Een zilveren gloed fluisterde in haar haar, nabij haar slapen, en als mevrouw Winter ergens op wachtte of in gesprek was, verstopte zij nerveus de zilveren haren achter haar uitgeharde, kleine oorschelpen. De kleine oorschelpen van haar zusje, zag ze. Maar niet langer de jonge oren van haar zus waaromheen gewillige mannen hun handen komden om steelse insinuaties te fluisteren. En trokken haar lippen zich terug? Kon een mond krimpen? Haar moeders lippen hadden toch een terugtrekkende neiging gehad, nietwaar? Mevrouw Winter volgde met haar wijsvinger de belijning van haar lippen.

'Ik begin akelig veel op moeder te lijken, vind je niet?'

Livna Eleonore Winter en haar zus Ida Brunhilde Winter woonden samen in Trier. Zij deelden een kamer op de eerste verdieping, boven de bar die zij beheerden. De kamer was bescheiden maar intelligent; zij presteerde het om een gietijzeren badkuip, een ruime garderobekast, een chevalspiegel, een nachtkastspiegeltje en een spiegel op een bijzettafeltje te huizen. Een langwerpig bed was tegen de achterwand aan geschoven. De achterwand zelf had zich volgezogen met vocht en begon af te bladderen; schimmelkoloniën brachten een wereld in kaart die tot op heden onontdekt was gebleven.

De Winter-zusters deelden het bed en gebruikten de keuken van de benedenbar om water te koken.

'Ida?' dwong Livna af.

'Wat zei je?' Ida opende een raam om de teugels van de ophanden zijnde conversatie te vieren.

Livna draaide zich naar Ida. 'Kijk me aan. Vertel me wat je ziet, zie je ons moedertje?'

Ida, die het weinig kon schelen, zei, 'Ik zie mijn zus.' En terwijl ze haar kousen afstroopte, 'Zou je me de scheerzeep kunnen aangeven?'

'Ach, Ida,' zei Livna, 'het is niet dat we een dezer dagen naar de kust gaan. De zomer is seizoenen van ons vandaan. En de sneeuw en wat nog meer. Wat een leven.'

'Zou je me de zeep kunnen geven. Hij ligt achter je, daar, op het bijzettafeltje.'

Livna pakte het zilveren kistje waarin een brok brokkelige zeep, een metaalmazelig scheermes en vaders oude scheerkwast netjes lagen opgeborgen, en liep op Ida af. 'Zijn wij gelukkig? Zouden anderen ons gelukkig noemen, denk je?'

'Ach Livna, kom nu,' zei Ida, en ze graaide naar het

scheerkistje in Livna's handen, die het vlug achter haar rug verborg. 'Hoe laat is het wel niet? Het is al na vieren, hè? Verdomme, Liv. We moeten morgen weer om weetikveelhoevroeg op.'

'Denk erom, je bent m'n jonge zusje en je hebt me niks te vertellen.'

Ida kneep hard in Livna's schouder.

Livna barstte in lachen uit. 'Ida! Goed dan, hier!' Ida griste het kistje uit Livna's handen en lachte naar haar zus. 'Je bent ouder en je lijkt op moeder.' Ida doopte de brok zeep in een emmer dampend water, bewerkte het brokstuk met de oude scheerkwast totdat ze genoeg scheerschuim had en strekte haar linkerbeen over de gietijzeren badkuiprand. Vervolgens boog ze voorover over haar gestrekte been, bracht het scheerschuim aan met haar vaders oude kwast en bewoog het mes gedecideerd over haar scheenbeen.

Livna ontkleedde zich en keerde terug in de chevalspiegel, niet omdat ze daar wilde zijn maar omdat ze zichzelf er toevalligerwijs in tegenkwam, en ze bewoog haar schouders op en neer, bedekte haar borsten en wendde haar heupen, terwijl ze zuchtte, 'Verwachtingen, verwachtingen.'

De man die aan meneer Kuschfeld was verschenen hield zich op in de verre hoek van de kamer, achter een paraplubak. Negen zwarte paraplu's staken uit het metalen uitlekblik, alle van verschillend formaat en in kreupele dan wel mindere kreupele conditie. Alle, naar alle waarschijnlijkheid, van stamgasten van de bar beneden. Maar de vluchtige man in de hoek van de kamer had moeite zich te concentreren op de paraplu's in de paraplubak. Voor het eerst in zijn bescheiden bestaan zag hij zijn vrouw zonder hem. Hij probeerde de vlagen van verlangen naar de echtgenootloze mevrouw Winter te negeren. Hij had zijn eigen vrouw leren begrijpen als een intelligentie die volledig haar eigen weg ging. Hij was eraan gewend geraakt in bed te stappen zonder haar wakker te maken. Hij raakte haar zelden aan, maar hij koesterde het derde lichaam dat was opgetrokken uit de warmte van hun beide lichamen in de ruimte onder de lakens tussen hen in.

Maar hier, in de slaapkamer van de zussen, kon hij de neiging haar aan te willen raken nauwelijks onderdrukken omdat de afstand het enige was wat hij had. Hier leek ze zoveel meer bezorgd, levendiger, en gelukkiger met haar vragen.

En voor het eerst in lange tijd herkende hij haar lichaam. Na vijfentwintig jaar huwelijk was het deze voyeuristische glimp die hem vertelde dat hij dit lichaam kende. Uitgerekend nu, in een slaapkamer waar hij niet hoorde te zijn, voelde hij een diep verlangen om als haar echtgenoot herkend te worden. Hij verlangde dieper naar deze andere versie van Livna, deze Livna zonder hem, dan hij in lange tijd naar zijn eigen Livna had verlangd. De brief die hij bij zich droeg kon wachten. Zijn ogen volgden de belijning in Livna's onderrug en hij telde de moedervlekken die het sterrenstelsel van haar lichaam vormden.

Hij herkende de moedervlek hoog op Livna's voorhoofd, balancerend op het randje van haar gezicht, zich af en toe schuw terugtrekkend in de dichtheid van haar haarlijn.

En Livna vroeg aan haar zus, 'Liebling, vind je ook niet dat onze kamer te veel spiegel is? Spiegels in alle soorten en maten, waarin we ons haar eindeloos herschikken, maar nooit definitief doen. Wat zegt dat over ons?'

Halverwege de linkergolf in haar bovenlip een tweede moedervlek, beweeglijk en speels.

En Livna streek met haar wijsvinger over het moegewerkte spierlandschap van haar onderbuik, 'Leven we voor anderen dan, Ida?'

Omdat Livna haar lange zwarte haar had opgestoken, kon de man de twee moedervlekken op haar uitstekende rechterschouderbot aanstippen, en zo ook een derde moedervlek dieper ruggelings, tussen haar sterke schouderbladen.

En terwijl Ida het scheermes nog eens langs haar scheen liet glijden om een ongehinderd verloop van haar been te bevestigen, zei Livna via de spiegel, 'We scheren en serveren en scheren en serveren verder – en we leven aan de kust van al wat gebeurt. En het is ook niet zo dat we het anders zouden willen.'

Als hij lichtjes bukte dan kon hij de glooiing van Livna's linkerborst volgen en hij herinnerde zich zijn favoriete moedervlek daar, als hij haar borst optilde, en hij dacht aan zijn vingers die haar wijkende huid Bernini-diep indrukten.

'Het is wat het is,' zei Ida, terwijl ze het mes in het water doopte om het scheerschuim eraf te wassen.

'Maar jij bent mijn mooie jonge zusje. Dit is jouw moment. Je hebt je hele leven nog voor je. Ik bedoel, moet je jezelf eens zien.'

'Mijn moment?' antwoordde Ida. 'Waarom zou ik niet simpelweg mijn benen willen scheren? Voor mezelf, of voor jou desnoods. Voor het eenvoudige genot van een gladde huid. Ik heb geen geduld met mannen die op me af komen vanwege een goed onderhouden been. Ik wil een leven met jou en m'n trouwe gasten beneden, en ik zal het allemaal met een glimlach doen. Ik ben gelukkig met jou en mij en de boel de boel–'

Een moedervlek die in het putje van haar navel dreigde te vallen, en een gesloten groepje moedervlekken, heimelijk op de hoek van haar linkerheupbot.

'Ach ja, je hebt gelijk. Maar sta me op z'n minst m'n middernachtmelancholie toe, wil je? Of kom naar bed.'

'Ik ben me aan het scheren, Liv. Je wacht maar even.'

En de man wist van de moedervlekken langs de gespannen spier van haar rechterkuit en van haar bestolen moedervlek, door zijn liefhebben, als hij Livna daar kuste – *zijn* Livna, ja. Maar niet deze Livna, hier, nu. Wat betekende het dat hij in werkelijkheid geen deel uitmaakte van deze wereld en toch Livna als geen ander wist te herkennen? Hij keek naar de wreef van Livna's linkervoet waar een moedervlek enkel en alleen op haar rug lag, alsof die van hoger op haar lichaam naar beneden was gevallen, en hij zag hoe het geheel aan moedervlekken haar lichaam uiteenzette, een stelsel van moedervlekken dat haar naam droeg en haar definitief maakte. Met zijn wijsvinger trok hij verbindingslijnen in de lucht en opnieuw noemde hij haar Livna, als een astronoom die een sterrenbeeld ontdekt en het naar zijn verloren geliefde vernoemt.

Livna reikte achter de spiegel langs naar haar nachtjapon, stapte in bed en strekte haar lange, zere lichaam boven de dekens; de man stak zijn onzichtbare, trillende hand naar haar uit. Ida wisselde van been en bracht nieuw scheerschuim aan op haar rechterscheen, en ze zei, 'Ik heb een idee. Wat als we de bar één dag dichtgooien, als de sneeuw haar zegje heeft gedaan. Dan maken we een wandeling langs de Moezel en nemen we lunch mee naar het oude amfitheater. Wat zeg je me daarvan? Jij en ik.'

Livna rolde op haar zij, 'Zal ik je eens wat zeggen? Ik ben zo gelukkig, zo verdomde gelukkig. Ben je eindelijk klaar met scheren – kom, het is de hoogste tijd. En doe alsjeblieft dat raam dicht.'

'De echo vlucht zo mooi de trappen op, in het oude theatertje,' zei Ida, terwijl ze de randen van haar rechterscheen afging. 'We nemen vers brood mee. En peren.'

Livna laveerde zichzelf onder de dekens. 'Het is vroeg dag morgen, met de sneeuw en alles, denk je niet? Ze zullen wel vroeg komen, onze roestige stamgasten. En ze zullen lang willen blijven. Ze zullen aan de bar blijven hangen om de sneeuw te zien komen.'

Ida maakte het scheermes en haar vaders kwast schoon, droogde beide benen en bekeek het resultaat. 'We zien er verdomme goed uit, Liebling! Wie had dat gedacht – hard voor weinig, maar in de kracht van hun leven!'

Livna staarde naar het kreukelige plafond, en naar de plek waar een licht aangesloten zou kunnen worden.

'Weet je, Ida? Je hebt gelijk. We zijn gelukkig en we hebben niemand nodig. Maar verdomme sluit dat raam, het vriest.'

Ida kroop onder de dekens. 'Ik hou van het gespook van de kou.'

'We moeten morgen vroeg op.'

'We moeten elke ochtend van elke dag vroeg op.'

'Bijna gelukkig. Akelig dicht tegen geluk aan. *Presque-idéale*, zeggen de Fransen het niet zo? Mijn leven is presque-idéale.'

'Ach, ja,' Ida sloot haar ogen. 'Ich auch, Ich auch.'

En had de man niet tegen beter weten in gehoopt dat

zijn naam was gevallen? Had hij niet te lang in een hoek van de kamer rondgehangen omdat hij hoopte dat hij na vijftien jaar nog altijd in hun hoofden rondspookte? En hoe goedgelovig was hij in dat verlangen geweest, en hoe pijnlijk was hun eenvoudige geluk? Hoe pijnlijk was het dat de liefde tussen zijn vrouw en haar zus, tussen de twee zussen, oneindig veel bestendiger leek dan wat hij met Livna in die vijfentwintig jaren had bewerkstelligd? Er was eindeloos veel huwelijk tussen de twee zussen. En dat dat genoeg was, dat verontrustte de man tot in het diepst van zijn wezen. Dat er geen behoefte aan hem was, niet in deze dimensie, en misschien ook wel niet in de dimensie waar hij vandaan kwam.

En dus wachtte hij tot de Winters in slaap waren gevallen. Misschien lag jaloezie wel ten grondslag aan het feit dat hij heimelijk de brief van meneer Kuschfeld in de plooien van Livna's rok verborg. Maar hij moest erachter komen of mevrouw Winter in deze werkelijkheid, en in alle werkelijkheden daaruit volgend, een sleutelende rol te spelen had. Hij wilde zich ervan vergewissen dat in al zijn levens Livna bij hem hoorde. En als dat niet het geval was, dan zou dat van doorslaggevende betekenis zijn. Het zou iets definitiefs over zijn vijfentwintig jaren met Livna zeggen. Zijn tijd met Livna Eleonore Winter, al was het een bedarend samenzijn.

Hij wenste dat dit verhaal een liefdesverhaal zou blijken.

monoloog

zondag 19 november 1950, 8.10 uur

'... na al die jaren, en dan nog te bedenken dat... zeg nou zelf, maar vooral na al die jaren,' prevelde Livna tegen haar zus.

'Dat vooral ja, na al die jaren.' Ida tilde de caféstoelen op de tafels, nam een bezem ter hand en begon om Livna heen te vegen. Livna zat op een tafel met de brief van meneer Kuschfeld in haar schoot.

'En zo onomwonden, of is het van een goedgelovigheid? Dat hij denkt dat een brief afdoende is en dat ik me dan naar hem spoed en in zijn armen stort. Niets voor hem, eigenlijk. Niet zoals ik me hem herinner. Niet zoals ik me hem wil herinneren.'

'Ach ja, hoe herinner je je hem dan? Til je benen eens op. Het is niet dat we het eindeloos over hem gehad hebben. Toen niet, en nu niet.'

'Ach, weet ik veel. Hij wist de juiste snaar te raken, soms. Maar ik had toch echt gezworen nooit meer te–' Livna strekte haar benen voor zich uit, de lucht in.

'En je had gezworen nooit meer te en wat dan nog?'

'Ach Ida, ik weet het ook niet. En met de sneeuw en zo. Misschien kom ik daar wel vast te zitten. Hoeveel dagen zijn er nou voorbij? Waarom is het nog niet begonnen met sneeuwen? Denk je dat er iets aan de hand is, daarboven?'

'Ik begrijp niet wat het uitmaakt of je nou daar komt vast te zitten of hier blijft vastzitten. Je kunt je benen weer laten zakken.'

'Waarom ga jij niet in mijn plaats?'

'Ach, Liv.' De stok van Ida's bezem schoot los uit de borstel.

'Dat zou pas een grap zijn, nietwaar?' probeerde Livna.

'We zouden er hartelijk om moeten lachen, ja. Zoals met een goede grap. Maar je zou het moment niet stilletjes wegglimlachen, je zou in die vluchtige glimlach niet proberen alles waarvoor deze wereld gemaakt is te verbergen. Waar of niet? Hier, neem een bezem. Je moet dit soort zaken werkend afwegen, niet broedend.' Livna pakte de bezem aan maar stond niet op van de tafel.

'Waarom bevragen we niet hoe de brief in mijn rok is terechtgekomen?'

'Ach, dat weet ik toch ook niet,' Ida probeerde met brute kracht de houten stok terug in de borstel van haar eigen bezem te wurmen. 'Misschien had ik het raam dicht moeten doen. Of misschien is het wel het wonderlijke wat het aantrekkelijk maakt om ervoor te vallen.'

'Zeg me eens eerlijk, had jij er iets mee te maken?'

'Ik zou willen dat ik er iets mee te maken had. Help me even met de stoelen, wil je.'

'Er klopt iets niet aan het hele gebeuren.'

'En dat is precies de reden dat je gaat en me nu een handje helpt.'

'Ach, wat toch zonder jou? En de bar dan?'

'Vergeet de bar voor een dag of twee. Ik heb het hier eerder gered en ik zal het hier weer redden. Waar zouden jullie elkaar ontmoeten? Staat daar ook iets over in die brief?'

'Hij wacht op me. Op Reichsburg Hauptbahnhof. Zo dichtbij was hij al die tijd, in Reichsburg. Wat is dat, vijf, zes bakkerijen hiervandaan? Hooguit tien goede cafés, hoe vind je die?'

'Al die tijd, Liv, al die tijd.'

'Hij schrijft dat hij elke ochtend op de aankomst van de eerste trein zal wachten. Elke ochtend van elke week die hij nog in zich heeft. Hij zal een hoed dragen met een deftig deukje en een grijze overjas.'

'Ik geloof niet dat ik me hem met hoed herinner,' merkte Ida op.

'Nee, ik herinner me hem ook niet met een hoed. Sterker nog, nu je 't zegt, ik zou niet eens weten hoe ik me hem wel herinner. Wellicht dat hij soms de juiste snaar wist te raken, misschien was dat het, maar dat is het dan ook wel.'

'Ach, je zult het moment herkennen nog voordat je elkaar herkent, denk je ook niet.'

Livna staarde naar de brief in haar schoot, terwijl Ida de caféstoelen terug onder de tafels plaatste.

'Een beetje treurig is het ook wel, vind je niet?'

'Vind je?'

'Om hoopvol en in onvast handschrift te schrijven over romances die nooit waren. Als de wereld niet voor zulke momenten gemaakt is, dan wil ik er geen deel van uitmaken.'

'Dat zou je toch denken, ja. Je bent gelukkig hier, maar het kan geen kwaad om te kijken wat er daarbuiten gaande is.'

'Ik zou me nog schikken naar een tragisch einde, zolang het maar momentum heeft.'

'Goed dan, Liv, niet afdwalen en overdrijven nu. Help me liever even.'

'Al het mannelijke in deze wereld verwordt tot een ruïne, er is geen ontkomen aan. Maar onze mannen hebben toch ook amfitheaters gebouwd en ze blazen vorm in vloeibaar glas. En ze drinken zich een ongeluk beneden in onze bar, en we slapen er goed van.'

Eberhard, een man van de vroege ochtend die hard op weg was naar een vroegtijdig graf en al zolang de zussen zich konden herinneren een stamgast was, stapte het café binnen. 'Het gebeurt rond middernacht, de sneeuw, zo heb ik me laten vertellen. Als het een beetje tegenzit morgennacht, maar niet veel later. Ik denk dat ik de nacht hier maar doorbreng. Kan ik met een gerust hart vanaf de bar toekijken, wat zeg je me d'r van! Schenk me 'ns wat in.'

'Het zal 'm een keer niet zijn!' riep Ida uit, en ze boog zich naar Livna's oor. 'En dat is waarom je moet gaan.'

En dat is waarom ik moet gaan, herhaalde Livna, en ze probeerde de kietelende fluisterstem van haar zusje langs het uitgeharde reliëf van haar oorschelp te laten lopen.

8

'Ik dacht eigenlijk dat we gisteren hadden afgesproken,' zei Grootvader tegen Vader.

'Was je hier dan, gisteren?'

'Nee, dat niet. Nou ja, laat. Ik kwam laat aan en ik dacht het vanmorgen, toen ik wakker werd.'

Grootvader was met de trein vanuit Reichsburg naar Den Haag gekomen. Hij verbleef in Hotel Des Indes, een hotel in het oude stadscentrum van Den Haag dat wachtte op de terugkeer van de oude dagen van weelde en grandeur. Grootvader voelde zich thuis hier. De bomen die langs het hotel stonden waren nog geplant door Lodewijk Napoleon.

'Ik kom hier al meer dan twintig jaar,' zei Grootvader, terwijl hij met de draaideur van Des Indes meebewoog, 'maar dit is de eerste keer dat het personeel me niet als zodanig herkent.'

'Als zodanig?' mompelde Vader.

'Wat?'

'Ze zijn net heropend. Ze hebben een grote renovatie achter de rug.'

Grootvader beschouwde zichzelf een stamgast van het hotel, maar in werkelijkheid verbleef hij er één keer per twee jaar, en altijd alleen voor het weekend.

'En de bar sluit om middernacht, hoe vind je die? Dan begint de nacht pas.'

'De auto staat daar.'

'Goed dan. Geef me een arm, wil je.'

Vader deed voorzichtig de deur achter Grootvader dicht, nam plaats achter het stuur en zei dat hij hen naar Boulangerie Michelle zou rijden voor een kop koffie in de binnentuin, want koffie en conversatie vielen vaak goed op een plek waar het naar productieve ochtend rook.

'Waar ik opgroeide in Reichsburg hadden ze ook een Michelle,' zei Grootvader. 'Goed brood. Niet geweldig, maar degelijk. En warm als je de tijd had.'

'Ik geloof dat elk gehucht een min of meer Franse bakkerij heeft, genaamd Michelle.'

'Ach ja, elke plaats heeft in ieder geval een Michelle nodig, dat is met zekerheid te zeggen.' Grootvader hield zijn stoelriem op gepaste afstand van zijn borst om zijn das niet te kreukelen. 'Het puffende brood van haar vader in de studerende handen van zijn dochter. En haar glimlach. Onze Michelle had een glimlach die je mee naar huis kon nemen en waar je de dag mee kon beginnen.'

'Denk je dat ze allemaal Michelle heten, de dochters?'

'In mijn beleving wel, ja. Volgens mij was ze een nichtje van de bakker, overigens, Michelle. Als ik het me goed herinner.'

Vader parkeerde de auto voor de deur van de Franse bakkerij. De ochtend was zo helder dat Vader bang was dat hij vingerafdrukken of ademvlekken op het dunne glas van de lucht zou achterlaten. Toen Vader achter Grootvader aan de bakkerij binnenkwam, was Michelle daar.

Ze zag hen, en glimlachte al. 'Kijk wie we daar hebben!'
'Hoe gaat het hier, Michelle?' zei Vader.
'Wie had dat gedacht – Ha! En met je vader!'
'Ja, ach ja. Maar hoe gaat het met jou?'
'Alles goed?'
'Lang niet gezien.'
'Goed om je te zien.'
'Hoe gaat het toch met je?'
'Hoe is het al die tijd geweest?'
'Al die tijd, hè. Waar gaat het heen?'
'Ach, ja.'
'Wie zal het zeggen.'
'Alles goed verder?'
'Alles z'n gangetje.'
'Goed zo, en wat kan ik voor u betekenen?'

Vader hielp zijn roestige krakende vader in een roestige krakende binnentuinstoel, en toen hij eindelijk rustig zat leek het onwaarschijnlijk dat Grootvader de binnentuin ooit uit vrije wil zou verlaten. De zon viel over de met klimop bedekte ommuring en lag over hun tafeltje als een model, comfortabel in haar volle naaktheid. Grootvader liet zijn das wat vieren om hem strakker aan te kunnen trekken.

Michelle plaatste twee gebarsten koppen koffie op hun tafel, en glimlachte, 'Ik zal jullie met rust laten, dan.' Ze weet alles, dacht Vader, en ze heeft geen idee dat ze het allemaal weet.

'Goed dan. Ik ben blij dat je goed bent aangekomen,' zei Vader.

'Ik ben blij dat we dit doen,' zei Grootvader. 'Ik heb met de dokter gesproken, telefonisch. Het is maar vijf minuten lopen hiervandaan. Hij heeft een vriendelijke stem.'

‘Goed.’

Er viel een kleine, vertrouwde stilte, een stilte waarvan Vader wist dat hij zich in lege brievenbussen verschool, een stilte die hij ooit had geroken tussen de paraplu’s in een paraplubak. Hij voelde dat hun familiegeschiedenis maar één open raam had.

‘Victor heeft het portret verbrand.’

‘Niet waar?’

‘Het portret in de hal. Van je vader.’

‘Ik weet over welk portret je het hebt.’

‘Het lukt me niet er echt kwaad over te zijn.’

‘Waarom heeft hij het gedaan?’

‘Ik geloof dat hij er bang voor was.’

‘Voor een schilderij?’

‘Voor de man in het schilderij.’

‘Ach, hij is altijd al een slimme jongen geweest.’

Vader staarde naar een neutraal punt in de lucht totdat hij het punt waar hij naar had gestaard niet precies meer kon lokaliseren. ‘Wist je dat je officieel dood bent?’

De zon verplaatste een been.

‘Wat zei je daar?’

‘Als in dood op papier. Of in ieder geval een versie van je leven in Duitsland.’

Grootvader nam een slok van zijn koffie, en hoewel hij het niet aan zijn lippen voelde en evenmin tegen het gehemelte van zijn mond, wist hij dat de koffie nog te heet was om gedronken te worden.

‘Wanneer zeggen ze dat ik ben overleden?’

‘Ik geloof dat je dat wel weet.’

Deze stilte echter was oud en nieuw voor hen; het was de stilte van keurig geparkeerde perioden in geschiedenisboeken met een enkel leidend incident ertussen, en het was de stilte van grote ronde slachtoffergetallen in nationale kranten.

Grootvader haalde zijn das los, liet hem ook los dit keer, opende zijn jasje en sloot het weer. Hij twijfelde. Niet omdat hij overwoog wat te zeggen of hoe te antwoorden, maar omdat zijn hoofd plots leeg bleek. Het voelde alsof in één zwiep duizenden scherfjes leugen in zijn hoofd waren opgeveegd, mozaïekstukjes die verdeeld over vele jaren zorgvuldig tegen elkaar aan waren gelijmd. De leugen had terrein gewonnen aan waarheid, toen aan schoonheid. Was grootser geworden en gedetailleerder dan noodzakelijk. Het was een kunstwerk geworden waar nieuwe generaties op konden voortbouwen. Een kunstwerk dat zichzelf in stand kon houden, een nieuwe wereld waarin de leugens verdwenen omdat de mensen al volgens haar regels leefden. Een prestatie op zich, maar bovenal een leugen. En Grootvader wist niet meer hoe een nieuwe leugen te beginnen nu hij zich al zo lang met de details van een leugen had beziggehouden. Hij herinnerde zich niet meer hoe met een simpele kernleugen te beginnen waaromheen al het andere een rondtrekkende beweging zou kunnen maken.

'Hij was mijn vader, jouw grootvader en Victors overgrootvader,' sprak Grootvader. 'En hij probeerde er alles aan te doen om te voorkomen dat ik de gangbare zonde beging, in die tijd.'

'Zo zou je het ook kunnen zeggen, ja, de gangbare zonde.'

'En toch is het niet wat je denkt. In die tijd was de Jugend zoiets als de scouting, begrijp je wel. En het is gemakkelijk iets leuk te vinden waar je goed in bent. Bovendien waren alle jongens vanaf hun tiende verplicht zich aan te melden.'

Dat woord, de Jugend.

'Hoe zit het dan met jouw vader? Je hebt me altijd gezegd dat–'

'Het was groter dan wij, het was groter dan jij en ik of mijn vader en dus deed je waar je goed in was: doorwerken.' Grootvader sloeg met zijn vuisten op tafel. 'Dit hier is wat telt. Dit is echt. Jij, ik, je kinderen. Al het andere is vergeefse moeite.'

Grootvader viel terug in zijn binnentuinstoel, moegestreden. Er was koffie over de randen van de koppen gekomen.

'Sorry,' zei Grootvader. 'Dat had ik niet moeten doen.'

Vader probeerde de blikken van de andere mensen in de binnentuin te negeren.

Grootvader zei dat hij eerst een tijdje in Argentinië had gewoond, en velen met hem. Pas na een paar jaar was hij naar Nederland verhuisd. 'Het was dicht bij huis en ik hield van de zee.' Grootvader had zijn vader nooit meer gezien en hij was pas na zijn overlijden naar Reichsburg teruggekeerd.

Het deed Vader pijn dat Grootvader het zo feitelijk op tafel legde. Als een wiskundig rijtje, de tafel van acht. Als Vader zijn best deed kon hij nog wel begrijpen dat er zaken waren waarover je liever loog. Maar om die leugens dan te weerleggen alsof het eigenlijk beschamend was dat Vader ernaar vroeg, dat raakte hem dieper.

'Je weet dat je niet twee keer dood kan, toch? In ieder geval niet op papier. We zouden moeten wachten tot ze je passend gedocumenteerd hebben voordat we met de dokter een zaak als euthanasie bespreken. Je moet als levend in het systeem staan opgegeven wil je officieel kunnen sterven. Daar kunnen we verder niets aan doen.'

'We?'

‘De papieren, het systeem.’

Michelle kwam de binnentuin in met een pot koffie om haar gasten bij te schenken. Vader en Grootvader wachtten in stilte totdat Michelle de koppen had bijgevuld en terug de bakkerij in was verdwenen.

‘Misschien moeten we ons concentreren op mijn wilsverklaring. En de euthanasie laten voor wat het is. Ik heb het al besproken met mijn dokter in Reichsburg en hij is van mening dat euthanasie toch niet in het verlangde ligt. Ik lijd niet voldoende, niet ondraaglijk. Zijn woorden, niet de mijne. Maar een wilsverklaring waarin staat vastgesteld dat ze me in ieder geval niet zullen behandelen mocht me onverhoopt iets overkomen, ik teken ervoor. Voor nu. Ze zullen m’n hart niet oppompen, god betere het. Dat is al heel wat.’

Vader voelde een vreemde kalmte. Hij wist dat hij de vragen die zich in zijn hoofd vormden niet zou stellen. Verschillende nieuwe vragen hebben, die op hun beurt uiteenvielen in nog weer nieuwe vragen, was beter dan met één allesomvattende vraag rondlopen. ‘Goed dan, Vader.’

‘Het is een beetje alsof ze me mijn recht om te sterven hebben afgenomen, door me als gestorven geregistreerd te houden.’

‘Niet echt.’

‘Nee, niet echt, nee. Maar zo voelt het wel.’

‘Dus wat doen we nu?’

‘Ach, dat weet ik ook niet, jongen. Soms, geloof ik, is er geen einde. Alleen maar lege tijd.’

En Vader vroeg zich af waarom het hem ontroerde dat zijn vader niet zou sterven nu hij er klaar voor was, maar pas op de laatste dag van zijn leven.

9

'papa?'

'hmm'

'dus je bent niet boos over het portret?'

'hmm'

'alleen over het vuur?'

'hmm hmm'

'pap?'

'ja, jongen'

'waarom ben je niet boos over het portret? was je er ook bang voor?'

'misschien wel, ja'

'waar was je dan bang voor?'

'ach, waar was jij bang voor?'

'misschien dat het achter me aan zou komen'

'ja'

'en zou gaan spoken'

'en dat het niet weg zou gaan, en in aanwezigheid zou groeien?'

'ja, ik geloof het wel'

'goed dan, jongen'

'en wat nu, pap?'

‘nu ploegen we voort’
‘hoe doe je dat?’
‘door het niet te bevragen’
‘oh, goed dan’
‘en nu weer naar bed, Victor’
‘welterusten, pap’

Toen Victor terug in bed kroop en het leeslampje uit deed, staarde hij naar de sterren die aan het plafond waren bevestigd.

Morgen, als hij weer naar school ging, zou hij zich concentreren op zijn werk en zijn werk grondig doen. Al het andere was afleiding. Het was makkelijker geen deel van iets sterks uit te maken. Van geen enkele kant of partij. Op die manier, wist Victor, zou hij op een gegeven moment helemaal geen kant of partij meer zien en zou hij ook niet als kant of partij herkend worden. Hij zou simpelweg zijn werk doen en dat zou genoeg zijn.

Benjamin lag in bed en staarde voor zich uit zonder daarbij zijn bril nodig te hebben.

Hij beloofde zichzelf Victor nooit meer zo te beschamen. En ook zijn klasgenoten wilde hij nooit meer zo in verlegenheid brengen. Hij zou gewoon blijven leren voor het hoogst mogelijke cijfer, hij zou niet weten hoe hij anders zou moeten leren, maar van nu af aan zou hij op zijn toets een of twee antwoorden waarvan hij zeker wist dat hij ze goed had, verkeerd verbeteren. Hij zou er kleine foutjes van maken, geen wedstrijdbeslissende blunders, maar fouten die groot genoeg waren om zijn cijfer tot een acceptabel niveau naar beneden te brengen. Een cijfer waarmee hij een van zijn vrienden kon zijn. Op die manier zou hij weer bij zijn klasgenoten horen. Juffrouw Raadsma zou zo trots op hem zijn. Het enige dat hem deed twijfelen aan zijn plan was dat hij Beatrice niet wilde teleurstellen, en hij wist zeker dat hij dat op deze manier wel zou doen.

van tijd tot tijd is dit een verhaal over de liefde

maandag 20 november 1950, 6.50 uur

Mevrouw Groß hield er de gewoonte op na vroeg op te komen dagen en had dus haast nu het ernaar uitzag dat ze precies op tijd zou komen. Ze was onderweg naar Reichsburgs treinstation om te noteren welke fabrieksarbeiders met de vroege ochtendtrein arriveerden en, belangrijker, wie niet. Ze kon dat natuurlijk op het fabrieksterrein zelf doen, en bovendien nauwkeuriger, ware het niet dat ze er genoegen in schepte de eerste trein van achter de vale bergvorm tevoorschijn te zien komen. Ze hoorde graag hoe de trein met haar arbeiders Reichsburg in denderde en ze snoof genoegzaam de geur van gebrande koffiebonen op die zich als een repeterende dichter over het perron bewoog; als ze haar ogen sloot kon ze haar overleden echtgenoot en zijn ochtendritueel ruiken.

Ze legde haar hand een ogenblik te rusten op de ruïnes van de Romeinse muur, zocht naar adem, raapte zichzelf op, langzaam door haar leeftijd, maar onverbiddelijk rondom tijd.

Het was stil op het perron, zag meneer Kuschfeld.

De trein van 6.56 uur zou een handjevol arbeiders van

de Groß-fabriek aanleveren. En, wellicht, mevrouw Winter. Het lantaarnlicht op het perron kon geen vuist maken; de winternacht had iets van haar koude diepte achtergelaten. De loketbeambte in het stationskantoor stempelde met zijn inktblauwe vingertoppen treinkaartjes met de dagdatum voor.

Meneer Kuschfeld stond nerveus op zijn voeten heen en weer te wiegen, op veilige afstand van de rand van het perron, in afwachting van wat komen ging. 'Wat denk je, zou ze vandaag arriveren?'

'Vandaag is de dag.'

De trein uit Trier zou op 1A aankomen en weer vertrekken van 1B. Alhoewel er geen aantoonbaar verschil bestond tussen Reichsburg 1A en Reichsburg 1B, was het treinreizigers toch niet toegestaan op 1A in te stappen of op 1B uit te stappen. Nadat de reizigers op 1A waren uitgestapt, sloot de trein zijn deuren en bracht de machinist de trein honderd meter verderop opnieuw tot stilstand. Op perron 1B opende de trein vervolgens opnieuw zijn deuren, maar ditmaal alleen voor passagiers die instapten. De treinreizigers die hadden verzuimd uit te stappen op Reichsburg 1A waren ertoe veroordeeld te blijven zitten totdat de trein op Koblenz 1A weer tot stilstand kwam (56 kilometer ten noorden van Reichsburg). In Koblenz moesten zij zich van Koblenz 1A naar Koblenz 2B haasten als zij wilden overstappen op de trein die hen terug naar Reichsburg zou brengen, zij het met een verlengde reistijd van anderhalf uur. De regel diende strikt te worden nageleefd, want het was een van de verfijnde vondsten van meneer Kuschfeld zelf om het verwerken van mensen een stuk efficiënter te maken, zo hoorde hij het zichzelf nog zeggen op de ochtend dat hij de stationsbeambten over de nieuwe regel inlichtte.

Mevrouw Groß knikte kort naar de loketbeambte, begroette stilletjes de geest van koffie die aan haar voorbijtrok en liep het perron op.

Ze staarde naar de bergtoppen in het westen aan de andere kant van de spoorweg en vroeg zich af of het ook daadwerkelijk bergen waren, of misschien gewoon de hoogste toppen van Reichsburg en omstreken. Zouden zij nog als toppen beschouwd worden als zij zich naast de Alpentoppen moesten schikken, en zouden zij dan nog als bergen benaderd worden? Mevrouw Groß besloot dat het afdoende was om een berg te zijn in relatie tot één plaats en in die plaats alleen. Ze draaide zich om naar het einde van het perron en naar de berg waar de vroege ochtendtrein achter vandaan zou komen. Op het perroneind zag ze tot haar verbazing meneer Kuschfeld staan, nerveus heen en weer wiegend tussen hiel en voorvoet.

Mevrouw Winter stapte voorzichtig de trein uit nadat de eerste arbeiders de trein met beteugelde haast hadden verlaten.

Ze kamde haar hand moeizaam door haar verstrikte haar. Het was haar niet gelukt het treinraampje in haar coupé terug omhoog te duwen en dus had een raamstrook koude wind zich agressief in haar haar vastgewerkt.

Meneer Kuschfeld zag hoe mevrouw Winter, net als die dag in de haven van Hamburg, zichzelf de trein uit droeg, al had ze geen koffer meegebracht, en dus haar ziel niet ingepakt.

Mevrouw Winter had haar moeders oude zwarte jas als een cape om haar schouders geslagen. De Winter-zussen droegen de jas beurtelings, wanneer een van de zussen dacht dat dit weleens het moment zou kunnen zijn dat–, maar de laatste tijd was de jas in hun bescheiden garderobekast blijven hangen.

Mevrouw Winter werkte haar hand nog eens door haar haar. 'Waar we toch allemaal in verwikkeld raken,' verzuchtte ze, maar ze zocht het perron af met een toegeeflijkheid die haar vertelde dat ze midden in het leven stond.

Ontschepen was van een andere orde dan uit een trein stappen. De wind werkte zich niet vast in het haar van een treinpassagier zoals hij zich liet vangen in het haar van iemand op zee. Toen mevrouw Winter haar hand door de koppige golven van haar haar had gekamd in de haven van Hamburg, had ze een briesje bevrijd dat uit dankbaarheid een ogenblik om haar heen was blijven cirkelen. Maar hier, op perron 1A in Reichsburg, kroop het stugge haar ogenblikkelijk terug in haar schulp op het moment dat ze haar hand erdoorheen haalde, en de bevrijde wind viel zwakjes te gronde en bleef daar roerloos liggen.

'Ach ja,' zei mevrouw Winter. Vanuit haar mondhoeken trok ze haar lippen mee in een gesloten glimlach.

'Ich, ach Ich,' zuchtte meneer Kuschfeld, terwijl hij zijn hoed afnam en weer terug op zijn hoofd plaatste. Toen hij haar voor het eerst zag in zijn jonge jaren had zich een vastberadenheid van hem meester gemaakt. Maar nu hij ouder was, was hij jongensachtig nerveus. De vrouw die voor hem stond was geen vrouw die zich gewillig liet leiden, maar een vrouw die het allemaal al eens had gezien en onzichtbaar gewicht op haar schouders droeg.

Haar ogen verraadden jaren van hard werken, maar het waren nog altijd haar ogen. Livna's ogen.

Een onverstoorbare menigte verliet gestaag het perron en verdween in het stationsgebouw. Sommigen maakten zich even los van de mensenmassa om een vriend of kennis te begroeten. Meneer Kuschfeld kon nog maar net een tintelende neiging in zijn hand onderdrukken om diegenen die zich uit de menigte losmaakten terug in een onverdeelde welwillendheid te dirigeren. Hij verborg zijn hand in zijn zak en liet een muntstuk tussen zijn vingers klimmen.

'Ach, wie hebben we daar. Het zal toch niet, als we daar het oude Hoofd Transport van Reichsburg en Omstreken niet hebben,' zei mevrouw Groß bij wijze van begroeting, terwijl ze op meneer Kuschfeld af liep. 'Wat goed om je weer eens op je oude vertrouwde plek te zien. En wie hebben we daar, als ik zo vrij mag zijn?'

'Ach, mevrouw Groß, wat een toeval, staat u mij toe, mevrouw Winter, mevrouw Groß, mevrouw Groß, mevrouw Winter.'

Eleonore zelfs: Eleo, of Nore

7.15 uur

'Het is niet veel, nee,' zei meneer Kuschfeld, terwijl hij een droog houtblok in het kachelvuur schoof. 'Heb je het al minder koud?'

'Ik word langzaamaan warmer, ja,' zei mevrouw Winter. Ze dacht een ogenblik dat het stuk hout niet op de juiste manier het vuur in was geschoven, maar liet de gedachte snel weer varen en nam haar moeders jas van haar schouders. Ze keek de gewelfde torenkamer rond. Er stond een bed, een luie stoel en een stoel die krampachtig dicht tegen een kleine eettafel was aangeschoven.

'Ik had niet gedacht dat je zou komen,' zei meneer Kuschfeld.

Mevrouw Winter besloot achter de kleine tafel plaats te nemen. 'Vertel me eerst maar eens hoe je die brief van je in mijn slaapkamer hebt gekregen?'

'Een stamgast, ik heb een stamgast van je zover gekregen,' zei meneer Kuschfeld, wat niet geheel onwaar was.

'Een stamgast? Wie dan, Eberhard? Was het Eberhard?'

'Ja, ik geloof dat hij het was.'

'Ach, hij is nergens goed voor, en toch mag ik hem wel. Alhoewel het ongeoorloofd is zo bij iemand in te breken.'

'Ach ja. Maar ik moest en zou je zien, en je bent gekomen.'

'Moest en zou me zien, zegt hij.' Mevrouw Winter hief haar armen ten hemel, maar het liet haar niet onberoerd dat hij een verlangen naar haar had. 'Het is eigenaardig, deze torenkamer heeft iets ongemakkelijks, maar ik kan niet precies aanwijzen waarom dat zo is. Het is allemaal meubelgeraamte en steen. Zoals in een cel.' Ze keek nog eens rond. Een bed, een verfomfaaide fauteuil en een enkel raamvenster. 'Het bed bijvoorbeeld, het is keurig opgemaakt, maar op de een of andere manier ook onbeslapen. Het is ordelijk en tegelijkertijd van een pijnlijke afwezigheid. Als het vinden van een gefossiliseerde bloem.'

'Misschien is de kamer niet zozeer ongemakkelijk, maar is het idee van een leven al geruime tijd vervlogen.'

'Ach, doe toch niet zo dramatisch. Het doet je geen goed.' Mevrouw Winter stond op en begon de torenkamer rond te lopen. 'Je was altijd al zo dramatisch.' Sneller dan verwacht had ze de gehele kamer rondgelopen en vond ze zichzelf terug voor de stoel waaruit ze zojuist was opgestaan, en dus nam ze weer plaats. 'En niet één spiegel, hoe vind je die?'

'Ik dacht echt niet dat je zou komen, na alle–'

'Je hebt een aardig uitzicht, dat wel.' Mevrouw Winter realiseerde zich dat ze nog niet daadwerkelijk een blik door het raam had geworpen en dus stond ze vlug op en begaf zich naar het venster. 'Ja, het heeft inderdaad een alleraardigst uitzicht.'

'Waarom ben je toch gekomen, uiteindelijk?'

'Ach, dat weet ik ook zo precies niet. Misschien vanwege het idee dat er ooit iets tussen ons heeft bestaan.'

'En dat is het?'

'En wellicht wilde ik voor even de regelmaat ontvluchten, wie zal het zeggen. Ik werk in de bar met mijn zuster, maar daar ben je dus al achter gekomen.'

'Ja.'

'Of misschien is het ergens wel fijn om herinnerd te worden.'

'We hadden een heel leven voor ons, nietwaar.'

'Ach, ik denk dat we niet veel meer dan een vluchtige verhouding waren.'

'Een verhouding?'

'Ja, een vluchtige verhouding.'

'Wat bedoel je, vluchtig?'

'Als iets dat net zo vluchtig begon als het eindigde.'

'En dat was alles?'

'Dat was wat het was.'

'En tussen het begin en het einde, wat toen?'

'In de tussentijd gebeurden we.'

'En het was goed.'

'Maar dat was toen.'

'Een vluchtigheid, zeg je.'

'In wezen wel, ja.'

'Ach, er is nog zoveel tijd. Kan ik je iets te drinken aanbieden?'

'Nou Kurt, zoveel tijd hebben we nu juist niet. Met de sneeuw en zo... Ik neem de trein terug voordat het zover is, ik neem aan dat je dat wel begrijpt.'

'Het zal pas later op de dag gaan sneeuwen, misschien zelfs wel rond middernacht.'

'Het zal, het zal. Het zou een dag voor gisteren gaan sneeuwen, en het zal een dag na morgen sneeuwen.'

'En toch ben je gekomen.'

'En toch ben ik gekomen.'

'En wat doen we nu?'

'Wellicht dat je voor wat licht kunt zorgen? Een paar kaarsen zou al wonderen doen. Het is nogal donker hierbinnen.'

Meneer Kuschfeld stond vlug op om een paar kaarsen tevoorschijn te halen.

'En misschien kunnen we een wandeling maken. Langs de oever van de Moezel.'

'Ja,' zei meneer Kuschfeld, terwijl hij twee kaarsen aanstak op de krakkemikkige eettafel, 'dat kunnen we doen, ja.' Klunzig elleboogde hij een derde kaars van de tafel. De kaars rolde door de kamer voordat hij hem kon oppakken. 'Oh, neem me niet kwalijk, een ogenblik–'

Mevrouw Winter leunde terug in haar strenge stoel en gaf toe aan een vluchtige glimlach. Dit was hoe ze zich hem herinnerde en plots wist ze weer waarom, toen, en waarom nu.

De eerste ochtenduren voltrokken zich zonder kleerscheuren.

Zonder het te hoeven bespreken hadden mevrouw Winter en meneer Kuschfeld besloten de grote onderwerpen die tussen hen in stonden te laten voor wat ze waren. Ze wandelden langs de kade van de Moezel en herinnerden zich elkaars aanwezigheid. Mevrouw Winter lachte wanneer meneer Kuschfeld een nerveuze grap maakte. Meneer Kuschfeld wierp een vluchtige blik op mevrouw Winter als hij dacht dat zij niet keek.

Toen ze in de torenkamer terugkeerden nam mevrouw Winter plaats op de rand van het bed, en even dacht ze: haar kant.

Meneer Kuschfeld ontstak vlug wat kaarsen, alhoewel er nu ruimschoots licht door het raam naar binnen viel.

'Ik weet ook niet waarom ik het deed,' begon meneer Kuschfeld, de ongeschreven regel toch brekend.

'Wat deed?'

'Maar ik ben je een spijtbetuiging verschuldigd. Het is alleen – ik moest wel. Ik moest gaan en beantwoorden aan een roeping waarvan ik dacht dat die gedenkwaardig zou zijn. Destijds. Je weet toch hoe het werkt.'

'Weet ik dat?'

'En het spijt me.'

'Ach, mijns inziens zit je er volkomen naast.'

'Hoe bedoel je?'

Mevrouw Winter stond op, nam haar jas ter hand en moederde deze om haar schouders. 'Volgens mij zit je er volkomen naast. Er was al niets meer om voor te vechten. Tussen ons. Als je 't mij vraagt hadden we elkaar al lange tijd verlaten voordat jij onze verhouding ontvluchtte.'

'Nee nee, je hebt het bij het verkeerde eind. Ik heb je verlaten voor belangrijk werk. Het was als een roeping.'

'Ik geloof niet dat je je bewust was van enige roeping, destijds. Onze verhouding stolde, dat is het. En toen was er ergens anders werk voor je.'

'Nee, nee. Je herinnert het je gebrekkig. We moeten het rechtzetten.'

Mevrouw Winter knoopte de jas dicht om haar lichaam. 'Een spijtbetuiging is nergens voor nodig, in ieder geval.'

'Maar ik wil spijt betuigen. Ik moet spijt betuigen.'

'Het is zelfs beledigend. Hoe dan ook, is er een wasgelegenheid waar ik gebruik van kan maken?'

'Ja, nee, ik maak gebruik van de toiletten in het treinstation, maar luister–'

'Beneden?'

'Ja, beneden.'

Mevrouw Winter opende de enige deur in het vertrek. 'Goed dan.'

'Ik zal hier op je wachten.'

'Ja, dat zal je inderdaad.'

Halverwege het draaiende trapgat omklemde mevrouw Winter een ogenblik de trapleuning. Een lichte duizeling maakte zich van haar meester en ze dacht, er was niet veel om voor te vechten, destijds, en dus is er niet veel verloren, maar misschien valt er nu iets te winnen, een situatie an sich, wat betekent dat er misschien toch iets verloren is gegaan, achteraf.

nieuwe bekentenissen

11.15 uur

'Het is allemaal anders nu, Dokter. Het is allemaal anders, want het speelt zich niet langer in mijn hoofd af!'

Meneer Kuschfeld had mevrouw Winter beloofd binnen een halfuur terug te zijn.

Toen hij het Bahnhofsvorplatz overstak op weg naar de praktijk van de Dokter, had hij zich afgevraagd of hij de voordeur wel goed had afgesloten, maar toen hij zich omdraaide realiseerde hij zich dat er nu iemand in de stationstoren was die hem kon vertellen hoe zijn kamer eruitzag zonder hem.

In zijn jeugdige vlucht naar de Dokter was hij zijn wandelstok vergeten. Hij kon zelfs niet precies uitmaken wanneer hij zijn wandelstok voor het laatst had gebruikt, laat staan nodig had gehad. 'Echt Dokter, ik wil niet langer vroegtijdig overlijden.'

De Dokter merkte op dat meneer Kuschfeld voor het eerst het actieve werkwoord gebruikte.

'Een aantal zaken in mijn hoofd is opgehelderd. Het is niet langer... begrijpt u? En daar komt nog bij dat ik nieuwe argumenten heb gevonden. Om te leven, overtuigende argumenten.'

De Dokter nam zijn bril van zijn neus om te zien of het allemaal zo in elkaar zat. 'Ik zie wat u bedoelt.'

'Ach, ik zou u ook niet hoeven overtuigen, zo is het toch?'

De Dokter nam plaats achter zijn bureau. 'Ik zeg u dit omdat ik u al zo lang ken, begrijp me niet verkeerd.'

Het kwam meneer Kuschfeld ongemakkelijk voor de Dokter zo zonder bril te zien.

De Dokter zette zijn bril terug op zijn neus en zei, 'Mij hoeft u niet te overtuigen.'

Meneer Kuschfeld leek verbaasd. 'Dat is het dan?'

'Ja, dat is alles.'

'Niks aan toe te voegen?'

'Ach, er valt toch niets op af te dingen?'

'Dus ik leef?'

'Ik zie geen reden om het in twijfel te trekken.'

'Ik hoef nergens te tekenen of iets dergelijks?'

'Er komt geen papierwerk aan te pas als u wenst door te leven.'

'Is het niet eigenaardig?'

'Hoe bedoelt u?'

'Hoe weinig er tussen leven en dood in staat?'

'Niet veel, nee, meneer Kuschfeld.'

'Een gewetenswroeging, of een inzicht.'

'Goed dan, meneer Kuschfeld.'

'Goed. Ja. Ik zal wat brood halen.'

'Ja, dat is geen gek idee. Haal maar wat vers brood.'

'Van Michelle.'

'Zij heeft goed brood.'

'En warm als u er de tijd voor heeft.'

'Doe Michelle de hartelijke groeten van me.'

'Dat zal ik doen.'

'Goed dan, meneer Kuschfeld.'
'Ach ja, Dokter.'

Meneer Kuschfeld volgde Michelles bezigheden aan de overkant van de straat voordat hij de bakkerswinkel binnenging.

De dag dat ze de bakkerij van haar oom had overgenomen was haar wereld volmaakt gebleken, en elke keer dat de noodzakelijkheid van een glimlach zich aandiende trof ze reeds een glimlach op haar gezicht aan.

Toen meneer Kuschfeld de bakkerij binnenstapte, zei hij, '... Ach.'

En Michelle glimlachte al, 'Krijg nou wat!'

En meneer Kuschfeld zei, '... Ach ja.'

'Kijk wie we daar hebben!'

'Hoe gaat het hier?'

'Wie had dat gedacht.'

'Alles goed?'

'Lang niet gezien.'

'Goed om u te zien.'

'Hoe gaat het toch met u?'

'Hoe is het al die tijd geweest?'

'Al die tijd, hè. Waar gaat het heen?'

'Ach.'

'Wie zal het zeggen.'

'Alles z'n gangetje.'

'Wat kan ik voor u betekenen?'

Dokter Von Kleinenleedt sprintte langs de ruïnes van de Romeinse muur in de richting van het statige huis van de familie Groß, maar toen hij de Groß-huishouding naderde, vertraagde hij zijn pas en trachtte hij zich te herinneren waarom hij zo'n haast had het bericht over te brengen, en een ogenblik overwoog hij een balletje te slaan tegen de achtermuur van zijn praktijk.

Toen hij de deur van de weduwe en moeder-op-zijn-tijd nog geen tien minuten later achter zich dichtdeed, baarde het Von Kleinenleedt zorgen hoe zich een zichtbare paniek van mevrouw Groß had meester gemaakt, en toen hij thuiskwam hing hij ogenblikkelijk zijn doktersjas aan een ganghaak, stopte een gestreken witte polo in een lange witte broek en begon de gespannen kattendarmen in het blad van zijn tennisracket terug te brengen tot een orde die zich keurig binnen de lijntjes gedroeg.

10

Tegen de tijd dat Vader, Victor en Benjamin arriveerden, wierpen de reeds aanwezigen nerveuze blikken op hun horloges en sommigen verlieten het strand alweer, zich afvragend waarom de walvis er zo lang over deed om te sterven. De walvis was op een zandbank gezwommen met een droevige zwaai van zijn krachtige vinnen, en nu leunde hij met zijn zware buik op de Nederlandse kust. Kleine golfjes depten zijn bezwete voorhoofd.

Dicht bij de rechterzijde van de walvis had een kolonie zeemeeuwen besloten dat de dingen waren zoals ze er nu voor lagen, en zij gingen over tot de orde van de dag.

'Wat doet de walvis op het land?' wilde Benjamin weten.

'Ik denk dat hij is gekomen om te sterven, jongen.'

'Pleegt hij zelfmoord?' vroeg Victor.

'Ik denk dat het meer een vorm van toegeven is,' zei Vader.

'Wat is dan het verschil?'

'Misschien dat de walvis alleen accepteert dat hij aan het sterven is, maar ik denk niet dat hij er actief een einde aan probeert te maken.'

'Dat is wel mooi,' besloot Benjamin.

Op weg naar het strand hadden Vader en zijn jongens mensen zien weggaan in een gedesillusioneerde gemoedstoestand, maar hier, op het strand, zo dicht op de zuchtende bultrug, heersten een voorzichtig enthousiasme en een vreemde vroomheid. Mensen hadden klapstoeltjes en lunchboxen meegebracht, en de kustwacht deelde gesponsorde waterflesjes uit en beantwoordde vragen. De kustwacht legde uit dat zelfs als zij de instrumenten en de mankracht had om de walvis terug te duwen, de diepere delen van de zee in, zij het alsnog niet voor elkaar zou kunnen krijgen; een walvis die het heeft opgegeven, weegt tot wel tien keer zijn eigen gewicht.

Een groep jongeren trok zijn shirt over het hoofd en sprintte de zee in om naar de landstrook waar de walvis lag te zwemmen, maar de kustwacht wist wanneer zij zich geroepen voelde; ook de leden van de kustwacht trokken hun shirt over hun hoofd om geen andere aantoonbare reden dan aangezicht, en zij renden op de groep jongeren af.

'Het spijt ons, jongens, maar we kunnen jullie er niet in laten.'

'Waarom niet?'

'De baai is gesloten,' legde de kustwacht uit.

Zowel de jongens als de kustwacht keken naar de baai die zich opende op zee.

'De baai is gesloten. We mogen een levend wezen dat probeert te sterven niet storen.' En alle aanwezigen op het strand knikten instemmend.

'Gaat hij ontploffen?' wilde een van de jongens weten, en toen wilde iedereen het weten, de kustwacht inbegrepen.

'We zullen moeten wachten tot de wetenschappers er zijn.'

'Waarom?'

'Omdat de walvis aan de wetenschap zal worden overgedragen.'

'En wat gaan zij ermee doen?'

'Zij zullen met de juiste vragen komen.'

Benjamin keek naar de grote homp van lucht en gewicht. Hij overwoog of hij ooit nog een voet in zee zou zetten. Hij voelde een nieuw soort ontzag en een nieuw verdriet: een levend wezen dat er zo lang over had gedaan om zo reusachtig groot te worden, kon elk ogenblik sterven.

'Hoe ademen walvissen?' vroeg Benjamin zijn vader.

'Ze komen af en toe boven water om een grote hap lucht te nemen. En dan verdwijnen ze weer voor onbepaalde tijd onder water.'

'Dus ze komen boven water om te ademen?'

'Ja.'

'Ze kunnen niet onder water ademen?'

'Nee, Benjamin. Dat kunnen ze niet. Maar ze kunnen wel hun adem een uur lang inhouden, soms wel twee uur.'

'Dat kan simpelweg niet overeind blijven.'

'Wat niet, Benjamin?'

'Dat een walvis dan boven water komt om te sterven.'

'Wellicht dat de eb hem verraste.'

'Ik denk niet dat er veel is dat een walvis kan verrassen,' bracht Victor in.

'Nee, dat denk ik ook niet. Misschien dat de walvis de eb verraste.'

'Dat is gewoon raar,' zei Benjamin, en hij nam zijn bril af om te zien of er iets van logica te bespeuren viel.

'Denk je dat een walvis verdrietig kan zijn?' wilde Benjamin weten.

'Wat denk je zelf? Als hij in staat is op te geven, zou hij dan ook zwaarmoedig kunnen zijn?'

'Wat bedoel je met zwaarmoedig?'

'Dat hij geduldig pijn draagt.'

'Zoals ouder worden?'

'Ja, Victor. Zoals ouder worden.'

'Dan wel,' zei Benjamin. 'Dan denk ik dat een walvis verdrietig kan zijn.'

Toen keken de mensen op het strand plots tegelijkertijd op naar de homp walvis, en ze wisten: waar zij voor gekomen waren, stond te gebeuren.

De walvis leek in zijn geheel te kalmeren en hij slaakte een krachtige zucht, een zucht zo sterk als een tastbare bries waarmee je in je haar kunt spelen, en even leek de zucht voortvluchtig. Toen ging de bries liggen, en daarmee ook de walvis. Dat wil zeggen, zijn indrukwekkende lichaamsdelen vielen stil, en toen ook zijn indrukwekkendheid. Totdat Benjamin niets anders meer zag dan een homp gewicht.

'Was dat het moment?' vroeg hij.

'Ja, dat was het moment.'

'Hoe weet je dat?'

'Omdat er niks na kwam.'

Toen ze thuiskwamen rook Napoleon dat ze naar het strand waren geweest en beledigd zocht hij zijn bench op; er werd even niet geaaid.

Moeder kuste haar kinderen op hun hoofd en zei dat ze naar zout roken.

Victor zei dat zout geen geur heeft, maar hij glimlachte ook.

'Hebben jullie het naar je zin gehad?'

‘We zijn gaan kijken hoe de walvis stierf.’ Vader dacht dat het verstandig was om direct te beginnen met uitleggen. ‘Hij spoelde vanmorgen aan. Ik heb de kinderen opgehaald van school en we zijn er meteen heen gegaan. Het gebeurde vlak voor de boulevard.’

‘Waarom moest je er zo nodig heen?’

‘Het voelde belangrijk, emotioneel gezien.’

‘Benjamin, Vic? Wat vonden jullie?’

‘Het duurde best lang,’ zei Victor.

‘Hij ging dood nog voor hij dood was,’ concludeerde Benjamin.

‘Hij stierf voor zijn tijd,’ zei Vader. ‘Maar nu zal de walvis nooit worden vergeten.’

‘Goed dan, wel goed je handen wassen, oké? We gaan zo aan tafel. Dag liefste.’ Moeder gaf Vader een kus.

Na het avondeten mochten Victor en Benjamin van Moeder nog wat televisiekijken voordat ze naar bed gingen, en Moeder trok zich met Vader terug in de tuin.

‘Alisa heeft geprobeerd de afdruk die dat portret heeft achtergelaten weg te schrobben met bleekmiddel.’

‘Alisa?’ vroeg Vader.

‘De nieuwe schoonmaakster. Over wie ik je vertelde.’

‘Ach, dat is waar ook. Alisa.’

‘Ze heeft geprobeerd die lichte plek in de hal uit te wissen, maar ik geloof dat ze het alleen maar erger heeft gemaakt.’

‘Hmm.’

‘De muur om de lichte plek heen moet worden schoongemaakt, natuurlijk, maar daar dacht zij anders over. Ach, hoe was jouw dag? Ben je naar je vader geweest?’

‘Ja, maar voor een uurtje. Hij was moe.’

‘Hoe staat hij erin?’

'Ik geloof dat hij er wel mee om weet te gaan.'

'Echt, ja?'

'Ja. Hij leek niet al te verstoord.'

'En jij?'

'Ik?'

'Ja, jij. Hoe voel jij je?'

'Het is best lastig. Het was allemaal zo duidelijk, helder. Wat goed was en wat niet. In feite wist ik niet dat ik onwetend was, en het was goed zo. Nu is alles een puinhoop. Het verleden, bedoel ik.'

Vader dacht een ogenblik aan wat Benjamin een paar dagen geleden had gezegd, dat de dingen in hun simpelste vorm moesten kloppen, of ze klopten simpelweg niet. 'Ik denk dat het idee dat lieve, dierbare mensen slechte dingen kunnen doen me nog het meest wakker houdt. Mijn vader was een liefhebbende, rechtvaardige vader.'

'Dat is hij nog steeds.'

'Ja, dat is waar. Ik weet me alleen geen houding te geven. Hij was jong toen het allemaal gebeurde, maar niet te jong om het allemaal maar te laten gebeuren, dat zie ik ook nog wel in. En dan zijn vlucht naar Argentinië... Dus ik kan van het slechtste uitgaan, geloof ik. Weet je hoe hij ernaar verwijst?'

'Nou?'

'De gangbare zonde. Hoe hij de gangbare zonde beging, dat geloof je toch niet?'

'Ja, zo zou je het ook kunnen zeggen.'

'Dat zei ik ook.'

'Hoe lang blijft hij hier?'

'We moeten zijn wilsverklaring nog afhandelen. Hij zal wel een dag later vertrekken.'

‘Ga je morgen nog naar hem toe?’

‘Ik denk het wel. Ik zal zijn zoon zijn en hem toestaan mijn vader te blijven.’

‘Dat begrijp ik.’

Terwijl het buiten afkoelde begon de tuin zichzelf op te heffen.

‘Lukt het met je boek?’

‘Ik heb besloten het niet te schrijven.’ Het was eruit gekomen zonder dat Vader het gevoel had dat hij eraan te pas was gekomen.

‘Wat, dat meen je niet? Echt waar?’

‘Ja, ik schrijf het niet.’

‘Ach.’ Moeder volgde met haar wijsvinger een groef in haar voorhoofd.

‘Wellicht keer ik terug naar de gedichten, ik ben er nog niet uit. Het is allemaal een beetje te groot om te bevatten.’

‘Ja, dat is misschien wel zo.’

Er viel een last van Vaders schouders nu hij het hardop had gezegd. Alsof de lucht was schoongeboend. Vader had altijd al ervaren dat wanneer hij iets hardop tegen Evelien zei, dat vaak het moment was dat het waarheid werd. Dat was het ogenblik dat alles simpel en doordacht leek.

‘Wat je zei over onze nieuwe schoonmaakster,’ zei Vader.

‘Alisa, ja?’

‘Dat doet me denken aan, ken je dat verhaal van die schoonmaakster in Italië?’

‘Ik heb er weleens van gehoord, geloof ik, ja.’

‘Hoe ze, wat ze met dat schilderij heeft gedaan?’

‘Het verhaal van de schoonmaakster uit Italië, ja. Alhoewel ze uit Spanje kwam, geloof ik.’

‘Ik dacht dat het Italië was. Maakt niet uit, dus die

schoonmaakster stuit al schoonmakend op een muurschildering van Jezus en ze ziet dat hij wel een opknapbeurt kan gebruiken. Ze begint stukjes gezicht en grotere gezichtsdelen die ver van zijn gezicht zijn geraakt weg te schrobben, en vervolgens brengt ze de ontbrekende delen op het gezicht aan met rode verf en een gemene bruintint. Nadat ze Jezus heeft gerestaureerd komen de dorpsbewoners erachter dat het een Caravaggio is, of een schilderij van een van zijn leerlingen. Het overgrote deel van het dorp vond de muurschildering voorgoed verruïneerd, maar wil je geloven dat ik het schilderij er mooier op vind geworden?'

'Misschien vind je het mooier vanwege het verhaal,' zei Moeder.

'Wellicht.'

'Ik bedoel, had de Mona Lisa niet de meeste bezoekers toen zij gestolen was?'

'Is dat zo?'

'Ja, ik weet het vrij zeker. Mensen bezochten massaal het Louvre om de diefstal te zien.'

'Ze kochten een kaartje voor een lege plek aan de muur?'

'Ze zagen waar de Mona Lisa had gehangen,' zei Moeder. 'Ze kwam echt tot leven op het moment dat ze was verdwenen.'

'Misschien voelden ze hoe het is om bestolen te zijn. Niet van het eigenlijke ding, maar van een moment.'

'Ach ja. En ik weet vrij zeker dat het in Spanje was, het verhaal van de schoonmaakster.'

Nu het niet langer afkoelde, voelde de avond weer warm aan, maar het was meer een echo van de warme dag dan een uitnodiging voor de dingen die nog komen gingen.

Niet veel later zag Moeder erop toe dat haar kinderen naar bed gingen en hun slaap opzochten, niet van dichtbij, maar beneden aan de trap. Het cement van haar familie was gelegd; ze voelde het met trots en een eb en vloed van nostalgie. Van nu af aan zou er alleen nog voor het innerlijke en precieze pleisterwerk een beroep op haar worden gedaan. Misschien zo nu en dan een gebroken arm of een verstuikte enkel, maar vaker een religieuze hoofdpijn of een nieuw verdriet. Spoedig zouden haar zonen, of in ieder geval Victor, onbezochte hoeken van het huis opzoeken met vragen die nooit echt zouden gaan liggen, maar altijd om dadelijke aandacht vroegen. De zacht uitgesproken zekerheid dat alles goed zou komen, een fluisterstem die van Moeder moest komen.

Moeder kwam terug de tuin in en zag dat haar man er nog zat. 'Heb je de hond nog niet uitgelaten?'

'Nee, nee, nog niet. Maar ik ga al.'

Moeder keek naar haar man. Wanneer ze aan haar echtgenoot dacht, dacht ze aan niks anders dan de feitelijkheid van haar echtgenoot. Behalve dan op de momenten waarvan ze emotioneel uit balans kon raken. Als hij zonder bril naar haar keek en haar herkende. Wanneer hij haar mening wilde weten om een mening te hebben. Of wanneer hij dacht dat zijn schrijven haar trots maakte.

Het was de eerste keer dat haar man had besloten iets niet te schrijven, en op een of andere manier bedroefde het haar dat een schrijver tot zo'n beslissing kwam.

Ze hield van haar man omdat ze haar leven met hem wilde doorbrengen. Omdat ze nog nooit had nagedacht over een leven zonder hem. Het kwam simpelweg niet bij haar op, en dat was genoeg.

Toen Vader terug het huis in kwam deed hij geen lichten aan.

Het moment dat hij de hond de halsband af deed, was de hond verdwenen. Er bewoog zich een stilte door het huis die hij herkende. Dus ze speelden het spel. Ze had zich verstopt en ze wilde gevonden worden.

Vader hing de halsband van de hond aan een haak in de hal.

Hij wist dat ze zich in de gordijnen had verborgen. Je moest het weten om het te zien: er had zich een klein, fragiel figuurtje hurkend in de zware stof van de gordijnen gevormd. Het was bijna alsof hij een veel jongere versie van haar besloop. Een versie van haar jaren voordat hij haar ontmoette. In de gordijnen zat een hulpeloos object van glas; ze zou in duizenden stukjes breken als hij haar oppakte met zijn grote handen en haar liet vallen. Terwijl hij verder de woonkamer in sloop werd het idee dat hij zijn gelukkige leven met een simpele handbeweging de nek kon omdraaien bijna overweldigend. Een simpele handomdraai, dat was alles. Hij groeide en groeide totdat hij zijn bril niet langer nodig had en giste naar de aanwezigheid in de gordijnen.

Plots sprong Moeder achter de bank vandaan. 'Hebbes!'

Vader sprong op, 'Godverdomme, ik schrik me de pleuris!'

Ze lachten elkaar vrij.

'Ik hou van je, dat weet je toch, hè,' zei Vader.

'Ach, dat weet ik toch.' Moeder plofte op de bank. 'Zal ik je eens wat zeggen? Een ogenblik dacht ik dat ik een beetje bang voor je was. En ik vond het wel leuk. Maar ik wil niet dat je me besluipt als we het spel niet spelen, oké? Ik voel zulke dingen, ik kijk recht door muren heen, dat hoef ik je niet uit te leggen. Nou niet zo'n gezicht trekken, je weet precies wat ik bedoel. Je laat je gedachten de vrije loop, zo af en toe, ik kan het in je ogen zien.'

Het moment dat ze het hardop had gezegd verloor Vader zijn vreemde verlangen. Plots leek de wil om zijn leven ondersteboven te keren zo met zichzelf in de weer. Alsof het belangrijk wilde zijn. Zijn verlangen naar Evelien, dat was echt. En haar lichtend instinct.

Vader wachtte totdat Moeder hem zou vragen naast haar op de bank te komen zitten.

Hij dacht aan zijn vader, en hoe hij met zijn vuisten op tafel had geslagen, in de binnentuin van Michelles bakkerij, om duidelijk te maken dat alleen dit echt was, Moeder, Vader en de jongens.

'Goed dan. Dus je hebt echt besloten het niet te schrijven?' vroeg Moeder.

'Nee, ik ga het niet doen,' zei Vader. 'Ik denk echt dat ik van gedachte ben veranderd.'

gaat u allen staan (hoe kleiner de gemeenschap, des te groter de aanspraak op waarheid)

11.40 uur

Mevrouw Groß wist precies wat haar te doen stond: inspelen op de vluchtige daadkracht van collectieve wreedheid.

Nu haar zoon in de fabriek was zou ze het heft in eigen handen moeten nemen. In zekere zin bespoedigde Von Kleinenleedts bericht de gang van zaken alleen maar. Als ze zorgvuldig en vlug te werk ging was er niets verloren. Ze poederde haar slapen en voorhoofd en kuste de kleine kartelige foto van haar overleden echtgenoot. Hij mocht dan wel al enige tijd in zijn graf liggen, maar toch, mijmerde ze, moet je toch 'ns kijken hoe zijn haar naar één kant is gekamd en hoe zijn strakke kaaklijn gehoorzaamheid gebiedt. Ze probeerde haar zoon in zijn gelaatstrekken te ontwaren, en schoof de foto toen terug in de bovenste la van het dressoir.

In de tussentijd deden de stamgasten van de Gutsschänke Keller waar de Gutsschänke Keller-stamgasten goed in waren: continueren. Het was een maandagochtend en ze meldden zich graag vroeg op de eerste dag van een nieuwe week.

Mevrouw Groß was een oude bekende in Reichsburg maar nieuw in de kelderbar. Boven aan de Keller-treden greep ze onwennig de koude trapleuning vast en wachtte tot haar grijze ogen gewend waren aan het gebrek aan licht.

Tegen de tijd dat mevrouw Groß goed en wel kon zien, hadden de stamgasten het al gezien: ze was niet voor een borrel gekomen.

Heindrick Schinken wierp een blik op de stationsklok tegenover de bar, zag wat niemand zag: hoeveel de tijd achterliep, en vroeg, 'Wat kan ik voor u betekenen, mevrouw?'

Mevrouw Groß besloot boven aan de trap te blijven staan. 'Goed dan, allen. Het spijt me zo bij u binnen te vallen, op dit uur.' Van de dag, dacht ze erachteraan.

Thomas Glass verschoof zijn glas van zijn rechter- naar zijn linkerhand, en zei, 'Wat een aangename verstoring. Drinken we op naam van de weduwe?'

'Luister, allen,' sprak mevrouw Groß, 'het spijt me zo bij u binnen te vallen, maar de tijden nodigen ertoe uit. Hoe lang is het geleden dat een simpel streven uw levens bepaalde? Hoeveel uren heeft u niet gepreveld voor de platvloersheid van een middernachtelijke openbaring? Hoe vaak heeft u niet gedacht, konden we maar als collectief uit deze Keller klimmen en onze plicht vervullen? Welnu, die tijd is aangebroken.'

Heindrick Schinken wierp een vluchtige blik op de stationsklok.

'De tijd is aangebroken. Reichsburg vraagt u te bepalen hoe zij de geschiedenisboeken in zal gaan. Er schijnt zich een nazihoer in de stationstoren op te houden. Als we deze hoer geven wat ze verdient, dan kunnen we het geweten van ons gehucht voor eens en voor altijd zuiveren. Lieve mensen, deze mogelijkheid mogen we niet onbenut laten. Laten we haar ondubbelzinnig duidelijk maken dat ze hier niet welkom is. Een andere weg zie ik niet. Ik heb mij laten vertellen dat de nieuwe Afgevaardigde van ons Kiesdeel zich in ons midden ophoudt om tot een zaak te komen die ons allen zal aangaan. Het is de hoogste tijd dat we hem bewijzen uit welk hout we zijn gesneden. Voordat het te laat is.'

De Keller-stamgasten waren niet bijster onder de indruk van de woorden van de weduwe, maar ze hadden wel degelijk vernomen dat de jonge Afgevaardigde naar hun gehucht was afgereisd en een kamer had besproken in een van de Altstadt-hotels.

De stamgasten tastten hun herinnering af op zoek naar de eerste keer dat ze het gerucht over de Afgevaardigde hadden opgevangen, wellicht in bakkerij Michelle, toen zeventien vrouwen op leeftijd door een onverwachte stortbui gedwongen waren te schuilen in de roestige theesalon van de bakkerij, waar zij wachtten tot de regen gevallen was en de thee tot rust gekomen.

Van de dames in de theesalon traceerden ze het gerucht terug (of voort) langs de glimlach van Michelle, naar buiten. Eenmaal buiten volgden zij als vanzelf de ruïnes van de Romeinse muur, die door de Altstadt liep. Een oudere stamgast kwam op het idee zijn oor tegen het Romeinse steen te luisteren te leggen om de eventuele fluistergesprekken van de dag die nog langs de ruïnes lanterfantten op te kunnen vangen. Al snel zorgde het web van Altstadt-straten en -steegjes ervoor dat enkele stamgasten vroegtijdig vast kwamen te zitten. Een andere kleine, onfortuinlijke groep verviel in een onverbiddelijk cirkelredeneren om de Grote Kerk.

Maar uiteindelijk, tot ieders grote opluchting, kwamen alle stamgasten vroeg of laat uit bij de in onbruik geraakte put in het midden van de Grote Markt.

Aangezien de diepte van de bron oneindig leek, kon de oorsprong niet worden vastgesteld, en dus moest dit de plek zijn waar waarheid in Reichsburg begon.

Sommigen maakten een kommetje van hun handen en fluisterden het gerucht de put in. Uit de diepte van de bron steeg het gerucht waar zij naar op zoek waren geweest terug naar hen op en zodoende werd het het gesprek van de dag.

De Keller-stamgasten voelden de waarheid van het gerucht nu zij de oorsprong in momentum maar niet in tijd hadden achterhaald, en het was onmogelijk om waarheid tegen te houden op het moment dat deze zich had geopenbaard in de gedeelde geest van zij die met velen zijn; als een doorgewinterd collectief stormden zij de Keller uit, hun ruwe, muzikale vuisten ballend, maar eenmaal buiten werden zij overvallen door een overdaad aan daglicht. Zij stonden een ogenblik voor de benedenbar te wachten, hun ogen afschermend, totdat hun pupillen zich hadden geschikt naar het ongezeefde licht van een maandagmorgen.

de ziekte gedogen zoals zij aan de deur verschijnt

12 uur

Vogels keken op van hun zilverhandel, voorportaalhonden strekten hun ledematen. Een zieke en magere berk schamperde om zich heen op zoek naar zijn pruik.

De Gutsschänke Keller-stamgasten vonden hun weg langs de ruïnes van de Romeinse muur, gaandeweg gelovend in het idee van een collectief, totdat zij voor de stationstoren halt hielden.

En meneer Kuschfeld zei tegen mevrouw Winter, 'Misschien, misschien zou je kunnen blijven.'

En mevrouw Winter dacht een glimp van Livna te herkennen zonder daar een spiegel voor nodig te hebben, 'Misschien, wie zal het zeggen, misschien kan ik wel blijven.' En ze redeneerde dat ze voor de situatie zelf kon vallen.

De berk plukte aan zijn pruik totdat hij zichzelf presentabel achtte. Een paar honden slopen naar een beter zicht op de situatie, voor zover hun halskettingen dat toelieten. De raven onder de vogels wisten wat komen ging.

Het merendeel van de bewoners van Reichsburg had zich inmiddels op het Bahnhofsvorplatz verzameld.

'Hoor je dat gebrul buiten?' vroeg Livna aan Kurt.

'Ik hoor niet langer wat er zich buiten afspeelt.'

‘Zonder gekheid, het klinkt alsof er heel wat aan de hand is.’

Meneer Vögel was gekomen, zijn nagels voorbij de redelijke rand bijtend.

Meneer Sommerbrandt blies zijn warme adem in de koude kom van zijn handen.

Meneer Schzietch-Fröm leunde nerveus op de punt van zijn paraplu.

Meneer Groß was haastig van de fabriek overgekomen, en meneer Unterrichter kon haast niet langer wachten.

Ook de Dokter was gekomen, onzeker over zijn rol in het geheel, meegolvend op de commotie, over zijn dijbenen wrijvend nu hij plots koude benen had.

‘Nu dan,’ zei meneer Groß tegen meneer Vögel, ‘eens zien wat hier aan de hand is.’

Mevrouw Groß nam haar zoons arm.

‘Maar echt,’ zei Livna en Kurt liep schoorvoetend op het torenraam af.

Daar zag hij dat de inwoners van Reichsburg zich hadden gegroepeerd op het stationsplein, en voor de tweede maal die ochtend voelde hij een tintelende neiging in zijn hand de warrige menigte tot een onverdeelde welwillendheid te dwingen. Toen maakte een koude angst zich van hem meester.

‘Wat doen we nu?’ vroeg Josef Glass aan zijn oudere broer Thomas.

‘Gewoon de groep volgen,’ wist Thomas. ‘Met de stroming meebewegen.’

‘Maar hoe weet ik wanneer ik moet handelen?’

‘Je zult het moment herkennen. De groep zal in beweging komen voordat er iemand in de groep in beweging komt.’

Dat was het moment dat Josef Glass een energiegolf voelde die alles wat onder de naam Josef Glass viel in beweging bracht. Hij bewoog alsof hij bewogen werd, het was moeiteloos, alsof een grote hand hem voortduwde; instinctief bewoog Josef Glass zijn linkerbeen voor zijn rechter, toen zijn rechter voor zijn linker, totdat hij op de torendeur af rende te midden van de inwoners van Reichsburg, de afgesleten stenen trap op en de torenkamer in, waar zij meneer Kuschfeld aantroffen en de beoogde nazihoer, die nu niets meer was dan een nazihoer, een uitgemaakte zaak in het bespeelbare geweten van hen die met veel zijn.

Livna keek naar Kurt en Kurt zag de paniek in haar ogen.

De bijna religieuze vastberadenheid, dat was wat Josef Glass zich herinnerde nadat alle mogelijke versies van de tragedie in de torenkamer zich hadden afgespeeld. Niemand herinnerde zich precies wat er was voorgevallen, maar alle gedeelde verslagen eindigden met mevrouw Winter in een onnatuurlijke houding op de gebochelde kasseien van het plein. Meneer Kuschfeld werd toegejuicht om het vasthouden van een nazihoer, en gearresteerd toen hij fluisterde, 'O nee, alsjeblieft niet' op het moment dat mevrouw Winter uit het torenraam werd gegooid.

Er had een schot geklonken. Niemand herinnerde zich wie had geschoten, evenmin waar het schot vandaan was gekomen, maar allen herinnerden zich de trillende echo in hun ribbenkast.

Pas toen mevrouw Winter haar dood tegemoet viel en de inwoners van Reichsburg getuige waren van haar zwaaiende ledematen en de onafgemaakte gedachten in de wind van haar haar, weken zij uiteen als individuen. De inwoners van Reichsburg hadden als één lichaam naar een ongezeefd oordeel bewogen. Maar toen de voltrekking had plaatsgevonden liepen allen weer als eenlingen van de torenkamer weg, weg van het Bahnhofsvorplatz en terug de Gutsschänke Keller in, waar eenieder de naam mompelde die hem of haar was gegeven toen hun aardse hoofdjes uit de berg die zij Moeder noemden tevoorschijn waren gekomen.

De magere berk verwijderde zijn slechtzittende pruik en verwelkomde de ziekte zoals de ziekte zich aan hem voorstelde.

terug in de bar, waar het allemaal al eens gebeurde

12 uur (de tijd loopt achter in de Gutsschänke Keller)

‘ik hoorde dat er iemand van de toren is gesprongen’
‘zo haar einde tegemoet’
‘ik heb gehoord dat ze is neergeschoten’
‘ze schoot zichzelf neer en viel van de stationstoren’
‘ze had hoogtevrees is wat ze mij vertellen’
‘het laatste nieuws is dat ze zichzelf neerschoot nadat ze was gesprongen’
‘omdat ze bang was voor hoogtes’
‘ze schoot zichzelf door haar hoofd toen ze van de toren sprong en erachter kwam dat ze hoogtevrees had’
‘ze sprong en kwam erachter dat ze hoogtevrees had dus schoot ze zichzelf door haar hoofd’
‘dat is het dan’
‘het is wat het is’
‘een triest geval’

een steen kan zichzelf niet verder rollen

laatste uurtjes

'Sneeuwt het al?' vroeg meneer Kuschfeld aan de man die zich tussen de luchtdelen ophield. 'Kun je het zien – zou je voor me kunnen kijken? Ik geloof dat ik het al hoor. Ik denk dat ik de sneeuw hoor omdat al het andere is stil gevallen. Hoe dik is het? Een flink pak, denk je? Denk je dat de sneeuw er morgenochtend nog ligt? Ach ja, ik weet het nog goed, hoe Vader vroeger thuiskwam als het gesneeuwd had, als hij terugkwam van werk of de paardenrenbaan, een dun laagje sneeuw op zijn schouders en hoedrand. Soms bleef ik uren daarbeneden in de gang zitten kijken naar de schouders van zijn jas aan het haakje in de hal. Uren en uren kon ik daarnaar kijken, hoe eerst die schouders invielen en hoe daarna de jas de rest van mijn vaders postuur langzaam verloor. Tot hij op een dag zo mager was geworden dat de jas aan het haakje trouw bleef aan zijn figuur.'

Het Comité voor Naoorlogse Heroverwegingen had zich in de kelder van het stadhuis verzameld, waar een speciale cel ruimte bood aan zaken die snel en voorspoedig afgehandeld dienden te worden. Het recht had rap gezegevierd. Meneer Kuschfeld had de beschuldigingen toegegeven nog voor ze goed en wel waren voorgelezen.

Met een naar binnen gekeerde blik in zijn ogen ging meneer Kuschfeld het comité af. De handdruk van grootgrondbezitter en Hoofd Begraafplaats en Naoorlogse Raadgeving, Burgemeester Schzietch-Fröm, was vriendelijk, accuraat en formeel. Meneer Schzietch-Fröm, die het reilen en zeilen van het gehucht overzag, wist maar al te goed dat een man die eindverantwoordelijkheid droeg zich niet diende te mengen in de dagelijkse rompslomp, maar alles tegen het licht van een groter geheel diende te houden. Hij betwijfelde echter of hij ooit nog als Burgemeester zou optreden of een gewichtig man in de spiegel zou herkennen.

Meneer Kuschfeld accepteerde zijn hand, terwijl twee cipiers hem van onder zijn armen omhooghielden. Ze hadden wat onfortuinlijke vertraging opgelopen toen het comité erachter was gekomen dat de kelder van het stadhuis van Reichsburg nog niet was schoongemaakt na de laatste activiteiten; een derde cipier begon de stenen vloer rondom het kleine platform te vegen en raapte de haren bijeen die op de zitting van de geïmporteerde elektrische stoel waren blijven liggen.

'Herinner je je het nog zo?' vroeg meneer Kuschfeld op fluistertoon aan de man die zich in het luchtledige verscholen had.

'Ik herinner het me zo,' gaf de man toe.

'Ik weet het nog goed, op een dag, toen Vader het sterven al nabij was, nam hij me mee naar het moment waarop onze rivier in een grotere rivier ontslagen wordt. We namen de trein naar Koblenz, een uur ten noorden van Reichsburg. Vanaf Koblenz Hauptbahnhof liepen we naar de Deutsches Eck, zo wordt het moment genoemd waarop de elegante Moezel overgaat in het galopperende geweld van de Rijn.

Het is belangrijk, zei mijn vader tegen me, het is belangrijk te begrijpen dat het een wanneer betreft, niet een waar. Het is een moment in tijd, niet een plek. Ik herinner me dat ik omhoogkeek naar de man die mijn hand vasthield en wist dat dat mijn vader was, want hij wist alles. Je hoefde het hem maar te vragen, en zelfs dat niet altijd.'

Aan de linkerzijde van de Burgemeester stond de Voorzitter van het Reichsburg Comité voor Naoorlogse Heroverwegingen en Hoofd Sneeuw in Reichsburg en Omstreken, meneer Sommerbrandt, die altijd koude handen had. Meneer Sommerbrandt deed zijn uiterste best aan sneeuw te denken en aan niks anders dan sneeuw, ofschoon hij zich afvroeg of hij ooit nog aan sneeuw zou kunnen denken zonder iets anders te zien dan het vrolijke geparachuteer.

Meneer Kuschfeld hield de hand van meneer Sommerbrandt iets langer vast, zodat de temperatuur van zijn eigen handen de kou van meneer Sommerbrandts handen wat kon temperen.

'Herinner je je het nog?' fluisterde meneer Kuschfeld ondertussen naar de man in het luchtledige.

'Nu je het zegt, herinner ik het me precies zo,' zei de man.

'Er was geen verschil, niets in het water dat de grote overgang impliceerde. Maar nog meer dan de afwezigheid van het moment in het water was de openbaring dat het allemaal Rijn was. Alles wat ooit de Moezel genoemd kon worden, was nu Rijn. Het enige waaraan gerefereerd kon worden was de sterkere stroming. Al waarnaar geluisterd kon worden vanaf het moment van de Deutsches Eck was de grotere roeping van de galopperende Rijn. Het was ontwapenend om te zien hoe onze rivier zo uit onze herinnering werd weggespoeld. Ik weet nu dat er geen verschil was in het water, maar dat er zonder twijfel iets verloren was gegaan. Dat was het moment dat ik meer dan ooit het concept van tijd ervoer.'

Meneer Unterrichter, Hoofd Politie in Reichsburg en Omstreken en een kort-en-kordaat man, schudde de uitgestoken hand van meneer Kuschfeld op een formele, accurate en onvriendelijke manier. Meneer Unterrichter wist als geen ander wanneer de plicht hem riep, en zelden tevoren had hij zich zo gewichtig gevoeld. Ofschoon hij twijfelde of hij het aan zijn echtgenote zou vertellen, later op de avond. Hij dacht eigenlijk van niet, wat een zeldzaamheid zou zijn.

'Herinner je je het nog?'

'Al heeft het zich nooit in mijn hoofd bevonden, nu komt het allemaal terug,' zei de man.

Toen de harige, barmhartige en oneerbiedige hand van Von Kleinenleedt zijn hand drukte, fluisterde meneer Kuschfeld in zijn schone oor, 'En morgen zullen we er verder over praten, Dokter.'

En de Dokter benadrukte vriendelijk, 'We zullen zien wat we voor u kunnen betekenen, meneer Kuschfeld.' De Dokter dacht aan zijn roeping, de mensen van dit gehucht te genezen en hen te helpen als het lijden ondraaglijk bleek, en hij besefte dat hij nog nooit iemand een volgende morgen had beloofd waar hij zelf niet in geloofde.

'Een week voor Vaders dood nam hij me mee naar het moment dat alle rivieren zichzelf opheffen: het moment dat de zee begint. De grote blauwe begrafenis, noemde hij dat. We namen de trein naar het oude en trage Den Haag, in Nederland, een land beneden zeeniveau. Ik deed mijn uiterste best niet te huilen toen ik voor het eerst de zee zag. Het was zo overweldigend. En er was niet één rivier die ik erin kon aanwijzen. Het was allemaal: zee. Het was een warme zomerdag en dus mocht ik van Vader het water in. Maar ik had niet gerekend op de stromingen die daar aan het werk zijn. Duizenden missionarisachtige handen trokken tegelijkertijd aan mijn enkels. Er kwam zo'n gulzige wanhoop aan te pas, alsof ze me iets wilden laten zien, alsof ze me alles wilden laten zien. Het voelde als een taal. Maar een valse. Een taal die alles opslokt als je haar woorden kan bezigen. Als een religie. En toen stapte ik plotsklaps in een zandholte en ik viel en koprolde de holte in en ik herinner me dat ik mijn arm uitstak om me ergens aan vast te klampen, aan iets dat groter en sterker was dan de stromingen die me naar beneden trokken. Toen voelde ik hoe de kracht van mijn vaders hand mijn hand omklemde en me omhoogtrok en de zee uit tilde. De rest van de week berustte hij in zijn lot. Hij stond zichzelf toe als vader te sterven.'

De Directeur van de Lichtfabriek, meneer Groß, accepteerde meneer Kuschfelds hand, maar bleef op gepaste afstand. Eindelijk had hij de familienaam hooggehouden, ondanks dat hij een misselijkheid voelde opkomen die ervoor zou zorgen dat hij nog maandenlang iedere ochtend met trillende handen de brilrand van het toilet zou omklemmen.

'Herinner je je het nog?'

'Ik herinner me nu hoe het voelt om te vergeten.'

Tot slot accepteerde hij de hand van meneer Vögel, de jonge Afgevaardigde van het Kiesdeel Rheinland-Pfalz. De nieuwbenoemde Afgevaardigde nam overal waar hij naar afreisde een kammetje mee dat hij in de binnenzak van zijn jas had gestoken. Strikt geschoren en bijgeknipt, soms tot over de nagelranden in het gevoelige roze van zijn vingers, rook hij naar iets nieuws en afschrikwekkends. Voor het eerst in zijn nog jonge carrière had de Afgevaardigde moeite trots te zijn op het feit dat een gehucht aan de Moezel gebruikmaakte van zijn diepst gevoelde nalatenschap: de elektrische stoel, want er was iets aan meneer Kuschfeld wat hem op zijn gemak stelde. En toch, alhoewel een vluchtig oordeel was geveld, als er al een oordeel was geveld, besloot meneer Vögel niet in te grijpen; het was een goede zaak dat dit gehucht zijn geweten probeerde te zuiveren, en dat was wat voorop diende te staan.

De cipiers hielpen meneer Kuschfeld naar de stoel waarvan de haren inmiddels waren verwijderd en het Reichsburg Comité trok zich terug in een aangrenzend achterkamertje waarvandaan ze de voltrekking van achter eenrichtingsglas konden volgen.

De leden van het comité hadden een religieuze vastberadenheid ervaren terwijl zij het behoud van het comité trachtten te waarborgen, maar nu zij naar meneer Kuschfeld staarden voelden de leden stuk voor stuk een verdwaasde doofheid. Niet voor de situatie zelf, maar een verslagenheid ten opzichte van waartoe zij in staat bleken. Niemand in het comité dacht er echter aan om in te grijpen. Wel vroegen zij zich ten zeerste af of er ooit een tijd was in een afgesloten oneindigheid van gras waarin hun namen Adamden, dan wel Evaden.

Nadat de cipiers meneer Kuschfeld in de stoel hadden geplaatst, begonnen zij hem vast te binden. Kleine riempjes over zijn polsen en enkels. Strakke riemen over zijn dijbenen en bovenarmen. Een krachtige riem over zijn borstkas. Maar het was het kleine en pluizige riempje dat zijn nek aan de hoofdsteun vastbond dat meneer Kuschfeld deed beseffen dat hij zich schrap moest zetten.

'Voorzorgsmaatregelen,' beantwoordde een van de cipiers een vraag die nu klaarblijkelijk tot de primaire rechten van meneer Kuschfeld behoorde: het recht om vanaf dit moment op de hoogte te blijven van het hoe en waarom van de te volgen procedure.

De cipier in het bezit van de antwoorden opende een scheerdoos en spreidde de inhoud netjes uit over het metalen blad van een militaire tafel. Hij leek even te twijfelen welk instrument hij zou aanspreken, woog het ene scheermes af tegen het andere en keek naar zijn medecipier, die vragend naar hem terugstaarde, aangezien hij de cipier met de antwoorden was. Zijn keuze viel uiteindelijk op een oud en veelvuldig gebruikt scheermes waar volgens zijn redenering dus vaak de keuze op moest zijn gevallen, naar alle waarschijnlijkheid met goede reden. De cipier creëerde een fatsoenlijke hoeveelheid scheerschuim in een kom en bedekte meneer Kuschfelds ontblote en vastgebonden borstkas met een schort. Een ogenblik trachtte hij met zijn zorgvuldige handen de vouwlijnen uit het schort te strijken, maar liet het toen voor wat het was. De medecipier vouwde de kraag van het schort rondom meneer Kuschfelds nek terug om te voorkomen dat er kriebelende haren langs zijn rug zouden vallen.

De cipier met de antwoorden bukte lichtjes door zijn knieën en plaatste het verkozen scheermes vlak achter meneer Kuschfelds oor. Hij haalde het mes bovenlangs de uitgeharde oorschelp tot hij bij het zachte deukje in meneer Kuschfelds slaap kwam. Anderhalf à twee centimeter hoger boven zijn oorschelp plaatste de cipier opnieuw zijn mes, om van daaruit de trekkende beweging te herhalen. Vervolgens begon hij meneer Kuschfelds nek te scheren en baande hij zich zodoende een weg omhoog richting de kruin van zijn hoofd, hier en daar kleine eilandjes haar achterlatend, totdat de cipier het mes de vrije loop liet en ook de laatste plukjes wegwerkte.

Ondertussen mompelde meneer Kuschfeld ‘knipperdeknip, schipperdeschip’, en hij kon een kleine glimlach niet onderdrukken.

Met een stugge handdoek die mevrouw Groß die ochtend nog gestreken en wel had afgeleverd, veegde de cipier zorgvuldig achter meneer Kuschfelds oren en depte geduldig een enkele jaap of haal. Zonder op te kijken staarde meneer Kuschfeld naar een plek in het plafond waar een licht aangesloten zou kunnen worden.

Nadat hij de handdoek onder de tafel had weggelegd plonsde de cipier een dikke spons in een emmer met water. Vervolgens lichtte hij de volgezogen spons uit de emmer en zonder hem uit te wringen begon hij meneer Kuschfelds nieuwe hoofd te masseren. Verscheidene waterdruppels sprintten vluchtig over zijn gezicht en liepen uit over zijn kin. Meneer Kuschfeld sloot zijn ogen.

De cipier achter meneer Kuschfeld pakte een metalen kroon en tilde het zware geval naar de stoel. Op dat moment opende meneer Kuschfeld zijn ogen en richtte zich tot de cipier in het bezit van de antwoorden. ‘Er zit een steentje in mijn schoen. In de neus van mijn linkerschoen.’

De cipier met de antwoorden wierp een vluchtige blik naar zijn medecipier die vragend naar zijn collega terugkeek; daarop gebaarde hij de kroondrager te wachten en boog door zijn knieën om de veters van meneer Kuschfelds linkerschoen los te peuteren. De veters zaten in een dubbele knoop en waren strak aangetrokken. Met zijn randloze nagels trachtte de cipier knarsetandend wat speling te vinden. Echter, hoe meer hij trok des te strakker de veters in elkaar grepen.

Meneer Vögel viste het kammetje uit de binnenzak van zijn overjas en herschikte de rechtsgang in zijn haar. Alhoewel hij de methode zelf had geïmporteerd was hij niet gewend de daadwerkelijke procedure bij te wonen.

De comitéleden staarden naar het glas van het raam totdat zij met zekerheid zouden kunnen zeggen dat meneer Kuschfeld uit hun midden was vertrokken.

De cipier leek er niet uit te komen; hij keek nog eens naar zijn medecipier en wierp toen een blik in de richting van het Reichsburg Comité voor Naoorlogse Heroverwegingen. Mevrouw Groß maakte zich los uit het comité en stapte op de tussendeur af. De cipier en de weduwe wisselden een paar woorden, waarop mevrouw Groß de kelderkamer in kwam, vooroverboog naar meneer Kuschfelds schoen en met haar scherpe en sterke nagels het strakke leer bewerkte, totdat ze voldoende speling had gecreëerd om de veters los te maken.

Mevrouw Groß nam haar positie achter het eenrichtingsglas weer in en de cipier in het bezit van de antwoorden tilde meneer Kuschfelds been bij zijn kuit omhoog en schoof de schoen zorgvuldig van zijn voet.

‘Hoe is het mogelijk dat dat steentje precies hier is terechtgekomen,’ mijmerde meneer Kuschfeld. ‘Precies hier, in mijn schoen. Wat een reis moet het hebben gemaakt, in afstand en in tijd. Van het moment dat het nog onderdeel van een rots was, en de rots nog onderdeel van een berg. Lang geleden is zijn reis begonnen, tijdens de laatste dagen van een ijstijd, toen de berg nog onder een laken van ijs werd gehouden.

En ik kan het horen, ik kan horen hoe op een dag de ijskap in beweging kwam, krimpscheurend de rots van de berg afbrak en het rotsblok meesleurde langs haar verwoestende weg het gletsjerdal in. En ik kan horen hoe het ijs begon te smelten, ik hoor de rücksichtslose overstromingen, bulderend van het lachen, nieuwe rivieren die hun gedachten de vrije loop laten. En ik kan de vele naamloze zijrivieren horen, is het niet prachtig, dit lichaam van water met al haar onbenoemde vertakkingen?

Totdat het de ijskap aan kracht ontbrak om nog verder te denderen en de rots werd afgezet en het steentje afbrak. Ik moet mij haasten om het steentje bij te houden, langs galopperende wateren en door het trage gemarcheer van modder, langs een schone rivieroever en onder de eerste door mensenhanden gebouwde brug door. Ik laat honderden jaren achter me nu, achter het steentje aan hollend, van de zuidkust van Elsinore dwars door het kasteeldichte Europese schiereiland.

Totdat het steentje plots onderdeel uitmaakt van een pad van gepolijste kiezelsteentjes en het daar roerloos ligt, een schakeltje in iets dat alleen als geheel iets is: een pad. Hoe vaak zal een sandaal of hoef het steentje net gemist hebben? Hoe vaak zal een kind naar het steentje hebben gereikt voordat haar moeder haar oppakte en haar straffend toesprak dat ze geen dingen mocht oppakken zo dicht bij de steile kade?

Totdat ik langs de oever van de Moezel wandelde. Totdat ik dat ene kiezelsteentje met mijn rechterschoen in de linker lanceerde. Nu ik het voor me zie, herinner ik het me.

Ik wandelde langs de oever van de Moezel, met haar,' fluisterde meneer Kuschfeld, terwijl hij voorover leunde naar de plek waar hij dacht dat de man zich ophield. 'Mijn god, hoe ik haar gemist heb. Eleo zelfs, of Nore.

En toch kwam ze. Ze nam de vroege ochtendtrein en we waren voor altijd samen in dat ene moment. Hetzelfde eeuwigdurende moment als de reis van het steentje in mijn schoen. En voor dat moment is ze veroordeeld. Ze is veroordeeld voor alles wat ik ben. Ach,' kwam meneer Kuschfeld plots overeind, zonder overeind te komen, 'denk toch niet zulke dingen, het is te laat voor dat alles.'

Maar de man in het luchtledige voelde het precies zo. Hij was aan meneer Kuschfeld verschenen omdat hij verlangde dat meneer Kuschfeld zijn leven uitleefde en zijn gedachten uitdacht. En hij wilde er persoonlijk op toezien dat die gedachten door de zeef des oordeels gehaald zouden worden. Maar wat hij niet had voorzien was dat hij meneer Kuschfeld zijn leven had willen teruggeven. Zelfs als dat leven in een enkel ogenblik paste. En dat leven was met Livna. Het vluchtige moment dat zij samen waren geweest was het moment waar hij voor gekomen was. En op een of andere manier was de man bang om terug te keren naar zijn eigen werkelijkheid, waar hij zijn eigen meneer Kuschfeld zou zijn.

'Beloof me alleen dit,' fluisterde meneer Kuschfeld, 'zorg goed voor je zoon. Wil je dat voor me doen, wil je me dat beloven? Zorg voor onze zoon, beloof het me.'

De cipier trok meneer Kuschfelds schoen uit, hield hem ondersteboven en schudde de schoen hardhandig heen en weer, totdat een alledaags steentje uit het schoengat tevoorschijn kwam en over de koude celtegels rolde.

Wellicht dat meneer Kuschfelds gedachten hem in taal een paar minuten hadden gegeven, of misschien zelfs tien minuten in bladzijden, maar zijn gedachten kwamen niet in taal. De reis van het steentje was een vluchtige voorstelling in meneer Kuschfelds gedachten geweest, voordat het begon te sneeuwen. En hoewel meneer Kuschfeld het graag anders had gezien, had deze sneeuw niets te maken met de raamtikkende sneeuw van buiten. Deze sneeuw had een eigenaardig karakter: zij rook naar brand.

Na de derde sneeuwstorm kon meneer Kuschfeld alle tweehonderdenzes botten en botjes in zijn lichaam met anatomische precisie lokaliseren; na de vijfde storm danste zijn raamwerk losjes rond in de slappe zak van zijn lichaam; na de zesde zag Kurt hoe Livna met de gratie van haar hand een zeebriesje bevrijdde dat vast was komen te zitten in haar haar. Toen hij zag dat het briesje uit dankbaarheid eventjes om haar heen cirkelde, fluisterde hij, 'Herinner je je het niet zo?'

'Ach ja, ik herinner het me net zo.'

Na de zevende sneeuwstorm, bleef de sneeuw liggen.

Presque-idéale

zilveren huwelijk

vrijdag 17 november 1950

Meneer Kuschfeld, eenenvijftig jaar oud, niet al te wendbaar en toch met een verrassend kleine draaicirkel, staarde in de spiegel en zag een man met een redelijke spijsvertering en een gezonde interesse voor het nauwkeurig volgen van diverse sporten; een man die in een handjevol jaren een vluchtig fortuin bij elkaar had weten te werken door grote ijsblokken te importeren, een handel die nochtans rap terugliep vanwege de toenemende populariteit van het ijskastgeval.

Hij nam het zakhorloge uit zijn borstzak en legde het op het breedgebekte kabinet, naast zijn vilten hoed. Mevrouw en meneer Kuschfeld waren gisterochtend vroeg aangekomen zodat ze op de laatste voorbereidingen van de geplande festiviteiten konden toezien, maar zij waren voorbereid nog voor de avond viel: de burcht die zij hadden afgehuurd wist hoe hij zichzelf diende voor te bereiden en liet al eeuwenlang weinig aan het toeval over.

'Vijfentwintig jaar,' mijmerde meneer Kuschfeld, terwijl hij op de balkondeuren toe liep. 'Vijfentwintig jaar getrouwd, hoe vind je die?' Hij opende voorzichtig de deuren naar het balkon, stilletjes zodat hij zijn echtgenote niet wakker maakte, nam plaats op een kleine kruk, maakte de veters van zijn pakschoenen los en wurmde ze van zijn hielen. Vanaf zijn dijbenen trok hij zijn pantalon op totdat de lange einden van zijn zijden sokken zichtbaar werden, vlak onder zijn zachte knieën. Toen hij zijn sokken van zijn onderbenen had gerold, ploeterde hij pompidompidom de sokken van zijn voeten af en spreidde ze op de balkondrempel. Hij strekte zijn benen voor zich uit en zag twee harige voeten waarvan hij wist dat ze de man in de spiegel toebehoorden. Krakkemikkig kwam hij overeind en pakte het langste van de vijf nagelschaartjes van het nachtkastje. Hij liep terug naar het balkon en ging weer op het krukje zitten, zette zijn linkervoet schrap tegen de balkondrempel, boog voorover en probeerde bij de geelgescheurde nagelranden van zijn tenen te komen. Plots stond meneer Kuschfeld weer op en liep met grote passen op de luie stoel af, waarvoor een passende poef was geplaatst. Hij schoof de poef tot aan de balkondrempel, ging weer zitten en zette zijn voet schrap tegen het indeukende leer. Opnieuw schoot meneer Kuschfeld overeind, schoof de poef aan de kant, plaatste voorzichtig zijn linkerhiel op het randje van de kruk en liet zich langzaam zakken zodat zijn knie tot aan zijn slaap zou reiken. Halverwege schoot hij echter weer overeind en wierp het nagelschaartje over de balkonrand de binnentuin in, waar in geconserveerde stilte het ontbijt werd voorbereid.

Hij wachtte een ogenblik, stapte toen de balkondrempel over en plaatste beide handen op de kartelige stenen balkonrand. Hij liet zijn blik over de binnentuin gaan, probeerde een glimp van het nagelschaartje op te vangen, maar kon het niet terugvinden.

Meneer Kuschfeld had graag gewild dat hij een ogenblik van de laag uitgesneden maan en de vale zon op zijn gezicht kon genieten, maar op het moment dat hij zijn ogen sloot voelde hij een niet te negeren behoefte om zijn blaas te legen. Hij keerde terug naar de slaapkamer en voelde even een voyeuristische sensatie, maar stapte toen resoluut op de kamerdeur af. Vlak voordat mevrouw Kuschfeld wakker werd, mijmerde ze, 'Denk je dat hij komt opdagen, vanavond?'

'Ach ja,' zei meneer Kuschfeld. 'Hij zal er zijn.'

Nadat hij de slaapkamerdeur achter zich had dichtgetrokken keek meneer Kuschfeld de lange, slecht verlichte burchtgang in en herinnerde hij zich de koude badkamers na de laatste slaapkamerdeur. Hij wist dat hij geen kinderachtige geestverhalen toe moest laten, maar toch koos hij ervoor de doodstille stenen wenteltrap naar beneden te nemen, waar zich een goed verlicht toilet voor gasten bevond. Door het koude steen van de traptreden realiseerde hij zich dat hij was vergeten zijn lange zijden sokken weer aan te trekken en zijn pakschoenen terug aan zijn voeten te schuiven.

'goedemorgen, meneer'

'grote dag vandaag, meneer'

Uit verscheidene hoeken van de burcht kwamen gespreksflarden zijn kant op, maar waar meneer Kuschfeld ook naartoe keerde, hij kon de mensen die de woorden hadden uitgesproken maar moeilijk lokaliseren. Vaak waren de woorden aan hem gericht, maar niet altijd.

Meneer Kuschfeld was formeel voorgesteld aan twee butlers en drie kamermeisjes, maar alles wat hij sindsdien van het burchtpersoneel had opgevangen was de zoom van een zwarte ochtendjas of de vluchtige overblijfselen van een keldergesprek dat diep in de krochten van de burcht werd gevoerd. Gisterochtend had hij vanaf zijn slaapkamerbalkon een bediende de bossen uit zien komen met twee levenloos lenige konijnen over zijn schouder geslagen. Vijf à zes ranke windhonden hadden hem vergezeld, springgraag en door het dolle heen. Maar toen de honden van de bosrand vandaan kwamen en de binnenplaats van de burcht betraden, vielen zij stil en trippelden zij gedwee achter hun baasje aan. Later op de dag had meneer Kuschfeld een bad genomen, nadat hij de dinerzaal en de danszaal waar het gemaskerd bal zou worden gehouden had geïnspecteerd; toen hij een klein uur later handdoekloos zijn slaapkamer binnenstapte trof hij een volledig opgemaakte kamer aan: zijn pantalons hingen langs de vouwlijn gevouwen aan klerenhangers in de grote garderobekast, op de bodem van de garderobekast waren zijn schoenen keurig zij aan zij en met de veters in het schoengat verborgen opgesteld en het was haast onmogelijk voor te stellen dat zich ooit een vermoeid gezicht in een van de meegevende kussens op het bed te rusten had gelegd. Het Paradijs was ietwat opdringerig en onbeteugeld; gelet op de langdurige leegstand ging het wel erg gemakkelijk van zijn vanzelfsprekende goedheid uit.

'goedemorgen, meneer'

'Ja,' zei meneer Kuschfeld, terwijl hij zich omdraaide naar een leeg trapgat. 'Ahum, ach ja.'

Na het toiletbezoek overwoog meneer Kuschfeld buiten een kop koffie te drinken, overwoog toen het roken op te pakken of ten minste een sigaret te roken bij zijn koffie, en besloot vervolgens op zijn overwegingen in te gaan.

Hij stak een eetzaal met een brede ongebruikte schouw over en stapte op de dubbele deuren af die toegang verschaften tot de binnentuin. Maar toen hij aan de deuren rammelde bleken ze op slot te zitten. Hij stapte op de kamer naast de eetzaal af en trof een volgende eetzaal aan met dezelfde dubbele deuren. Ook deze deuren zaten op slot. Hij liep terug door beide eetzalen de koude grote hal in en drukte op het belletje dat op de receptiebalie stond.

'Goedemorgen, meneer.'

Vanachter meneer Kuschfeld was een bediende verschenen die zachte handschoentjes vanaf zijn polsen strak om zijn vingers trok.

'Ach, daar bent u. Ik zou graag een kop koffie drinken, in de binnentuin, maar het lijkt wel–'

'U wilt gebruikmaken van de binnentuin, zegt u? Eens even kijken.'

'Ja, ik geloof het wel, ja.'

Een aantal zware pagina's werd omgeslagen. 'Noteert u alstublieft uw naam hier, uw kamernummer hier, en als u zo vriendelijk wilt zijn om daar uw handtekening te zetten, dank u wel.'

'Ach, ik heb de gehele burcht afgehuurd, meneer. Voor het weekend.'

'Dat is prachtig, meneer. Tekent u hier, alstublieft.'

'Moet ik daadwerkelijk een handtekening zetten om de binnentuin te mogen betreden?'

'En nog eens als u de tuin wenst te verlaten, meneer, ja. We zullen u op uw wenken bedienen.'

'Niets aan het lot, hè?'

'Ik dacht van niet, meneer.'

'Goed dan. Ik neem aan dat ik door de voordeur naar buiten kan?'

'Een deur zal een deur zijn, meneer.'

De binnentuin was bovenal van een onplezierige weidsheid, omdat deze boven op een heuvel was gelegen en dus misplaatst aandeed, als een soort ommuurde, treiterende oneindigheid.

Er was een tiental tafels gedekt, alhoewel meneer Kuschfeld ervan overtuigd was dat hij en zijn vrouw de burcht voor zichzelf hadden. Hij verraste zichzelf door alsnog ruim de tijd te nemen bij het kiezen van een tafeltje, en toen hij er een had gekozen kon hij zo twee of drie tafeltjes aanwijzen die hem beter zouden zijn bevallen.

Maar hij bleef zitten.

Meneer Kuschfeld probeerde de poten van zijn stoel op een dusdanige manier te balanceren dat er een zeker evenwicht zou ontstaan, als je maar één kant op bleef leunen, en uiteindelijk besloot hij tevreden te zijn met een score van drie uit vier poten.

Het was plezierig koud in de binnentuin, merkte meneer Kuschfeld op. Het vroor weliswaar, maar omdat er geen zuchtje wind stond viel het eerste zonlicht klakkeloos op zijn gezicht. Niet lang daarna was hij een man met een kop koffie in een binnentuin, zonder al te veel nieuws en met een onderdrukbaar verlangen naar een sigaret.

En zijn zoon, zijn zoon lag in de zon, op een Argentijns randje van de wereld, zijn voeten en tenen zelfs over het randje, het gewillige water brekend.

Nadat de zon boven de maan was vastgeschroefd stond meneer Kuschfeld op, liep terug naar de receptie en tekende nogmaals, ditmaal om de tuin te verlaten.

De vuren in de burcht waren inmiddels ontstoken en meneer Kuschfeld voelde zijn voeten naar hem terugkeren.

Het verwonderde hem dat de warmte van de burcht hem wees op het feit dat hij koude voeten had en niet de frisse ochtendvroegte van buiten, die eerder een afwezigheid van zijn voeten had veroorzaakt.

Hij volgde de beklede vloer naar de danszaal en deed de zware eiken deur achter zich dicht. Hier moest de dans plaatsvinden, vannacht, na het diner. Een gemaskerd bal, de hoge gordijnen dichtgetrokken. Een lange nacht, zonder het concept van tijd; zodra de gasten op het burchtterrein arriveerden zouden zij vriendelijk worden verzocht het kleine hendeltje van de polshorloges tussen duim en wijsvinger omhoog te tillen of de opwindsleutel van zakhorloges tijdelijk te verliezen. Het was een regel die de burcht van Reichsburg toebehoorde en mevrouw Kuschfeld zag er een eerbiedige traditie in. 'Ze zullen van het idee an sich houden,' had ze gezegd, en meneer Kuschfeld had gedacht dat ze het uiteindelijk wel zouden omarmen. Hij had ermee ingestemd omdat de regel van de burcht afkomstig was.

Terwijl hij zich positioneerde tegenover het haardvuur vroeg hij zich af of de genodigden op het gemaskerde bal, beschonken en gewillig, zich zouden voordoen als vreemden. Of ze een ander in zichzelf zouden aanspreken, een ander waartoe ze maanden geleden al hadden besloten, waarop ze wellicht hadden geoefend.

En nu hij een dag eerder was gearriveerd en de burcht voor zichzelf had, vroeg hij zich af of hij degenen die morgen op hun trouwdag zouden komen als vrienden of als genodigden beschouwde.

Meneer Kuschfeld voelde de neiging een houtblok in het vuur te verplaatsen, maar het vuur was hoog en de hitte kwam ver de danszaal in en verkondigde agressief zijn religieuze overtuiging; een vurige bisschop met koude vingertoppen, wild predikend over de zonden van de mens en boetedoening. Meneer Kuschfeld wist dat als hij iets in dit haardvuur zou verplaatsen, hij iets zou verplaatsen in alle haardvuren in de burcht.

'Goed dat we gisteren zijn gekomen,' zei mevrouw Kuschfeld uit het niets, 'vind je niet?'

Een ogenblik dacht meneer Kuschfeld dat zijn vrouw altijd al bij de burcht had gehoord en dat ze nu eindelijk haar weg terug had gevonden.

'Ja schat, het is goed dat we er een dag eerder waren.'

'Waarom loop je op blote voeten?'

'Ik ga zo naar boven.'

'Ik dacht, misschien kunnen we ontbijten in de binnentuin, voordat we de laatste hand aan het hele gebeuren leggen. Het is een milde ochtend voor november.'

'Laten we dat doen.'

Ze stonden een ogenblik voor het haardvuur, een succesvol getrouwd stel, en meneer Kuschfeld voelde hoe de bokkige bisschop hun maten opnam.

'Denk je echt dat hij zal komen opdagen?' vroeg mevrouw Kuschfeld.

De karakteristieke, allesomhelzende geur van het vuur was veelbelovend, en soms zelfs uitnodigend, maar meneer Kuschfeld bleef een typische kou in de burcht voelen, een kou die om hem heen zat als een overjas.

'Ik ben even naar de kamer. Volgens mij moet je je inschrijven als je de binnentuin in wilt. Bij de receptie.'

Toen meneer Kuschfeld naast zijn vrouw plaatsnam, aan het tafeltje dat hem eerder vanochtend het beste tafeltje had geleken toen hij al aan een andere tafel had plaatsgenomen, zag hij dat het grasveld op een uitgerold kleed leek; als hij zich bukte kon hij het grasveld met beide handen vastpakken en een paar keer stevig doen opbollen. Hij kon zich nog zijn pijnlijke vingers en ingescheurde nagels herinneren wanneer hij de kleden uit het huis met zijn moeder ophield, zodat zijn moeder het stof met een klopper uit de kleden kon slaan. Als hij niet losliet, kreeg hij een beloning. Maar de grootste beloning was dat hij belangrijk kon zijn voor de familie. Hij kon een week lang trots zijn op zijn ingescheurde nagels en pijnlijke vingers.

'Dus ze arriveren tussen vier en vijf, het team neemt hun jassen aan en hangt ze weg en wij staan boven in de salon klaar om ze welkom te heten. Het is van essentieel belang dat ze dus niet beneden blijven hangen en in gesprek raken. Ze moeten direct naar boven worden gedirigeerd, dat moeten we het team nog eens duidelijk zeggen.'

Wanneer mevrouw Kuschfeld precies de burchtbedienden het 'team' was gaan noemen was meneer Kuschfeld ontgaan, maar één ding wist hij zeker: hij maakte er geen deel van uit. Het team luisterde naar zijn vrouw, vanzelfsprekend bijna, maar hij werd niet overwogen, laat staan geraadpleegd.

'Misschien moeten we de champagne boven aan de haltrap aanbieden. Op die manier creëren we hoogstwaarschijnlijk een aantrekkingspunt.'

Meneer Kuschfeld staarde naar de grassprieten bij zijn voet. Ze stonden fier overeind, keurig in het gelid, dassen gestreken.

'Waarom zeg je niets? Er zijn voorbereidingen die getroffen moeten worden, schat.'

'Ja, je hebt gelijk.'

'Ja, uiteraard heb ik gelijk. Maar weet je ook waarom?'

Toen dacht meneer Kuschfeld een ander eigenaardigheidje op te merken: elk sprietje gras zag er precies zo uit als elk ander grasblad. Exact zoals meneer Kuschfeld als kind een grasspriet zou hebben getekend, alsof de hele omgeving was ontworpen, maar nog niet van detail was voorzien. Hij koos ervoor om mevrouw Kuschfeld niet van deze ontdekking op de hoogte te stellen.

'Ach, misschien dat het zich vanzelf oplost.'

'Zo werken dingen niet,' wist mevrouw Kuschfeld.

'Wat als we ons niet zoveel zorgen maken? Het is tenslotte ons jubileum.'

Mevrouw Kuschfeld overwoog de suggestie van haar echtgenoot in overweging te nemen.

'Misschien heb ik wel te veel tijd.'

'Wat zeg je, liefste?' vroeg meneer Kuschfeld.

'Ik heb te veel tijd omhanden. Ik zou bij god niet weten waaraan ik het zou moeten besteden.'

'Dat is geweldig, schat.'

'Niet echt.'

'Ja, precies. Wil je nog koffie? Pardon, meneer, ik zou graag nog een kop koffie willen, dank u vriendelijk.'

Een paar uur later, maar nog altijd een uur te vroeg, stonden mevrouw en meneer Kuschfeld klaar.

Ze hadden geruime tijd in de salon doorgebracht. Ze weerhielden zich ervan houtblokken te verleggen of de pook ter hand te nemen. Ze overzagen de parkeerplaats en telden de gepolijste kiezelsteentjes in het grindpad, totdat ze doorhadden dat gissen hun beste optie was. Meneer Kuschfeld schoof zijn pakschoenen van zijn pijnlijke hielen en hing zijn jasje over een stoel om zijn oksels te luchten.

Toen, nog uit zicht maar wel al binnen gevoelsafstand, naderde vanuit het dichtstbijzijnde gehucht een rammelende wagen. Achter de wagen werd een passende bruidssluier van stof en berusting opgetrokken.

'Kijk dan zelf maar,' zei mevrouw Sommerstein tegen haar echtgenoot.

'Wat is er dan,' zei meneer Sommerstein.

'Lees dan wat er staat.'

'Sla links af en houd deze weg aan. Halverwege, sla rechts af.'

'Halverwege.'

'We zijn er net op gedraaid.'

'We moeten dus de hele weg af rijden om te weten wat halverwege is.'

'Ach, de schavuit!'

'Het is dat we van ze houden,' zei mevrouw Sommerstein, 'nietwaar? Daarbij, ik zie de burcht al liggen, daar, niet te missen. Dus ja, enfin.' Ze klikte haar zakspiegeltje open om te zien wat de kinderen op de achterbank aan het doen waren. Toen realiseerde ze zich dat zij thuis waren gebleven, met het kindermeisje.

'Daar zul je ze hebben,' zei mevrouw Kuschfeld, en ook meneer Kuschfeld voelde het.

Mevrouw Kuschfeld positioneerde zich in de verste uithoek van de salon zodat ze een gedegen aanloop zou hebben op het moment dat ze de eerste gasten in ontvangst nam.

'Help me even, wie zijn dat ook alweer?' fluisterde mevrouw Kuschfeld, terwijl ze op hun eerste gasten af stapten.

‘Ach, als dat de Sommersteins niet zijn,’ riep meneer Kuschfeld uit, en hij spreidde zijn armen in een groots, goed geoefend welkomstgebaar.

‘Als dat het getrouwde stel niet is,’ zei meneer Sommerstein. ‘Zijn we de eersten?’

‘Daar zijn ze, ha! Daar zijn ze dan,’ lachte mevrouw Kuschfeld hen tegemoet.

‘Vijfentwintig jaar,’ zei meneer Sommerstein, ‘wie had dat gedacht?’

‘Ha! Wie had dat gedacht, hè, wie had dat gedacht.’

‘Je haalt me de woorden uit de mond.’

Vijf minuten na de Sommersteins arriveerde Darius von Desseldürf.

Von Desseldürf verscheen altijd vroeg ten tonele om zich ervan te verzekeren dat de kwaliteit van het drankaanbod zich kon meten met zijn torenhoge verwachtingen, die waren gebaseerd op zijn indrukwekkende drankvoorraad thuis. Mevrouw en meneer Kuschfeld wisten dat zij de introductie van de man aan hemzelf konden overlaten.

‘En wie hebben we daar? Staat u mij toe, ik ben Baron Von Desseldürf. Gelauwerd en door de wol geverfd, al zeg ik het zelf.’

‘Goed dan, aangenaam,’ zei meneer Sommerstein.

‘Gelauwerd wat?’ vroeg mevrouw Sommerstein aan meneer Kuschfeld.

‘Pardon?’ leunde meneer Von Desseldürf het gesprek verder in.

‘Aangenaam kennis te maken, Von Desseldürf.’

‘Ach ja, aangenaam. Wat moet een man doen om een degelijk drankje te krijgen hier?’

‘Von Desseldürf, de goedheid zelve,’ fluisterde meneer

Kuschfeld in het oor van mevrouw Sommerstein. 'Hij heeft me ooit geholpen de zaak van de grond te krijgen.'

'Ach, ik begrijp het al.'

Kort na de Baron kwamen drie families tegelijk de ontvangstkamer binnen. Mevrouw Kuschfeld probeerde er niet aan te denken dat ze hadden gefaald om een voor een, als herkenbare families, binnen te komen. Ze deed er beter aan zich over te geven aan de dramatische familiariteit die nu op de salonvloer was ontstaan.

Men kon altijd opgelucht ademhalen als Godelieve Glöfe arriveerde, maar vreesde haar vroegtijdig arrivé; Godelieve beschouwde de genodigden van een partij immer als haar eigen gasten en uit generositeit vermaakte ze haar gasten maar al te graag met episoden uit haar leven waarvan ze de tragedie inmiddels wist te appreciëren. Ze werd vergezeld door Gottfried von Kleinenleedt, die zijn schoothond had meegenomen, een hondje dat de parade prefereerde boven de jacht.

'Misdraagt u zich toch een beetje,' zei mevrouw Glöfe tegen haar gasten. 'Het is uw partij niet.'

De aanwezige genodigden verwelkomden mevrouw Glöfe als een voldongen feit in hun groep, maar op de Baron na wist niemand zich een houding te geven. Gelukkig gedijde mevrouw Glöfe het best bij zulke partij-impasses. 'Uit ervaring weet ik dat wij niet in betekenisvolle conversaties hoeven te geraken voordat het vuurwerk is ontstoken,' zei ze, en dus vroeg de Baron hoe het haar dochters verging, waarop ze zei dat ze zich dat ook afvroeg.

De nieuwgevormde groep sloeg met gespeeld gemak de glazen champagne achterover. Nerveuze blikken werden geworpen op het paradehondje van Von Kleinenleedt dat met enige regelmaat zijn tanden in een pakschoen of een hoge hak zette. De genodigden gaven zo nu en dan een venijnig schopje naar achter, maar glimlachten zich daarna snel weer terug hun groep in, angstig als zij waren om niet voor dierenvriend door te gaan.

Friedrich Balfarr, een man in een hoek van de salon die graag de val van de mensheid besprak, draaide losjes het ijs in zijn drankje rond vanuit zijn pols; een ijsblokje raakte los van de stroom en werd over de rand van het glas gelanceerd, waarna het opzichtig over de salonvloer schoof.

In eerste instantie werden de conversaties klein en binnen de oorspronkelijke groep gehouden, formeel en plichtsmatig, met een enkel salon-scheurend lachsalvo om duidelijk te maken aan de andere groepen dat binnen deze groep van genodigden een gesprek tussen vrienden plaatsvond. Maar niet veel later begonnen de conversaties naar lucht te happen. Over de schouder van een gesprekspartner werd geloerd naar een atomische intimiteit ergens anders op de salonvloer, die via een omtrekkende beweging tot een klein en intiem gesprek moest leiden.

'lang niet gezien'

'te lang niet gezien'

'ik heb je gemist'

'mijn man is er ook'

Maar al het natuurlijk evenwicht werd verstoord toen moeder en dochter Ravvaage de ontvangstkamer binnenschreden. Rachel Ravvaage, in tegenstelling tot haar dochter, had de merkwaardige gewoonte alle genodigden begroetend op de mond te zoenen ongeacht het aantal jaren dat men tot haar kennissenkring behoorde, of ongeacht het aantal jaren dat men niet tot haar kennissenkring behoorde. Haar dochter, Eva Ravvaage, had juist de gewoonte niemand te begroeten en liep met enige regelmaat dwars door een gesprek of persoon heen, terwijl ze met haar handschoen een geur die haar in de weg stond opzij wuifde. Eva Ravvaage was enig kind en ze zag in geen enkele man een aanvaardbare uitweg, en dus waren Rachel en Eva de laatsten van hun naam en het zou hun verder een zorg zijn, allemaal.

Het verschijnen van moeder en dochter had tot gevolg dat elke groep genodigden een afwachtende en onzekere houding aannam, wat reden voor meneer Kuschfeld was om zijn toespraak te ontkreukelen aangezien een evenement pas een succes kon worden genoemd als het element van het onverwachte erdoorheen liep; hij wilde de avond openen nu hij het feest als feest herkend had.

Mevrouw Kuschfeld keek de ontvangstkamer rond en zag tot haar schrik haar zus Ida staan, achter haar vader en de rolstoel van haar vader. Ze moest zich inhouden niet op hen af te rennen. 'Ik heb jullie helemaal niet zien binnenkomen.'

'Nee,' zei Livna's vader, 'dat heb je inderdaad niet gezien.'

'Ach Ida, al zo'n lange tijd niet.'

'Ach,' zei Ida, terwijl ze haar zus een kus op haar wang gaf, 'het is een lang leven.'

'Ben je met vader gekomen?'

'Hij heeft me gedwongen.'

'Ik zit hier.'

'En?' fluisterde Ida. 'Gerhard?'

'Nee Liebling, ik ben bang van niet. Tot dusverre.'

Tot mevrouw Kuschfelds opluchting tikte haar echtgenoot zijn absintlepel tegen zijn kristallen glas.

'Ik ben zo blij je te zien,' fluisterde Livna in het jonge oor van haar zusje.

'Dames en heren,' begon meneer Kuschfeld zijn toespraak. 'Mijn echtgenote en ik willen u danken dat u naar hier bent afgereisd om ons zilveren huwelijk met ons te vieren.' Een luidkeels gejuich steeg op, en hier en daar was een 'hoera' of een 'bravo' te horen. De Baron draaide zich naar mevrouw Kuschfeld en hief zijn glas leeg en voorbarig.

Toen meneer Kuschfeld zijn toespraak terugvouwde en opborg in de borstzak van zijn jasje was hij gereed om in plaats van gastheer, hoofdgast te worden.

Meneer Balfarr maakte zich los van zijn salonhoek en stapte op meneer Kuschfeld af, 'Nogmaals van harte, goede vriend. Wie had dat gedacht, hè?'

'Wie had dat gedacht.'

'Goede toespraak.'

'Dank je.'

'Hoe staat het ijs ervoor?'

'De business? Ach, dat gaat een andere kant op.'

'Toch, het heeft je geen windeieren gelegd, nietwaar?'

'Ik ben er op tijd uit gestapt.'

'Ah, goed zo. Daar kan een man op proosten.'

'Proost, ja.'

Meneer Kuschfeld zag mevrouw Glöfe voordat ze op hem af kwam.

'Ah, ik laat u even,' besloot meneer Balfarr, en hij keerde terug naar zijn hoek.

'Denk maar ergens anders aan,' zei ze, terwijl ze haar hoofd op meneer Kuschfelds schouder rustte. 'Ik heb iets voor je geschreven.'

'Ach.'

Ze ontvouwde een servetje. 'I'm in that state, for a masquerade,' las ze voor.

'Mijn god.'

Mevrouw Glöfe propte het servetje in meneer Kuschfelds borstzak.

Riff Sommerstein, dochter van mevrouw en meneer Sommerstein, keek een paar keer op van haar gesprek en spiedde de salon af, alvorens vol ongeloof naar het fluistergesprek van haar ouders en hun vrienden terug te keren. Mevrouw Glöfe had een antenne voor dit soort gevoeligheden: de kleine blonde haartjes in de glooiing tussen haar schouders gingen recht overeind staan. Ze klopte bemoedigend op de borstzak van meneer Kuschfelds jasje, wachtte totdat Riff Sommerstein even loskwam van haar groep en stapte toen op haar af. 'Dag Liebling, wat zie je er uitnodigend uit.'

'Oh, ik vermaak me best, hoor. Dank u.'

'Ach, kom op. Vertrouw me iets toe nu je nog jong bent en onbedorven.'

'Oh, ik zou het niet weten, ben ik bang. Echt niet.'

'Probeer het nog eens.'

'Nee, eerlijk waar. Ik zou niet weten waar ik zou moeten beginnen...'

'Laatste kans.'

'Nou, als u erop staat.'

'Ik sta erop.'

'Oh, goed dan. Nou, wellicht.'

'Maak me opgewonden.'

'Ach, ik weet er ook het fijne niet van, hoor, ik hoorde alleen maar dat ze zich in een situatie bevindt. Met hem.'

'Over wie hebben we het, schat?'

'Mijn ouders hadden het er net over. Ze heeft zichzelf met die kunstenaar ingelaten. De schilder die hier elk ogenblik kan zijn.'

'Is dat zo.'

'Ze zeggen dat ze het doet omdat ze van situaties houdt, kunt u het zich voorstellen?'

'Ik geloof het wel, ja.'

'Nietwaar?'

'Hangt ervan af op wie ze hun roddels richten, Liebling.'

'Ja, dat vroeg ik me dus ook af. Wie denkt u?'

'Ze hebben het over mij, lieve schat.'

'Ach, nee. Neemt u mij niet kwalijk. Het was niet mijn bedoeling.'

'Laat gaan, laat gaan.'

'Ik had werkelijk geen idee. Neemt u me niet kwalijk.'

'Bewaar je zorgen voor de winter. Laten we wat drinken, ze hebben me weten te vertellen dat ze voortreffelijke Bellini's maken, maar goed, wat gaat er nou eigenlijk in een Bellini, nietwaar?'

'Het was een vluchtig gesprek, ik heb het per ongeluk opgevangen.'

'In de winter, Liebling, in de winter.'

'Is het niet al winter?'

'Nee, nee. Het novembert nog.'

Niet lang daarna gingen ze aan tafel. Het diner ging zoals diners gaan.

'was het goed?'

'het was uitstekend'

Tussen het tweede en het derde hoofdgerecht in, of tussen het verstijfd konijn en de ragout van uitgerend rendier, arriveerde Claus von Wittebergen. Achter hem aan duwden twee mannen met witte handschoenen een groot doek op een schavot met wielen naar binnen. Het doek was bedekt met een wit kleed.

'Dat is hem, toch?' vroeg Riff Sommerstein.

'Wie, Liebling?' vroeg mevrouw Glöfe, die precies wist wanneer ze het moment kon rekken om zichzelf te amuseren.

'U weet wel, de kunstenaar.'

'Ach, Claus. Zal ik je wat toevertrouwen?'

'Goed dan.'

'Kom dichterbij.'

'Ja?'

'Hij houdt ervan zichzelf te betasten als ik naast hem lig, in bed.'

'Met uw kleren nog aan?'

'Nee Liebling, zonder kleren. Ik bedoel dat ik er niet aan te pas hoef te komen. Hij wil dat ik hem aankijk terwijl hij de hand aan zichzelf legt, m'n gezicht dicht bij het zijne breng.'

Riff Sommerstein had even de tijd nodig om dit te verwerken. 'Heeft hij dan uw portret gemaakt?'

'Is dat werkelijk wat je nu wilt weten, na wat ik je zojuist heb toevertrouwd? Mijn god, blijf bij me in de buurt vanavond, wil je me dat beloven.'

Mevrouw Kuschfeld eiste de aandacht op terwijl ze zichzelf positioneerde tussen de schilder en zijn doek. Ze wachtte een ogenblik totdat de gesprekken verstomden en de stoelen waren omgedraaid. 'Nu dan, mijn lieve, dierbare Kurt, er komt een leeftijd waarop een gezicht dat moment bereikt, dat moment waarvan vrienden en familie zullen zeggen: dit is het gezicht dat ik voor me zie als ik zijn of haar naam hoor, dit is het gezicht dat ik zie als ik de naam Kurt Victor Karl Kuschfeld hoor. Dezelfde naam behoorde toe aan zovele eerdere fasen van je gezicht. Van de dag van je geboorte, toen je naam aan je werd gegeven en daarna voor het eerst werd opgeschreven, zodat zelfs op papier dat gezicht alleen nog maar naar die naam kon luisteren, tot aan vandaag, de dag dat je gezicht alle vouwen van het leven toestaat. Ik denk dan ook dat vandaag het moment is dat je gezicht af is, dat je gezicht niet meer wezenlijk zal veranderen. Vanaf vandaag zul je alleen nog langzaam uit je gezicht verdwijnen, maar dat is voor later zorg.' Mevrouw Kuschfeld pauzeerde een ogenblik. Sommige genodigden glimlachten vertrouwen terug in hun gezicht. 'Goed dan, hetgeen we zo dadelijk zullen onthullen is voor jou, en voor onze zoon, die er vanwege onvoorziene omstandigheden vandaag niet bij kan zijn, voor jou en voor alle familie die nog komen gaat, diep en dieper de generaties af, tot op een dag een achterkleinzoon zijn vader vraagt: Wie is dat, vader? En zijn vader zal zeggen: Dat is je overgrootvader, jongen, wat een sprekend gezicht hè? En familieleden zullen elkaar aanstoten en zeggen: Lijkt-ie niet sprekend op zijn overgrootvader, moet je toch 'ns kijken, en dan zullen ze aan dit gezicht refereren. Daarom nu, mijn liefste, heeft Claus von Wittebergen, ja ja, geef hem maar een applaus, Claus von Wittebergen dames en heren, daarom is Claus twee maanden geleden buiten jouw weten om, in opdracht van alle aanwezigen hier vanavond, begonnen je portret te maken. Ja ja, dames en heren, en gelijk heeft u! En dan denk ik dat dit het moment is dat meneer Von Wittebergen een paar woorden tot u richt voordat we het een en ander onthullen. Claus, als je wil.'

'Oh, ahum, ja. Juist ja, dank u allen, en een speciaal woord van dank aan jou, Livna, en uiteraard, mijn felicitaties aan het stel, vijfentwintig jaar. Nu dan, wat zo intrigerend is aan dit portret, al zeg ik het zelf, wat me in toenemende mate intrigeerde tijdens het creëren van het portret van mevrouw Kuschfelds echtgenoot, is dat ik normaal gesproken twee volle maanden nodig heb om iemand op het doek te krijgen. Alleen al iemands contouren, de belijning juist krijgen, dat kost me normaal gesproken al een week of twee. En dan is er de toonbepaling, de lichtval, ach, en al wat meer. Maar met Livna's partner hier, meneer Kuschfeld, met meneer Kuschfeld stond het er binnen twee weken op. Niet te geloven, werkelijk. Binnen twee weken was alles wat meneer Kuschfeld voorstelt al vereeuwigd op het doek. En dan heb ik het over elk detail waaraan meneer Kuschfeld herinnerd zou kunnen worden, hè. Twee weken heeft het me gekost. Als kunstenaar.' Meneer Von Wittebergen wachtte wat ongelukkig op applaus, toen op een reactie, totdat mevrouw Kuschfeld het overnam. 'Dank je vriendelijk, lieve Claus, is dat niet wonderbaarlijk. Nu dan, laten we gezamenlijk meneer Kuschfeld aan meneer Kuschfeld onthullen. Bent u er klaar voor? Ik tel tot drie, een, twee...' Er steeg applaus op.

Meneer Kuschfeld keek naar de versie van zichzelf die hem zou overleven. Hij zag een man met witte ouderdomsvegen op zijn linkerwang en voorhoofd. Zoals de plekken eelt onder je voet waaraan je eindeloos kunt krabben zonder dat je er iets van voelt.

Zijn gezicht leek ruwweg op het doek aangebracht, dicht tegen een schets aan. Als een gezicht dat nog steeds onopgeruimd overkomt na een scheerbeurt met dure zeep.

Het was wat slordig, alsof het elkaar allemaal een beetje in de weg zat, op zijn gezicht. Zijn handen daarentegen waren zeer gedetailleerd geschilderd. Mollige polsen en een jonge huid. Kloppende aderen die droogvielen ter hoogte van zijn kreukelige knokkels. Vettige, gele randen waar zijn nagels vanuit zijn vingers tevoorschijn kwamen. Handen die jeukten om aan het werk te gaan, om iets onder handen te nemen. Voordat meneer Kuschfeld verder kon denken stond hij op om de schilder een hand te geven, omhelsde toen zijn vrouw en bedankte zijn vrienden en familie voor de genereuze gift.

En al die tijd lag zijn zoon in de zon, op een Argentijns randje van de wereld, zijn voeten en tenen zelfs over het randje, het gewillige water brekend.

Na de koffie was er tijd ingeruimd voor de genodigden om zich een ogenblik terug te trekken. Transformaties vonden plaats in dit korte tijdsbestek: haar werd opgestoken en vlak voor het afgaan van de burchttrappen nonchalant weer neergelaten, rozige wangen werden teruggedept tot een bescheiden welwillendheid, genereuze parfumverstuivingen langs de hals moesten tot bedaren komen, stijve strikjes werden verkreukt, knieën en pakschoenen werden gekneed, pantalons en scheenbenen rechtgestreken; mevrouw Ravvaage maakte van de gelegenheid gebruik om zich languit op de sofa in de hal te rusten te leggen. Venetiaanse maskers werden opgezet en vreemde persoonlijkheden aangewend, en zojuist begaven de eerste genodigden zich naar de danszaal, waar het gemaskerd bal op het punt van beginnen stond.

Mevrouw Kuschfeld had erop toegezien dat de hoge en zware stofgordijnen met grote haken werden dichtgetrokken en dat tijd in welke vorm dan ook tot de volgende ochtend niet zichtbaar zou zijn. Vervolgens had ze de leden van het plaatselijke Reichsburg Philharmoniker, die ze had ingehuurd om de nacht van muziek te voorzien, vriendelijk verzocht de oude personeelsingang te nemen voor het naar binnen dragen van hun instrumenten in plaats van de brede hoofdingang, zodat de genodigden een stille sigaret konden roken op een lege avondveranda.

De vier Glass-broeders, die allen hun wagnerhoorn thuis hadden gelaten en nu twee trompetten, een klarinet en een trombone naar binnen zeulden omdat mevrouw Kuschfeld om een nacht van swing en improvisatie had gevraagd, sjokten achter hun moeder aan, die haar harp naar binnen duwde, die ze toch echt liever bespeelde dan de piano, haar instrument tegenover mevrouw Kuschfeld verdedigend met het argument dat beide snaarinstrumenten waren. Meneer Lurv werkte zijn dubbelbas naar binnen. Mevrouw Brandt-Barole wachtte in de wagen totdat ze op het podium werd verwacht; zo hoefde zij haar fragiele stem niet bloot te stellen aan de ontwakende kou en kon ze tegelijkertijd een geloofwaardige lans breken dat haar stem ontvankelijk was voor een dergelijke kou en niet gevaarlijk dicht naar een altstem kelderde vanwege aangelegenheden in het leven die haar echtgenoot blijvend koude handen hadden bezorgd.

Nadat de eerste gasten de dansvloer waren op geschuifeld, zich afvragend of zij achter hun maskers herkend werden, zichzelf ervan overtuigend dat dit niet het geval kon zijn aangezien ze de andere gasten ook niet bij naam konden noemen, verscheen mevrouw Brandt-Barole op het podium en gaf de nacht een melodie waarop zij in beweging kon komen.

'One hit wonder,' schreeuwde iemand, wild zwaaiend met zijn armen, en de nacht kwam van haar steigers tevoorschijn en de genodigden begonnen te dansen omdat eenieder begreep dat er gevolg moest worden gegeven aan een one hit wonder.

De avond verdwaalde, de drankjes werden kleiner, de stemmingen overtuigender en overtuigend. Zachte Zwitserse absint speelde een hoofdrol totdat geoefende rollen achter Venetiaanse maskers absintlam de boventoon voerden. 'Als je 't mij vraagt,' kwam Baron Von Desseldürf swingend naar de bar, zijn masker van zijn bezwete gezicht afnemend, 'als je 't mij vraagt, gelukkig nieuwjaar!'

Meneer Kuschfeld dronk zodat hij durfde te dansen, totdat hij danste van de drank. Af en toe wierp hij een vluchtige blik op de man in het portret dat naast het podium van het Reichsburg Philharmoniker was opgesteld. Toen hij per ongeluk rakelings langs het portret danste, voelde hij plots de aanwezigheid van een gezicht in het masker van verf, alsof de kleuren aanvetten tot iets van vlees.

Mevrouw Kuschfeld lichtte haar masker van haar gezicht en fluisterde iemand in het oor van wie ze dacht dat het mevrouw Sommerstein was, 'Soms, als ik slaap, doe ik alsof ik wakker ben.'

En al die tijd lag zijn zoon in de zon, op een Argentijns randje van de wereld, zijn voeten en tenen zelfs over het randje, het gewillige water brekend.

naschijnsel

zaterdag 18 november 1950, 15.15 uur

Na het ontbijt, dat was overgegaan in een late lunch, na uitgesteld gedag zeggen en bezegelende omhelzingen, nadat ze zich hadden uitgeschreven als gasten van de burcht maar ingeschreven voor de binnentuin, na dit alles waren mevrouw en meneer Kuschfeld gereed om hun samenzijn vast te houden tot een ongevierd, definitief aantal jaren. Een mooi en rond getal, hoopte meneer Kuschfeld. Vijfendertig jaar, of wellicht veertig. Vijftig zou te veel zijn, overwoog meneer Kuschfeld, vijftig jaar samen klonk als een onbereikbaar getal. Als een onbereikbaar feit dat zich aan het getal had gehecht. Maar toen rekende hij uit dat hij pas zesenzeventig zou zijn als ze vijftig jaar getrouwd waren, en dat was een leeftijd die hij toch zeker dacht te halen. Op een of andere manier kwamen de wiskundige feiten van de getallen niet overeen met de emotionele waarde die hij eraan toekende. En hij probeerde zich niet af te vragen wat dat betekende.

'Wat een leven, hè,' zei mevrouw Kuschfeld, terwijl ze achterover leunde tegen het gietijzeren geraamte van een binnentuinstoel.

Hun koffers waren gepakt en stonden klaar, en ze zouden

gaan wanneer ze dachten dat het tijd was om de binnentuin te verlaten.

'Wat zeg je, schat?'

'Ik zei dat we een behoorlijk leven hebben.'

'Ja, schat. Ja. Wat? Ach, ik weet het ook niet. Ik zou niet weten waarom niet, nee.'

Van de andere kant van de binnentuin kwam een man met een gestudeerde trek in zijn linkerbeen naderbij. Zo nu en dan gaf hij zichzelf een zetje door zich met zijn paraplu tegen de grond af te zetten. Het duurde even voordat hij de tafel had bereikt waar mevrouw en meneer Kuschfeld aan gezeten waren.

'Daar nu,' zei de man, 'ben ik blij dat ik u nog net even tegen het lijf loop voordat u weer heen gaat. Staat u mij toe mezelf voor te stellen.'

Er viel een kortstondige stilte, een stilte die je in je zak kon stoppen en drie of vier keer over het oppervlak van een meer kon laten stuiteren.

'Juist, ja. Mijn naam is Schzietch-Fröm, ik ben de Burgemeester van Reichsburg en Omstreken, en tevens Hoofd Begraafplaats en Naoorlogse Raadgeving,' zei de man, terwijl hij zijn hand uitstak, 'en ik wou u toch nog even welkom heten in onze gemeenschap. Ik heb vernomen dat u in Trier woonachtig bent, nietwaar?'

De handdruk van grootgrondbezitter en Hoofd Begraafplaats en Naoorlogse Raadgeving, Burgemeester Schzietch-Fröm, was vriendelijk, accuraat en formeel.

'Dat klopt, ja,' zei meneer Kuschfeld. 'Maar ik ben hier opgegroeid.'

'Ach, kijk aan. Goed dan, ik hoop namens de Reichsburg Gemeenschap en haar Omgeving dat uw verblijf naar wens is geweest, en uiteraard wil ik hierbij mijn felicitaties overbrengen namens de Gemeenschap van Reichsburg en haar Omgeving.'

'Ach, dank u vriendelijk,' zei mevrouw Kuschfeld. 'Het verblijf hier is ons uitstekend bevallen. Het is spijtig dat we uw gemeenschap alweer gedag moeten zeggen.'

'Ach ja,' zei meneer Schzietch-Fröm, 'goed dan, ik zal u verder met rust laten. Laat ik u alleen nog een goede terugreis wensen.'

'Dank u. En dank voor uw vriendelijke woorden.'

'Ja, ja,' zei de Burgemeester, terwijl hij de binnentuin alweer verliet en de burcht binnenging.

'Is dat nou niet aardig?' zei mevrouw Kuschfeld.

'Ja, ja, dat is het zeker,' vond ook meneer Kuschfeld.

'Dat hij dat toch even doet. Voor een man in zijn positie.'

'Ja, het is opmerkelijk, dat zeker.'

'Heel attent. En schat, vind je het schilderij mooi?'

'Vind ik wat?'

'Het portret dat Claus heeft gemaakt.'

'Ja, jazeker. Je toespraak en het portret.'

'Vind je het echt mooi?'

'Ik vind het prachtig.'

'Goed, het doet me goed dat te horen. Wil je nog koffie voordat we gaan?'

'Ik geloof het wel, ja.'

'Als ze zo langskomen.'

'Ik wilde nog vragen – wat is dat ook alweer, wat je altijd doet?'

'Wat bedoel je?'

'Manicure of iets dergelijks?'

'Manicure, ja. Of pedicure. Waarom vraag je dat?'

‘Wat is wat precies?’

‘Manicure is voor je handen, pedicure voor je voeten. Hoezo?’

‘En is het alleen de zorg, of knippen ze ook je nagels?’

‘Ze doen alles. Knippen je nagels, vijlen het eelt weg, masseren je voeten.’

‘Ach ja, natuurlijk, dat doen ze allemaal, dat is waar ook.’

‘Ze doen alles, ja. Waarom wil je dat weten?’

‘Ik wilde het gewoon weten.’

‘Goed dan, ik zal binnen vragen of we nog een kop koffie kunnen krijgen voordat we gaan.’

‘Weet je wat het is?’

‘Wat, liefste?’

‘Soms heb ik, weetjewel.’

‘Nee, ik weet het niet.’

Meneer Kuschfeld dacht aan zijn zoon en waarom hij niet was komen opdagen. Hij had hem nu al vijf jaar niet gezien en hij betwijfelde of het ooit nog tot een weerzien zou komen. Als meneer Kuschfeld zijn leven overzag dan kon hij zichzelf als een goed man beschouwen, hij was aan de goede kant van de geschiedenis gebleven, of gebleken, maar hij had zijn zoon er niet van kunnen weerhouden zich aan te sluiten bij de Jugend.

Uiteindelijk had hij het slechts een generatie kunnen rekken.

‘Het is een schande dat Gerhard niet is komen opdagen of iets van zich heeft laten horen.’

‘Ja,’ zei mevrouw Kuschfeld, ‘dat is het inderdaad, Liebling.’

‘Weet je, Liv, soms wil ik simpelweg de envelop van m’n leven openrukken om te zien wat erin heeft gezeten.’ En meneer Kuschfeld wist het, hij wist het diep vanbinnen want hij voelde het als een kloppende, tikkende wijsheid: er zijn mensen die sterven in de stilte van hen die met veel zijn, en er zijn mensen die nog lang naschitteren in het afzwaaiende schijnsel.

En zachtjes dit keer, zodat zijn vrouw het niet hoorde, herhaalde hij tegen zichzelf, Nee, ik zou niet weten waarom men zich mij zou moeten herinneren, ik zou het bij god niet weten.

dank aan Joosje, die de geschiedenis in haar rugzak draagt
dank aan Anton, dank aan Jonathan
dank aan papa, die me leerde kijken
dank aan Mariska, die het wilde zien
dank aan Splinter, Storm en Maurits, onverwoestbaar
en dank aan Mama, ononderbroken